MIRA®

Der Preis dieses Bandes versteht sich einschließlich
der gesetzlichen Mehrwertsteuer.

Umwelthinweis:
Dieses Buch wurde auf chlor- und säurefreiem Papier gedruckt.

Valerie Schönfeld

Trügerische Hoffnung

Roman

MIRA®

MIRA® TASCHENBUCH
Band 75045
1. Auflage: Juni 2008

MIRA® TASCHENBÜCHER
erscheinen in der Cora Verlag GmbH & Co. KG,
Valentinskamp 24, 20350 Hamburg

Das Buch wurde auf Grundlage der Telenovela im Ersten „Sturm der Liebe“ verfasst. Mit freundlicher Genehmigung der ARD. Die bei MIRA Taschenbuch erscheinenden Romane zur Serie „Sturm der Liebe“ basieren auf den Originaldrehbüchern von Dr. Peter Süß & Team.

Konzeption/Reihengestaltung: fredebold & partner, Köln
Umschlaggestaltung: pecher und soiron, Köln
Titelabbildung: © ARD/Ralf Wilschewsky (Coverfoto)
und Jo Bischof (Rückseitenfoto)
pecher und soiron, Köln

Satz: Buch-Werkstatt GmbH, Bad Aibling
Druck und Bindearbeiten: Ebner & Spiegel, Ulm
Printed in Germany
ISBN 978-3-89941-507-0

www.mira-taschenbuch.de

1. KAPITEL

Unruhig wälzte André sich in seinem Bett hin und her. Er hatte geträumt, den gleichen Traum wie so oft in den letzten Jahren. Er war schweißgebadet erwacht und froh, dass er sich doch noch in seiner kleinen Wohnung befand.

Leise stand er auf. Er wollte Simon nicht wecken, der in der Kammer nebenan schlief. Nur ein kleines Bett stand darin, ein Spind für Simons Sachen und ein winziger Tisch, an dem er seine Hausaufgaben machte. Simon war inzwischen in der dritten Klasse. Er war ein guter Schüler, und André war sehr stolz auf ihn.

André stand an der angelehnten Tür und lauschte den regelmäßigen Atemzügen seines Sohnes. Wenigstens er kann noch ruhig schlafen, dachte er und ging weiter zur Küche, um sich ein Glas Wasser einzuschenken. Nachdenklich saß er dann am Holztisch, stützte den Kopf in die Hände und dachte an das, was ihn aus dem Schlaf gerissen hatte. Dieses Mal war es noch schlimmer gewesen als in all den Nächten zuvor.

Im Traum war André bei Nacht und Nebel aus seiner kleinen Wohnung aufgebrochen. Simon hatte er schweren Herzens zurückgelassen, voller Hoffnung, dass seine Freunde, denen er einen Zettel in den Briefkasten geworfen hatte, sich um seinen Sohn kümmern würden. Die Straßen, durch die er hastete, waren stockdunkel. André war froh darum. So blieb er unentdeckt. Trotzdem warf er immer wieder einen gehetzten Blick über die Schulter, glaubte dann, Schritte zu hören und drückte sich voller Panik in einen dunklen Hauseingang, bevor er weiterlief. Immer weiter. Sein Ziel kannte er. Und er hatte entsetzliche Angst davor. Gleichzeitig erfüllte ihn ein bisher unbekanntes Gefühl von Freiheit – oder vielmehr eine Ahnung davon, wie es sein könnte, frei zu sein. Endlich frei. Dieses Gefühl trieb ihn voran.

In seinem Traum wunderte André sich nicht darüber, dass er nicht in Halle lebte, sondern weiter westwärts, beinahe an der Grenze zu Westdeutschland. Es war nur ein kurzer Weg bis dorthin, und doch lag eine ganze Welt dazwischen, die es ihm verwehrte, dorthin zu gelangen. Er wollte es trotzdem versuchen. Er musste es versuchen. Anders konnte er sich seinen größten Wunsch nicht erfüllen.

Ohne genau zu wissen, wie er dorthin gekommen war, fand sich André im Traum plötzlich in der Nähe eines hohen Zauns wieder. Doch es war nicht irgendein Zaun. Einen anderen Zaun hätte er einfach überwinden können. Aber dieser Zaun hier trennte Menschen, die vorher zueinandergehört hatten. Und er konnte zur tödlichen Falle für jeden werden, der doch versuchte, ihn zu bezwingen.

André kauerte im Schatten einiger Bäume und warf einen Blick zu dem Wachturm, der verdächtig still dalag.

Keiner der Grenzposten war zu sehen. Sie wachten sonst mit scharfem Auge darüber, dass niemand sich dem Zaun näherte. Bevor André sich aus seinem Versteck löste, erschien plötzlich ein Bild vor seinem geistigen Auge: das Bild seines älteren Bruders Werner. Er hatte es vor einigen Jahren geschafft, in den Westen zu flüchten.

Als André losrannte, sah er nur seinen Bruder vor sich, nicht den Mann in der Uniform, der plötzlich wie aus dem Nichts aufgetaucht war. Er hörte nicht, wie er rief: „Halt! Hände hoch!" Er sah auch nicht die Pistole in der Hand dieses Mannes, die jetzt auf ihn gerichtet war. Erst als es mit einem Mal gleißend hell um ihn wurde und ein scharfer Schmerz ihn erfasste, blieb er stehen. Er schaute zu dem Zaun hoch, der sich bis in den dunklen Himmel zu erstrecken schien, ehe er in sich zusammensackte. Langsam, unendlich langsam. Als wollte sein Körper sich in einem letzten Gewaltakt weigern, sich dem Unvermeidlichen zu fügen.

Früher, wenn André aus diesem Traum erwacht war, hatte er nie gewusst, ob er tatsächlich gestorben war. Doch in dieser Nacht hatte er sich selbst gesehen. Auf dem Boden. In seinem eigenen Blut. Er hatte nicht mehr geatmet. André Konopka, der gerade seinen dreißigsten Geburtstag gefeiert hatte, war tot.

André zitterte immer noch. Auch wenn er jetzt am Küchentisch saß, auch wenn es nur ein Traum gewesen war, wusste er, dass immer wieder Menschen erschossen wurden, die nichts weiter wollten, als einen Zaun zu überwinden, der für sie eine unmenschliche Grenze markierte. Gedankenvoll starrte André noch eine ganze Weile hinaus in die dunkle Nacht, dann erhob er sich und ging zu der alten Kiste, in der er seinen kostbarsten Schatz aufbewahrte. Er öffnete den Deckel und nahm eines der Bücher heraus, die dort verwahrt lagen. Dann setzte er sich wieder an den Küchentisch und schlug das Buch auf. Und wie durch Zauberhand befand er sich plötzlich in einer anderen Welt.

Leise lächelte André in sich hinein. Andere Menschen schauten sich Reiseprospekte an, wenn sie der Alltagswelt entfliehen und sich an einen anderen Ort träumen wollten. Er hingegen musste nur seine Kochbücher aufschlagen und die Rezepte studieren, um alles andere um sich herum vergessen zu können. Schon als Junge hatte er manchmal mehr Zeit in der Küche bei seiner Mutter verbracht als draußen mit seinen Spielkameraden. Deren Hänseleien hatte er damals in Kauf genommen, auch wenn sie ihn verletzt hatten. Mit großen Augen sah er dann seiner Mutter zu, die leidenschaftlich gern für die Familie kochte – ausgefallene Gerichte, die es bei anderen nicht gab. Geduldig erklärte sie ihrem Sohn, wie man Schwarzwurzeln mit französischer Eiersoße zubereitete. Begierig sog André alles in sich auf. Schon früh wusste er, dass es für ihn nur einen einzigen Beruf geben konnte: Er wollte Koch werden. Und er wollte zu den Besten gehören.

Eines hatte er tatsächlich geschafft: Er war Koch geworden. Nur gehörte er nicht zu den Besten. Doch eines Tages ...

André schaute von seinem Kochbuch auf. Ja, eines Tages würde er ein eigenes Restaurant haben. Immer und immer wieder stellte er sich vor, wie es dort aussehen würde. Ein nicht zu großer Raum, warmes Kerzenlicht, weiß gedeckte Tische und Stoffservietten. Im Hintergrund eine schöne Anrichte mit Digestifs wie Apfelschnaps und Wodka, die nach dem Essen serviert wurden. Die Gäste sollten sich rundum wohlfühlen. Er würde dann am Herd endlich all das zaubern, wovon er immer geträumt hatte. Mit wehmütigem Lächeln strich er über die Seiten. Ich werde es schon schaffen, dachte er. Ich muss es schaffen! Sonst habe ich mein Leben vergeudet.

André war erst in den frühen Morgenstunden eingeschlafen und schreckte hoch, als Simon ihn am Arm wach rüttelte.

„Aufstehen, Papa“, sagte er mit seiner hohen Kinderstimme und schaute seinen Vater mit leuchtenden Augen an. „Ich gehe heute nach der Schule wieder Altstoff sammeln“, erklärte er stolz. „Unsere Klasse hat bis jetzt die meisten Punkte.“

André warf einen Blick auf den Wecker. Es war bereits kurz nach fünf, und wenn Simon ihn nicht geweckt hätte, hätte er sicherlich verschlafen. Er lächelte seinen Sohn an und schwang sich aus dem Bett. Simon war mit seinen acht Jahren bei den Jungpionieren, die dazu angehalten wurden, alte Flaschen und Zeitungen zu sammeln. Zusammen mit den anderen Kindern zog er in seinem weißen Pionierhemd mit dem blauen Halstuch von Haus zu Haus und sammelte fleißig alles ein. Am Ende des Schuljahres wurden dann Klassenpreise an die besten und fleißigsten Sammler verteilt.

„Weiter so!", antwortete er Simon aufmunternd. „Man muss immer ein Ziel vor Augen haben."

Simon nickte mit ernstem Gesicht und folgte seinem Vater in die Küche. Das Frühstücksgeschirr hatte er schon aufgedeckt. Es gab selbst gebackene Brötchen, die beim Bäcker gerade mal wieder aus waren, und die köstliche Erdbeermarmelade mit den ganzen Stückchen, die André selbst eingekocht hatte.

André warf seinem Sohn einen verstohlenen Blick zu. Er war sehr selbstständig für sein Alter und half mit, wo er nur konnte. André war froh darüber. Er selbst arbeitete den ganzen Tag und war abends oft sehr müde. Oft wünschte er sich, Simon hätte mehr Zeit zum Spielen, doch seit seine Frau, Simons Mutter, sie beide verlassen hatte, musste der Junge seinen Teil zur Hausarbeit mittragen. Er tat es, ohne zu murren, doch manchmal, wenn er sich unbeobachtet glaubte, sah André ihm an, wie sehr er unter der Situation litt.

Dass seine Mutter für ein paar Tage zu Verwandten gefahren war, hatte er seinem Sohn aufgetischt. Aber aus den paar Tagen waren Wochen geworden und aus Wochen Monate, und wenn der Junge wieder und wieder fragte, wann seine Mutter wieder nach Hause kommen würde, wusste sich André oft nicht zu helfen. Wie konnte er ihm die Wahrheit sagen? Wie konnte er ihm nicht die Wahrheit sagen?

Sie würde nicht zurückkommen. Sie hatte sie beide verlassen, weil André sich mit einer anderen Frau eingelassen hatte, wieder einmal. Sie konnte ihm seine Eskapaden einfach nicht mehr verzeihen und war gegangen.

„Machen wir halt unsere Männerwirtschaft", pflegte er dann zu sagen, um Simon spielerisch in die Rippen zu boxen und ihn auf andere Gedanken zu bringen. Manchmal wurde eine kleine Balgerei draus, und das war ihm gerade recht. Denn es zerriss ihm das Herz, seinen Sohn so leiden zu sehen.

„Vielleicht können wir am Wochenende zusammen was unternehmen", sagte André betont fröhlich und lächelte seinen Sohn an. Was vorbei ist, ist vorbei, dachte er. Wir müssen an die Zukunft denken.

Simons Miene hellte sich sofort auf. „Das wäre riesig, Papa", sagte er begeistert und biss herzhaft in sein Brötchen, von dem die Erdbeermarmelade tropfte.

André lächelte in sich hinein. Auch wenn sie nicht

viel hatten, versuchte er doch, immer etwas Besonderes zu machen, das Simon schmeckte.

Nach dem Frühstück gab er seinem Sohn, der schon in die neueste „Frösi“ vertieft war, eine Zeitschrift für Kinder, die er gern vor der Schule las, einen liebevollen Klaps und verabschiedete sich. Draußen im Hausflur stöhnte er verärgert auf. Wieder einmal war das Licht ausgefallen, und er musste sich im Dunkeln die Treppe hinuntertasten.

Draußen lief er durch die triste Plattenbausiedlung zur Straßenbahn. Einige Menschen grüßten ihn. Sie waren ebenfalls unterwegs zu dem großen Chemiewerk, in dem André als Hilfskoch in der Großküche arbeitete. Er grüßte zurück, ohne sich auf ein Gespräch einzulassen. Manche hielten ihn deshalb für arrogant. „Der meint wohl, er ist was Besseres“, hatte ein Mann eines Morgens in der überfüllten Straßenbahn hinter Andrés Rücken abfällig gezischt. André hatte nichts dazu gesagt. Er wollte sich nicht mit dem Mann anlegen und würde ihm ganz sicher nicht erklären, warum er anderen gegenüber so zurückhaltend war.

Sein älterer Bruder Werner war ein Republikflüchtling, der vor mehr als zehn Jahren „rübergemacht“ hatte. Seither wusste André nicht mehr, wem er überhaupt noch über den Weg trauen konnte. Denn auf die Angehörigen eines Republikflüchtlings hatte die Staatssicherheit ein besonders scharfes Auge. Jeder konnte von ihnen als Spitzel angeheuert worden sein, selbst der eigene Vater. Daher lebte André mit einer Angst, die unterschwellig immer in ihm vorhanden war, auch wenn er sich nichts vorzuwerfen hatte. Aber das interessierte die Partei wenig. Um Andrés Leben zu kontrollieren und zu beobachten, reichte es für sie völlig aus, dass sein Bruder den Staat durch seine Flucht verraten hatte.

Als André in der Nähe des Chemiewerks ausstieg, schlug ihm ein fauliger Gestank entgegen. Schnell hastete er in das große Gebäude, in dem sich unten die große, mit Neonlicht grell beleuchtete Werksküche befand. André nickte dem Küchenchef Egon Schneider freundlich zu, der in seinem Büro saß und die Tür offen gelassen hatte, damit er nachprüfen konnte, ob alle rechtzeitig zur Stelle waren. Schneider war der Herr der Großküche. Er koordinierte die Arbeitsabläufe, erstellte Essenspläne und Einkaufslisten und war ständig zwischen seinem Büro und der Küche unterwegs, um zu prüfen, ob alles seinen geregelten Gang lief. Er war ein aalglatter Typ mit lächelnder Fassade, doch André wusste genau, dass er sich bei ihm nicht den kleinsten Fehler erlauben durfte.

Jetzt bedeutete Schneider ihm, in sein Büro zu kommen. Mit mulmigem Gefühl trat André ein, versuchte aber, sich nichts anmerken zu lassen. Schließlich hatte er nichts zu verbergen. Was konnte er dafür, dass sein Bruder die Familie im Stich gelassen und sich von dem Staat abgewandt hatte, der angeblich nur das Wohl der Arbeiter und Bauern im Sinn hatte? Werner hatte das offensichtlich ganz anders gesehen. André hatte jedoch keine Gelegenheit mehr gehabt, mit seinem Bruder darüber zu sprechen. Auch als Werner noch in Halle gewesen war und als Direktor in einem großen Hotel gearbeitet hatte, hatte er kein Wort über seine Pläne verloren. Vermutlich wollte er mich nur schützen, redete André sich immer dann ein, wenn sein Ärger über die Ungerechtigkeiten, die er seitdem hinnehmen musste, übermächtig zu werden drohte.

„Für morgen erwarten wir eine Abordnung aus der UdSSR, die sich unseren Betrieb ansehen will", sagte Schneider. „Ich erwarte, dass alles zu meiner größten Zufriedenheit ausfällt. Haben wir uns verstanden, Genosse Konopka?"

André musste an sich halten, als Schneider sich mit süßlichem Lächeln abwandte und in den Unterlagen blätterte, die auf seinem Schreibtisch lagen. Wenn es nach ihm gehen würde, dann müsste sich niemand über das Essen beschweren. Das geschah relativ oft, und obwohl André als Hilfskoch nicht für den Speiseplan verantwortlich war, bekam er immer wieder die Prügel, wenn irgendetwas schiefging.

Danke, Werner, dachte er im Stillen verbittert und räusperte sich. „Ich werde mein Bestes geben", sagte er dann laut und verließ das Büro.

Nachdem er sich umgezogen und seine weiße Kochschürze umgebunden hatte, trat er an die große Arbeitsplatte, um die ersten Vorbereitungen für das Mittagessen zu treffen, während ein paar andere der rund zwanzig Mitarbeiter sich um das Frühstück für die Werksangehörigen kümmerten. Schweigend schaute er auf den Speiseplan für den heutigen Tag, der seitlich an der weiß getünchten Wand hing. „Hackbraten mit buntem Gemüse und Pommes frites", murmelte er in sich hinein und zuckte mit den Schultern. Die meisten seiner Landsleute bevorzugten die deftig-einfache Küche, genauso wie der Staatsratsvorsitzende Erich Honecker. Dessen Koch, Herr Krause, hatte mal erzählt, dass sein „Chef" am liebsten Kassler aß, in allen möglichen Varianten – mittags warm mit Sauerkraut und Salzkartoffeln und abends kalt als Aufschnitt. Gemüse würde er kaum essen und auch nicht viel Obst außer ab und zu mal einen Apfel. „Das ganze schöne Obst, das in Westberlin extra für ihn eingekauft wurde, Weintrauben, Bananen, Kiwis und Birnen, das will er nicht", hatte Krause mit Bedauern festgestellt.

André zuckte ergeben mit den Schultern. Er konnte den einfallslosen Gerichten nur wenig abgewinnen, aber er musste sich nun einmal an die Vorgaben halten. Schnell machte er sich daran, den großen Berg Gemüse zu putzen und klein zu schneiden.

„Morgen gibt es jedenfalls mal was anderes", hörte

er in diesem Moment eine Stimme hinter sich. Erschrocken zuckte er zusammen, als hätte jemand ihn bei etwas Unrechtem erwischt. Als er sich umdrehte, lächelte er jedoch.

„Renate. Ich habe dich gar nicht kommen hören." Ob sie jetzt auch schon auf mich angesetzt ist?, dachte er und rief sich im nächsten Augenblick selbst zur Ordnung. Wenn er selbst Renate nicht mehr über den Weg trauen konnte, wem denn dann überhaupt noch? Das Küchenmädchen, das ein paar Jahre jünger war als er, hatte von Anfang an zu ihm gehalten. André wusste nicht, ob sie es deswegen tat, weil sie ein wenig verliebt in ihn war, aber es war ihm auch egal. Er war froh, dass überhaupt jemand auf seiner Seite stand. Die anderen sprachen oft nur das Nötigste mit ihm oder mieden ihn sogar, weil sie ihn für eingebildet hielten.

„Soll ich dir mit dem Gemüse helfen?", fragte Renate freundlich und deutete auf den großen Berg, der vor André auf der Arbeitsplatte lag.

„Danke, nicht nötig", meinte André lächelnd. Er war es gewohnt, hart zu arbeiten. Trotzdem hätte er sich gefreut, wenn Renate dageblieben wäre. Dann hätte er während der eintönigen Arbeit ein bisschen mit ihr plaudern können. Aber er wollte nicht, dass sie Schwierigkeiten bekam, wenn sie während der Arbeitszeit zu lange bei ihm stand und ihre eigene Arbeit vernachlässigte. „Du hast doch selbst genug zu tun", fügte er hinzu, denn er wusste, dass sie bei den Vorbereitungen zum Frühstück mithelfen musste. Er wusste allerdings auch, dass sie viel zu wenig Personal hatten in der Küche, um all die Arbeit, die anfiel, zufriedenstellend erfüllen zu können.

André spürte seine Finger kaum noch, als er schließlich das kleine Messer zur Seite legte. Eine kurze Pause konnte er sich allerdings nicht gönnen. Denn jetzt musste der Hackbraten vorbereitet und in den großen Ofen geschoben werden, danach wurden die Pommes frites in heißem Öl ausgebacken.

Erst als die Arbeiter des Chemiewerks mittags beim Essen in der Kantine saßen, ging André kurz nach draußen, um sich eine Zigarette anzuzünden. Tief sog er den Rauch ein und schloss die Augen. In solchen Momenten dachte er immer sehnsüchtig an die Zeit, als er noch in einem großen Hotel gearbeitet hatte. Schon während seiner Ausbildungszeit hatte sein damaliger Chefkoch Oskar Krammer gemerkt, dass in André ein außergewöhnliches Talent schlummerte. Bald durfte er Soßen zubereiten, die er selbst komponiert hatte und denen er immer eine andere, außergewöhnliche Geschmacksnote verlieh. Und auch den Speisen konnte er mit wenigen Zutaten eine ungewöhnliche Note geben. „Aus dir wird mal ein ganz besonderer Koch“, hatte der ältere Mann immer gesagt und sich über Andrés Eifer gefreut. Immer wieder hatte er ihm auch Kochbücher geschenkt, die er zum Teil im Antiquariat erstanden hatte. Und nachdem

André seine Ausbildung mit Bravour beendet hatte, bekam er von Krammer ein ganz besonderes Werk, das noch heute für ihn der kostbarste Schatz war – den „Guide Culinaire“ des weltberühmten französischen Kochs Auguste Escoffier. „Du wirst deinen Weg gehen“, hatte Oskar Krammer zu ihm gesagt.

Und zunächst sollte sein Meister auch recht behalten. Krammer hatte ein paar Jahre später ein neues Nobelrestaurant eröffnet, sein zweites, für das er nun einen Chefkoch brauchte. Und natürlich kam für ihn nur André infrage. Der sagte selbstverständlich mit Begeisterung zu.

Wenn André im Nachhinein an diese Zeit dachte, erschien sie ihm als die glücklichste seines Lebens. Er konnte schalten und walten, wie er wollte, denn Oskar Krammer hatte ihm völlig freie Hand gelassen. In dieser Zeit probierte er auch immer wieder neue Rezepte aus, verfeinerte sie, bis er endlich mit dem Ergebnis zufrieden war.

Auch Simon schien in dieser Zeit glücklich, da er oft bei seinem Vater sein durfte. Auch wenn er damals noch klein gewesen war, half er im Weinkeller mit Begeisterung mit, die Flaschen zu sortieren, durfte beim Eindecken der Tische mithelfen oder beim Abräumen. Stolz lächelte er seinen Vater an, wenn er aus dem Weinkeller kam, und André war erstaunt, wie gut er sich schon nach kurzer Zeit mit den verschiedenen Weinen auskannte.

Es schien ihm wirklich Spaß zu machen.

Und dann war es eines Tages aus gewesen. Oskar Krammer war nach einem Westbesuch nicht mehr zurückgekommen. Erst viel später sollte André erfahren, dass der Meisterkoch ins Ritz Paris gewechselt war. Obwohl Krammer festgelegt hatte, dass André das Restaurant weiterführen sollte, machte die Staatssicherheit ihm einen Strich durch die Rechnung. Denn schon zum zweiten Mal wurde er nun in unmittelbare Verbindung zu einem Republikflüchtling gesetzt – zuerst sein Bruder Werner und nun der Spitzenkoch. Die Folge war eine endlose Reihe von Verhören. Schließlich wurde das Restaurant einfach dichtgemacht – und André stand auf der Straße. Er brauchte lange, um diesen Schlag zu verwinden.

Seitdem arbeitete André in der Großküche und musste auch Arbeiten verrichten, die sonst die Küchenmädchen übernahmen. Und wenn er dann doch mal am Kochtopf stand, musste er sich streng an Egon Schneiders Anweisungen halten, die an Einfallslosigkeit kaum zu überbieten waren.

Entschieden drückte André die Zigarette mit dem Schuh aus. Er würde nicht resignieren, ganz sicher nicht. Eines Tages würde auch seine Stunde kommen.

Als er am späteren Nachmittag nach Hause kam, war Simon schon da. Mit leuchtenden Augen erzählte er seinem Vater, was er an diesem Tag alles in der Schule gelernt hatte. Plötzlich hielt er mitten im Satz inne, und ein Schatten lag auf seinem Gesicht.

Fragend sah André ihn an. „Was ist denn, Simon?“

Der Junge zuckte mit den Schultern. „Ach nichts, Papa“, entgegnete er.

Doch André spürte genau, dass sein Sohn ihm etwas verschwieg. Sofort stieg die nur allzu bekannte Angst in ihm auf. „Hat dich irgendjemand angesprochen und nach mir gefragt?“ André wusste nur zu gut, dass die Leute von der Staatssicherheit nicht einmal davor zurückschreckten, Kinder auf ihre Eltern anzusetzen. Da Simon beharrlich schwieg, umklammerte er dessen Schultern. Panik stieg in ihm auf. „Du musst mir sagen, was passiert ist!“, forderte er mit eindringlicher Stimme und merkte, dass er viel zu laut gesprochen hatte.

Simon sah ihn ängstlich an. „Ich hab nichts falsch gemacht, Papa“, sagte er mit dünner Stimme. „Und eigentlich wollte ich es dir gar nicht erzählen, weil ... wir können ja nicht im Delikat einkaufen ...“ Er stockte und sah mit großen Augen zu seinem Vater auf.

André schnitt dieser Blick ins Herz. Er liebte seinen Sohn und hätte ihm zu gern ab und zu auch einmal etwas Besonderes geboten, aber ohne Devisen konnte er sich keine Extras leisten. Liebevoll zog er Simon kurz an sich und strich ihm über die kurzen Haare. „Wir beide halten doch zusammen. Und du weißt, dass du mir alles sagen kannst, ganz egal, was es auch ist.“

„Ich weiß, Papa“, erwiderte Simon leise. Und dann erzählte er, einer seiner Klassenkameraden hätte vor allen damit geprahlt, dass er ein Paket von seiner Tante aus Westberlin bekommen hatte. „Da waren echte Mohrenköpfe drin, Papa. Eine riesige Schachtel“, sagte Simon und sah seinen Vater mit großen Augen an. „Kann Onkel Werner uns nicht auch mal ein Paket mit Mohrenköpfen schicken?“

André zuckte zusammen. Seit sein Bruder in Westdeutschland war, hatte er keinen Kontakt mehr mit ihm. Mehrmals hatte er versucht, dessen Adresse herauszufinden, doch es war ihm nicht gelungen. Und es stimmte ihn traurig, dass Werner sich nicht ein einziges Mal bei ihm gemeldet hatte. „Onkel Werner hat sicher sehr viel zu tun“, meinte André ausweichend, auch um sich seine eigene Enttäuschung nicht anmerken zu lassen.

Spät am Abend, als Simon schon schlief, stand André dann in der Küche. Mit einem Schneebesen schlug er Eiweiß mit viel Zucker auf, bis es steif war und ließ die Schneemasse dann in Milch löffelweise einkochen, damit sie fest wurde. Danach löste er in einem Topf die Schokolade auf, die Renate ihm vor Kurzem mitgebracht hatte, und tunkte nach dem Auskühlen dann die steifen Schneebällchen, die er geformt hatte, in die braune Flüssigkeit. Mit schräg gelegtem Kopf betrachtete er schließlich sein Werk – zehn kleine Mohrenköpfe. Sie sahen sicher nicht so perfekt aus wie die, die Simons Klassenkamerad aus dem Westen bekommen hatte. Aber vielleicht schmecken sie ihm trotzdem, dachte André, bevor er sich müde ins Bett fallen ließ.

Simon verschlug es am nächsten Morgen die Sprache, als er im Schlafanzug die Küche betrat. Müde rieb er sich die Augen und starrte noch einmal auf den Tisch, auf dem der Teller mit den Mohrenköpfen stand. „Sind … sind die für uns?“, fragte er ungläubig.

Lächelnd schüttelte André den Kopf. „Nein, nicht für uns“, sagte er und fügte, nachdem er Simons enttäuschte Miene bemerkte, schnell hinzu: „Die sind für dich. Für dich ganz allein.“

Simon stand immer noch wie angewurzelt da, als könnte er es nicht glauben. „Danke, Papa“, sagte er schließlich leise. „Darf ich vielleicht gleich …“

„Aber natürlich“, entgegnete André und sah zu, wie sein Sohn glücklich einen Mohrenkopf in die Hand nahm und hineinbiss.

„Mmh, sind die lecker“, sagte Simon mit vollem Mund. „Viel besser als die aus dem blöden Westpaket.“

In bester Laune betrat André eine Stunde später die Großküche. Die abweisenden Blicke, die ein paar Arbeitskollegen ihm zuwarfen, konnten ihm an diesem Morgen nichts anhaben. Denn immer noch hatte er Simons freudestrahlendes Gesicht vor Augen, das ihn für so vieles entschädigte. Als er später Renate davon erzählte, freute auch sie sich.

„Siehst du, man braucht gar nicht viel, um andere glücklich zu machen“, sagte sie versonnen.

Als hätten ihm die selbst gemachten Mohrenküsse noch zusätzliches Glück beschert, durfte André an diesem Tag auch endlich einmal wieder das tun, was er am liebsten machte: kochen. Doch davon ahnte er noch nichts, als Egon Schneider ihn mittags in sein Büro bat und er die Tür hinter sich schloss. Deshalb hatte André zunächst kein gutes Gefühl. Was wollte dieser Mann schon wieder von ihm?

„Sie wissen ja, Konopka“, begann Schneider, „dass die Partei besonderen Wert darauf legt, dass die Delegation aus unserem sozialistischen Bruderland sich bei uns wohlfühlt.“

André nickte und wartete gespannt darauf, was noch kommen würde. Wollte Schneider ihm vielleicht andeuten, dass er als Bruder eines Republikflüchtlings da nicht erwünscht war?

„Und deshalb darf uns heute kein Fehler unterlaufen“, fuhr Schneider ungerührt fort. Er räusperte sich und deutete auf seinen Schreibtisch, der wie immer übersät war mit Papieren. „Ich habe hier noch so viel Dringendes zu erledigen, dass ich mich nicht selbst darum kümmern kann“, fuhr Schneider überheblich fort. „Deshalb müssen Sie heute ran, Konopka.“ Er machte eine kleine

Pause. „Da können Sie mal zeigen, was in Ihnen steckt oder ob Sie nur große Töne spucken."

André verkniff sich die spitze Bemerkung, die ihm auf der Zunge lag. Egon Schneider hatte sich zu Anfang sehr abfällig geäußert, als André bemerkt hatte, dass er mehr konnte als Nudelsalat oder die allseits beliebten Chutneys, die in allen möglichen Geschmacksrichtungen von Birnen-Curry-Chutney, Apfel-Aprikosen- oder Ingwer-Stachelbeer-Chutney eingekocht wurden. „Das Zeug aus den imperialistischen Staaten, das Sie auf den Tisch bringen würden, will hier keiner essen", hatte er gesagt, als André ihm ein paar Vorschläge unterbreitet hatte, zum Beispiel Coq au Vin, ein einfaches, aber sehr schmackhaftes Hühnchengericht aus Frankreich. Schon damals hatte André vermutet, dass sich Schneiders Kochkünste auf wenige Gerichte beschränkten. Aber da sein Schwager in der Partei war, war ihm wohl der Posten als Chefkoch in dieser Großküche zugeschanzt worden. Dass André an diesem Tag für das Essen verantwortlich war, lag einzig daran, dass Schneider von internationaler Küche keine Ahnung hatte.

„Ich werde mein Bestes geben", entgegnete André und verließ wenig später lächelnd das Büro. Schneider hatte ihm noch ein paar gute Ratschläge mit auf den Weg gegeben, die André sich zwar angehört, aber sofort wieder vergessen hatte. Denn nichts von alledem konnte er brauchen, um ein schmackhaftes Menü für die wichtigen Gäste aus dem sozialistischen Bruderland zu zaubern.

„Was wollte Schneider denn von dir?", fragte Renate besorgt, als André zurückkam und bei ihr stehen blieb. Sie hatte den riesigen Berg an Frühstücksgeschirr, der sich zuvor neben der Spüle aufgetürmt hatte, schon fast bewältigt.

André grinste vergnügt. „Denen werden wir heute mal zeigen, wie man richtig kocht", entgegnete er.

Verwundert sah Renate ihn an. „Heißt das, du bist heute endlich mal am Zug?" Als André nickte, sah sie sich schnell um, dann hauchte sie ihm einen dicken Kuss auf die Wange. „Du glaubst gar nicht, wie mich das freut", sagte sie leise und strahlte ihn an.

„Ist ja nichts Besonderes, was ich machen muss", meinte André, den Renates Überschwänglichkeit ein bisschen verlegen machte. „Wenn du willst, kannst du mir helfen, wenn du hier fertig bist", fügte er hinzu. Schneider hatte ihm in diesem Punkt tatsächlich freie Hand gelassen. Alles, was ihn interessierte, war, dass pünktlich zum Empfang am Nachmittag ein exzellentes Menü auf dem Tisch stand.

„Sehr gern." Renate strahlte und machte sich schnell wieder an den restlichen Abwasch, um bald fertig zu sein.

André ging weiter zu dem großen Kühlschrank und schaute auf den Menüzettel, den Schneider ihm mitgegeben hatte. Als Vorspeise sollte es Schinkentütchen, gefüllt mit Champignonsalat und Sahnemeerrettich, geben, dazu Kaviar und Räucheraal. Das alles wurde mit einem Wodka heruntergespült. Die Känguruschwanzsuppe war schon fertig; sie kam aus dem VEB Exzellent in Dresden, wo exotische Suppen wie auch Haifischflossensuppe oder Schildkrötensuppe hergestellt wurden. Der zweite Gang bestand aus Lachsschnitten mit Sauce mousseline, dazu Spargelspitzen, Butterreis und Salat. Danach das Hauptgericht: Fasan in Sahnesoße auf Champagnerkraut und Herzoginkartoffeln. Der Nachtisch war schlicht gehalten – Obstsalat mit Haselnüssen, danach noch ein Mokka mit Gebäck. Natürlich würde zu jedem Gang auch der passende Wein gereicht.

André wusste, dass es für das Gelingen eines guten Menüs entscheidend auch auf die richtige Organisation ankam. All das hatte er ja früher gelernt, und er war froh, dass er endlich einmal wieder zeigen konnte, was in ihm steckte.

Als Erstes bereitete er den Hefeblätterteig für die Schinkentütchen vor, danach die Füllung aus fein gehacktem Schinken, Zwiebel, Butter, hart gekochten Eiern, Gurke und verschiedenen Gewürzen. Während er die Sahnemeerrettichcreme anrührte, sah er aus einem Augenwinkel, dass ein paar der anderen Mitarbeiter ihn abfällig musterten. Schnell wandte er den Blick wieder ab. Er wusste, dass sie ihm dieses Privileg nicht gönnten, wollte sich dadurch aber nicht beirren lassen. Jetzt galt es, sich ganz auf das Menü zu konzentrieren, damit es auch zur vollsten Zufriedenheit gelang.

Renate war inzwischen mit dem Abwasch fertig und schnitt das Obst für den Obstsalat klein, während André den gut abgehangenen Fasan mit Speck umwickelte, den er vorher mit Salz und Pfeffer eingerieben hatte. Danach briet er ihn mit klein gewürfeltem Speck kurz an und goss dann mit Brühe und wenig später mit Wein auf. „Mir läuft jetzt schon das Wasser im Mund zusammen“, meinte Renate, als ihr der Bratenduft in die Nase stieg. „Schade, dass ich nicht zu diesem Empfang eingeladen bin.“

André, der inzwischen den klein geschnittenen Sellerie, den er nach dem Kochen mit Sahne verfeinert hatte, zu dem Fasan gab, zuckte mit den Schultern. „Wenn ich mal irgendwo einen Fasan kriegen sollte, mache ich dir einen. Ganz für dich allein.“

Am frühen Nachmittag kam Egon Schneider zu André, nahm wortlos einen Löffel aus der Schublade, tauchte ihn in die Sauce mousseline, die fertig auf dem Herd stand und zu den Lachsschnitten serviert werden sollte, und probierte. Dann rümpfte er die Nase. „Da fehlt doch noch was“, meinte er und griff nach der Pfeffermühle, die auf der Anrichte stand.

„Da fehlt nichts“, widersprach André energisch. Auch wenn er sich Schneider gegenüber sonst zurückhielt, würde er sich diesmal von ihm nicht hereinreden lassen. Denn er wusste, dass die Soße genau so schmeckte, wie es sein sollte. Noch mehr Pfeffer hätte sie nur verdorben.

Schneider war rot geworden. „Wie Sie meinen“, entgegnete er pikiert. „Aber Sie stehen mir dafür gerade, wenn es den Gästen nicht schmeckt.“ Damit drehte er sich auf dem Absatz um und marschierte zurück zu seinem Büro.

Pünktlich zum Empfang war alles fertig. André war sehr zufrieden mit dem Menü. Ob es den Gästen allerdings auch gemundet hatte, würde er erst am nächsten Tag erfahren.

Obwohl er sonst froh war, wenn er Egon Schneider so wenig wie möglich zu sehen bekam, konnte André es am nächsten Tag kaum erwarten, bis er endlich auftauchte. Schneider ließ sich jedoch erst am späten Vormittag bei ihm blicken.

„Waren die Gäste zufrieden?“, fragte André, da Schneider kein Wort zu seinem Menü verlor.

Egon Schneider zuckte mit den Schultern. „Sie haben es gegessen.“ Das war alles, was er sagte, bevor er die Großküche verließ.

Verärgert sah André ihm hinterher. Was hatte er diesem Mann eigentlich getan, dass der ihn so herablassend behandelte? Er hatte sein Bestes gegeben. Nicht dass er überschwängliches Lob von Egon Schneider erwartet hätte. Aber zumindest ein bisschen Anerkennung hätte er zeigen können.

„Eines Tages wirst du es ihnen allen zeigen", meinte Renate, als er ihr davon erzählte.

„Ja, eines Tages", sagte André deprimiert, der sich in diesem Augenblick nicht mehr sicher war, ob dieser Tag überhaupt jemals kommen würde.

Um sich wieder Mut zu machen, sah André am Abend in der Zeitung die Stellenanzeigen durch. Es musste doch auch für ihn möglich sein, woanders als in dieser Großküche eine Stelle zu finden!

Er fand mehrere Angebote, doch fast alle waren in Dresden, Ostberlin oder Leipzig. André wollte jedoch nicht weg aus Halle. Simon ging hier in die Schule und fühlte sich wohl. André wollte die Zeitung schon weglegen, als sein Blick auf eine kleine Anzeige fiel. In der Nähe von Halle wurde ein Koch in einem kleinen Hotel gesucht. Es war genau das, was er sich vorgestellt hatte.

André konnte es kaum erwarten, bis er am nächsten Tag in der Großküche mit der Arbeit fertig war. Schnell fuhr er nach Hause, nahm die Zeitung und wählte die Nummer des kleinen Hotels. Als er fünf Minuten später den Hörer wieder auf die Gabel legte, atmete er erleichtert auf. Man hatte ihn tatsächlich zu einem Gespräch eingeladen, am kommenden Samstag.

Wie im Schneckentempo schien die Zeit dahinzukriechen. Als es dann endlich so weit war und André in seinem besten Anzug im Bus saß, merkte er, dass er vor Aufregung feuchte Hände bekam. Bleib ruhig, mahnte er sich im Stillen. Plötzlich musste er lächeln. So aufgeregt war er das letzte Mal mit fünfzehn gewesen. Damals hatte er sich zum ersten Mal verliebt.

Es war ein Mädchen aus der Nachbarschaft gewesen, genauso alt wie er. Obwohl sie sich immer recht kühl gab, schien sie Interesse am hübschen André zu haben, das hatte ihr Bruder ihm verraten. Als sie eines Tages endlich eingewilligt hatte, sich in einer alten Ruine ein kleines Stück außerhalb der Stadt mit ihm zu treffen, war André mit seinem klapprigen Fahrrad hingefahren, und, als er endlich an dem Treffpunkt ankam, ganz nass geschwitzt gewesen. Um ein Haar wäre er umgekehrt und zurückgefahren, weil er sich schämte, seiner Angebeteten so gegenüberzutreten. Später war er froh, dass er es nicht getan hatte. Sie hatte sich als ausgesprochen nett herausgestellt, und sie hatten sich immer wieder getroffen. Bis zu dem Tag, als Werner geflohen war.

Danach hatten die Eltern dem Mädchen verboten, sich weiter mit ihm abzugeben, obwohl sie ihn zuvor mit offenen Armen empfangen hatten. Ein angehender Koch schien eine gute Partie für ihre Tochter gewesen zu sein – der Bruder eines Republikflüchtlings war es nicht.

André schüttelte den Kopf. Er wollte sich jetzt nicht

mit trüben Gedanken belasten.

Inzwischen war er an der Haltestelle angekommen, die in der Nähe des kleinen Hotels lag. Er klemmte sich die Aktentasche mit seinen Unterlagen unter den Arm, stieg aus und ging die Straße entlang. Schließlich blieb er vor einem hübschen Fachwerkhaus stehen. Er wusste gleich, dass es ihm gefallen würde, hier zu arbeiten. Einen kurzen Augenblick blieb er stehen, atmete tief durch und dachte an die Worte seines früheren Lehrmeisters Oskar Krammer, dem er so viel zu verdanken hatte. „Du musst an dich selbst glauben", hatte der Chefkoch gesagt, „dann schaffst du alles." Auch wenn André inzwischen schmerzlich hatte erfahren müssen, dass dieser Satz nicht immer auf ihn zutraf – jetzt wollte er sich jetzt daran halten!

Nachdem er ein paar Minuten in der Lobby gewartet hatte, wurde er ins Büro des Hoteldirektors gebeten. Er war ein Mann von Ende fünfzig, mit freundlichem Lächeln, von dem André sich jedoch nicht täuschen lassen wollte. Zu oft hatte er schon erlebt, dass ein freundliches Lächeln schnell zu einer abweisenden Miene werden konnte, die für ihn dann ganz und gar nichts Gutes bedeutete.

„Schön, dass Sie gekommen sind", sagte der Direktor und wies auf einen Stuhl, der vor seinem Schreibtisch stand. „Setzen Sie sich doch bitte."

André nahm Platz und versuchte, sich zu entspannen.

„Sie möchten also bei uns als Koch arbeiten", fuhr der ältere Mann fort. „Dürfte ich wissen, bei wem Sie gelernt haben?"

André schlug die Beine übereinander. „Aber natürlich." Er lächelte bei dem Gedanken an seinen früheren Lehrherren. „Es war Oskar Krammer", sagte er nicht ohne Stolz in der Stimme.

„Oskar Krammer?", fragte der Direktor erstaunt und nickte zustimmend. „Etwa der Krammer, der früher als Chefkoch im Adlon gearbeitet hat?" Als André nickte, fuhr er fort: „Natürlich kenne ich ihn. Jeder Mensch mit gutem Geschmack muss einmal bei ihm gegessen haben." Unwillkürlich fuhr er sich mit der Hand über den Bauch. „Krammer war ja ein begeisterter Anhänger von Escoffier, wenn ich mich recht erinnere."

André rückte auf seinem Stuhl vor. In diesem Mann hatte er offensichtlich einen echten Kenner der guten Küche gefunden. „Oskar Krammer hat mir zum Abschluss meiner Lehrzeit den berühmten ‚Guide Culinaire' geschenkt, und …"

„Jetzt sagen Sie nicht, dass Sie danach kochen", unterbrach ihn der Direktor aufgeregt.

André lächelte. „Im Moment nicht, aber ich habe es gelernt." Schon immer hatte ihn das Leben und Wirken des weltberühmten französischen Meisterkochs Auguste Escoffier fasziniert. Stundenlang hatte er seinem Meister Oskar Krammer zugesehen, wenn er Gerichte wie Geflügel à la Derby oder Seezungenfilet Coquelin von Escoffier komponiert hatte. Nach einiger Zeit hatte er sich dann selbst daran versucht, zur Begeisterung seines Lehrherren.

Der Direktor war aufgesprungen. „Dann kommen Sie und zeigen Sie mir, dass Sie es immer noch können", sagte er aufgeregt und deutete dann auf die Aktentasche, die André wie einen Schraubstock umklammerte. „Und lassen Sie endlich diese Tasche los. Mich interessieren Ihre Papiere nicht. Das, was auf dem Teller liegt, spricht seine eigene Sprache."

André stand auf, lehnte seine Aktentasche unten gegen den Stuhl und folgte dem Direktor in die Küche. Er konnte noch gar nicht glauben, dass er so viel Glück haben sollte. Noch ist nichts gewonnen, mahnte er sich dann selbst im Stillen. Denn zuerst einmal musste er den Geschmack des Direktors treffen.

„Wir haben alles da, was Sie für Escoffiers berühmten Pfirsich Melba brauchen", sagte er, als sie in der Küche waren. „Also, überraschen Sie mich einfach mit Ihrem Können." Damit ließ er André in der Küche allein.

Wenig später hatte André alle Zutaten zusammengestellt und begann mit der Arbeit. Er pürierte Himbeeren, verrührte Puderzucker darin und verfeinerte das Mark mit Himbeergeist. Dann tauchte er die Pfirsiche kurz in kochendes Wasser, zog die Haut ab, halbierte sie und legte sie auf das Vanilleeis, das er schon auf eine gekühlte Sektschale gegeben hatte. Danach garnierte er die Hälften mit dem Himbeermark, geschlagener Sahne und Mandelsplittern. André wusste, dass es bei diesem Rezept auf die genaue Mischung ankam. Ein bisschen zu viel oder zu wenig von diesem oder jenem – und der Pfirsich Melba schmeckte nur noch halb so gut.

„Sie haben wirklich nicht zu viel versprochen“, sagte der Direktor begeistert, als er eine halbe Stunde später voller Andacht das Dessert probierte. Langsam und genüsslich aß er einen Löffel nach dem anderen, dann sah er André an. „Könnten Sie in zwei Wochen bei uns anfangen, Herr Konopka?“

André schluckte. Fast glaubte er zu träumen. „Ja … ja natürlich“, entgegnete er und hätte am liebsten einen Luftsprung gemacht. Der Mann hatte ihn eingestellt, ohne sich seine Papiere anzusehen. Etwas Besseres hätte ihm gar nicht passieren können.

Auch Renate freute sich, als sie abends mit André in einer kleinen Eckkneipe bei einem Bier zusammensaß. André hatte sie eingeladen, weil er seine Freude unbedingt mit jemandem teilen wollte. Er spürte jedoch auch, dass Renate ein wenig traurig war.

„Du kannst mich doch jederzeit besuchen“, tröstete er sie. „Ich bin doch nicht aus der Welt.“

Zwei Tage später steckte ein Brief in Andrés Briefkasten. Als er den Absender sah, lächelte er. „Das ist sicher die

Bestätigung vom Hoteldirektor, dass ich übernächste Woche anfangen kann“, murmelte er vor sich hin, als er zurück in seine Wohnung ging. Vorsichtig öffnete er den Umschlag und zog ein Stück Papier heraus. Er faltete es auseinander und begann zu lesen.

André merkte nicht, dass er auf den Stuhl, der hinter ihm stand, gesackt war. Und das, was er da las, konnte er nicht begreifen. Er wischte sich über die Augen und starrte wieder auf die schwarzen Buchstaben, die vor seinen Augen tanzten. „… müssen wir Ihnen mitteilen, dass wir die Stelle des Chefkochs schon anderweitig vergeben haben“, las er nun schon zum wiederholten Mal und wollte es immer noch nicht begreifen. Eine ganze Weile blieb er auf dem Stuhl sitzen und starrte ins Leere. Der Direktor des Hotels hatte ihm doch zugesagt, dass er die Stelle bekommen würde! André dachte daran, wie begeistert er gewesen war von seinem Pfirsich Melba. Warum nur hatte er es sich dann doch anders überlegt?

Und dann fiel ihm plötzlich etwas ein: Er hatte seine Aktentasche im Büro stehen lassen, als er dem Hoteldirektor in die Küche gefolgt war. Ob irgendjemand in seinen Papieren herumgeschnüffelt hatte, während er das gewünschte Dessert zubereitet hatte? Natürlich war in seinen Papieren vermerkt, dass sein Bruder ein Republikflüchtling war. Das musste der Grund sein. Anders konnte er sich den Sinneswandel des Direktors nicht erklären.

Verärgert stöhnte André auf. Er war wütend auf sich selbst. Wie konnte ihm nur so ein Fehler unterlaufen? Wie hatte er nur so unvorsichtig sein können? Inzwischen müsste er doch wissen, dass er kaum jemandem über den Weg trauen konnte. Einen Augenblick lang überlegte er, noch einmal zu diesem Hotel zu fahren, um sich Gewissheit zu verschaffen, doch dann verwarf er den Gedanken wieder.

Er würde ganz sicher nicht zu Kreuze kriechen. Und eines Tages würde er sein eigenes Restaurant aufmachen. Dann könnte ihn niemand mehr auf die Straße setzen.

2. KAPITEL

André brauchte ein paar Tage, um sich von diesem Tiefschlag zu erholen. Er versuchte, sich vor Simon nichts anmerken zu lassen, weil er den Jungen nicht mit seinem Kummer belasten wollte. Renate hingegen konnte er nichts vormachen. Und nachdem sie ihn während der Arbeit in der Großküche ein paarmal gebeten hatte, ihr doch endlich zu sagen, warum er so bedrückt war, erzählte er ihr alles – auch von seinem Verdacht, dass irgendjemand seine Aktentasche durchwühlt hatte, während er in der Küche war.

Renate war bei seinen Worten vor Wut rot angelaufen. „Wie ich das alles hasse“, zischte sie leise. „Seit Jahren werden wir von den Parteibonzen für dumm verkauft.“ Sie lachte leise auf. „Kennst du diesen Witz? ‚Über Kuba lacht die Sonne, über uns die ganze Welt.‘ Genauso ist es nämlich. Aber keiner steht auf und macht diesem Trauerspiel ein Ende.“

Mit wachsendem Entsetzen hatte André ihr zugehört. Nicht dass er nicht jedes ihrer Worte sofort hätte unterschreiben können. Ganz im Gegenteil. Ihm brachte dieser Staat, der sich angeblich dem Wohl der Arbeiter und Bauern verschrieben hatte, nur Nachteile. Aber dass Renate in aller Öffentlichkeit, wenn auch leise, ihren großen Unmut äußerte, konnte gefährlich werden.

Mit verhaltener Stimme versuchte er sie zu beruhigen. Er wollte auf keinen Fall, dass sie sich Scherereien einhandelte.

André hatte beschlossen, zunächst weiter in der Großküche zu arbeiten. Sich irgendwo anders als Koch zu bewerben, hatte er aufgegeben. Die Absage des Hoteldirektors hatte ihn zu tief gedemütigt. Stattdessen überlegte er, wie er es schaffen könnte, endlich ein eigenes Restaurant zu eröffnen.

Ab und zu traf er sich abends mit seinen Freunden Alfred und Christiane, die Einzigen, die ihm noch geblieben waren. Er vertraute ihnen.

„Ich weiß, für dich ist es ein Unding, dich hier mit uns zu treffen", meinte Alfred grinsend. „Aber ich esse Krusta nun mal gern. Und Christiane auch", fügte er mit Blick auf seine Frau hinzu.

Sie hatten sich in einer Krusta-Stube getroffen, die vor einiger Zeit neu aufgemacht hatte. In den Zeitungen war mit einer wahren Begeisterung von den quadratischen Teigfladen, den Krustas, berichtet und deren Vielfalt in den höchsten Tönen beschrieben worden: Teufels- oder Schwarzmeer-Krusta, Krusta, belegt mit Hackbraten, Salami, Eiern oder Sardellen, und viele andere Variationen, die einen Hauch von Mittelmeer vermitteln sollten. André hatte diese „kulinarische Verfehlung", wie er es genannt hatte, nur milde belächelt, war jedoch mit Simon ab und zu dorthin gegangen, um ihm eine Freude zu machen. Und auch seine Freunde wollte er nicht vor den Kopf stoßen.

„Und, wie steht's mit der Liebe?", meinte Alfred augenzwinkernd, nachdem er mit großem Genuss eine Krusta mit Hackbraten gegessen hatte. „Bei dir müssten die Frauen doch Schlange stehen, so wie du aussiehst."

André lachte laut auf und schaute über seine Schulter. „Komisch, ich sehe aber keine", meinte er und winkte ab. „Im Moment habe ich andere Sorgen", fuhr er fort und erzählte von der Absage des Hoteldirektors. „Außerdem braucht Simon meine ganze Aufmerksamkeit. Er leidet nämlich immer noch darunter, dass seine Mutter nicht mehr da ist. Wenn ich jetzt auch noch mit einer neuen Frau ankäme ..."

Simon ging inzwischen in die vierte Klasse. Das blaue Halstuch der Pioniere hatte er nun mit einem roten vertauscht. Er war jetzt ein Thälmann-Pionier. Seine Nachmittage verbrachte er meistens mit den anderen aus seiner Gruppe und sah seinen Vater meist erst am Abend. Also blieben ihnen nur die Wochenenden, um zusammen etwas zu unternehmen.

„Heute Abend machen die Pleenskes von nebenan eine Party unten", sagte er eines Samstagmorgens beim Frühstück zu seinem Vater. „Können wir da nicht auch mal hingehen?"

Die Bewohner der Plattenbausiedlung hatten sich vor

einiger Zeit einen Partykeller eingerichtet, in dem sie oft und gern ausgiebig feierten. André war allerdings noch nie bei einer dieser Partys dabei gewesen, weil er kaum Kontakt zu den Nachbarn hatte. Deshalb wollte er zunächst den Kopf schütteln und ablehnen, doch als er Simons flehenden Blick sah, änderte er seine Meinung. „Na schön, wir können ja mal auf einen Sprung hingehen", räumte er ein. „Vielleicht ist es ja ganz nett."

„Wir müssen aber auch was zum Essen mitbringen, hat die Frau vom Hausmeister gesagt", meinte Simon. „Machst du mal wieder deinen leckeren Kartoffelsalat?"

„Mal sehen", meinte André. „Vielleicht fällt mir ja auch noch was anderes ein."

Am Nachmittag stand er dann in der kleinen Küche und bereitete zunächst einen Krautsalat mit Äpfeln, Karotten, gehackten Walnüssen und geriebenem Käse zu, verfeinert mit selbst gemachter Mayonnaise. Dann schnitt er die Eier, die er schon gekocht hatte, in Hälften und füllte sie mit Heringsfilet, klein geschnittenen Zwiebeln und Äpfeln und dem verrührten Eigelb mit Mayonnaise. Simon half fleißig mit und probierte zwischendurch immer wieder. „Hm, das schmeckt gut", schwärmte er mit leuchtenden Augen. „Du bist der beste Koch, den es gibt, Papa!"

André nickte nur. Mag ja sein, dachte er wehmütig. Nur dass keiner mich haben will.

Als sie dann gegen sieben Uhr unten im Haus den

Partykeller betraten, waren schon alle Hausbewohner dort versammelt. Erstaunt sahen sie André an, als er den Krautsalat und die russischen Eier auf den Campingtisch stellte, auf dem große Schüsseln Nudelsalat mit viel Mayonnaise und Jagdwurststreifen, überbackene Wiener Würstchen und Unmengen an Buletten neben Radeberger Bier standen. Auch der polnische Wodka fehlte natürlich nicht. Die grelle Neonröhre an der Decke hatte jemand mit rotem Krepppapier verhängt, sodass ein schummriges Licht in dem Keller herrschte. André warf einen Blick auf die alten, verschlissenen Polstermöbel, die neben ein paar Stühlen als Sitzgelegenheit dienten. Sogar eine Bar aus Sperrholz gab es, an der die Männer des Hauses saßen und Bier tranken.

„Aha, Konopka, lässt du dich auch mal bei uns blicken?", meinte jetzt ein Mann, dessen Bauch sich gefährlich über dem Hosenbund wölbte, und grinste zu ihm hinüber.

André kannte den Namen des Mannes nicht. Er wusste nur, dass er unten im Parterre wohnte und das Hausbuch führte. Dort wurden besonders die Besucher eingetragen, die keine DDR-Bürger waren und länger als dreißig Tage blieben. Die Behörden wollten vor allem über Westbesuche Bescheid wissen, und die Volkspolizei und die Staatssicherheit konnte jederzeit die Vorlage dieses Hausbuches verlangen. Aber was sollte da über mich schon drinstehen?, dachte André. Der einzige Mensch, den er im Westen kannte, war sein Bruder Werner, und der dachte nicht im Traum daran, ihn zu besuchen.

André grüßte freundlich, obwohl ihm der Ton dieses Mannes ganz und gar nicht gepasst hatte. Er wollte keinen Ärger, schon wegen Simon nicht, der sich inzwischen zu den anderen Kindern gesetzt hatte und mit ihnen spielte.

„Komm rüber", rief der Mann jetzt und deutete auf einen freien Hocker, der neben seinem stand.

André setzte sich und nahm das Bier, das der Mann, der sich als Walter vorstellte, ihm eingeschenkt hatte, und stieß mit allen an. „Schön habt ihr es hier", sagte er freundlich, nachdem er getrunken hatte.

Walter klopfte ihm auf die Schulter. „Meine ich doch auch." Er füllte ein paar Schnapsgläschen und reichte André eines davon. „Darauf sollten wir anstoßen", rief er und hob sein Glas. Nachdem alle getrunken hatten, füllte er gleich wieder nach.

André hatte sich inzwischen entspannt, nicht zuletzt durch das Bier und die beiden Schnäpse, die er getrunken hatte. Kurz warf er einen Blick zu Simon. Dem Jungen schien es hier sehr zu gefallen. Mit leuchtenden Augen spielte er zusammen mit den anderen Kindern. Und auch André fühlte sich endlich einmal ein wenig unbeschwert und unterhielt sich eine Weile mit den anderen Männern.

Irgendwann trat eine Frau mit kurzen blonden Haaren und einer verführerischen Figur zu den Männern. „Wollt ihr nicht mal was essen?“, fragte sie vergnügt und nickte André schmunzelnd zu. „Ich habe deinen Krautsalat und die russischen Eier probiert. Schmecken köstlich“, schwärmte sie und zwinkerte ihm zu.

André stand sofort auf und bot ihr seinen Barhocker an. „Setz dich doch“, meinte er mit charmantem Lächeln. Dieser Abend schien ja doch nicht so langweilig zu werden, wie er zu Anfang gedacht hatte.

Die Frau, die sich als Jasmin vorgestellt hatte, nahm auf dem Barhocker Platz, wobei ihr enger Rock sich beinahe bis zu den Oberschenkeln hochschob. Doch es schien sie nicht zu stören, ganz im Gegenteil. Herausfordernd sah sie André an, dessen Blick einen Moment zu lang auf ihren Beinen geruht hatte. „Gefällt dir, was du siehst?“, meinte sie.

André nahm seinen Blick von ihren Beinen und sah Jasmin tief in die Augen. „Es gefällt mir sogar ausnehmend gut“, entgegnete er und sah sie dann fragend an. „Wie kommt es, dass wir uns noch nie gesehen haben? Du wärst mir doch sofort aufgefallen.“

Jasmin lachte und deutete mit dem Kopf auf die Frau des Hauswarts, die ein kleines Stück von ihnen entfernt stand. „Ich bin bei meiner Schwester zu Besuch.“ Dann fuhr sie mit den Händen an ihrem tiefen Ausschnitt entlang. „Mein Mann musste zu Hause bleiben. Leider“, fuhr sie mit kokettem Augenaufschlag fort. Ihr verführerischer Blick strafte ihre Worte Lügen.

Auch André fand es nicht bedauerlich, dass Jasmins Mann nicht hatte mitkommen können. Ganz im Gegenteil. So konnte er ungehindert mit dieser Frau flirten – und vielleicht noch mehr, wenn sich die Gelegenheit ergäbe. Warum auch nicht. Schließlich war er ein Mann, der gern mit hübschen Frauen flirtete oder sich zusammen mit ihnen vergaß. Dass sie verheiratet war, war ihm allerdings mehr als recht, denn so würde sie nicht auf die Idee kommen, womöglich mehr zu wollen als diesen einen Abend mit ihm. André liebte es zwar, mit den Frauen zu flirten, aber er hatte eigentlich nicht vor, sich wieder so schnell zu binden.

Während Jasmin ihm von ihrem angeblich so öden Leben in Bitterfeld erzählte, strich André wie zufällig ab und zu über ihren nackten Arm.

„Und was machst du so, wenn du nicht gerade verheiratete Frauen verführst?“, meinte sie schließlich und legte ihre Hand auf seine.

André spürte, wie ihm ein heißer Schauer über den Rücken lief. Längst hatte er alle Vorsicht abgelegt, ausgelöst durch den Alkohol und Jasmins Gegenwart, die ihn seine Vernunft vergessen ließ. Mit schon etwas schwerer Zunge erzählte er, dass er Koch sei und irgendwann ein eigenes Restaurant aufmachen wollte.

Begeistert klatschte Jasmin in die Hände. „Ich hab mir gleich gedacht, dass du was Besonderes bist“, sagte sie mit leuchtenden Augen. „Wann ist es denn so weit? Ich hoffe, du lädst mich dann mal ein“, fügte sie gespielt beleidigt hinzu.

André nickte lächelnd. „Aber natürlich. Es kann allerdings ... nun ja, noch ein bisschen dauern“, fuhr er zögernd fort. „Du weißt ja selbst, dass es hier nicht so einfach ist, seine eigenen Vorstellungen zu verwirklichen. Manchmal wünschte ich, ich könnte ...“

Weiter kam er nicht, da Simon in diesem Augenblick zu ihnen trat. Müde sah er seinen Vater an. „Wann gehen wir denn nach Hause, Papa?“, fragte er.

André hatte seinen Sohn völlig vergessen. Allerdings hatte er nicht die geringste Lust, jetzt schon zu gehen, zumal Jasmin noch ein Stück näher zu ihm gerutscht war und er ihr Bein an seinem spürte. Daher zog er seinen Hausschlüssel aus der Hosentasche und reichte ihn seinem Sohn. „Geh doch schon mal vor“, meinte er. „Ich komme bald nach.“

Simon schüttelte den Kopf. „Ich will aber nicht allein im Dunkeln nach Hause gehen“, entgegnete er fast trotzig.

„Aber du bist doch schon groß“, neckte André ihn, während Jasmin zustimmend nickte und dem Jungen über die Haare strich.

Noch einmal versuchte Simon, seinen Vater zum

Mitkommen zu überreden, doch der ließ sich nicht erweichen. Schließlich konnte er ja nicht ständig Rücksicht auf ihn nehmen. Er wollte sich auch einmal vergnügen.

Simon gab schließlich klein bei und verschwand, nicht ohne seinem Vater noch einmal das Versprechen abzunehmen, bald nachzukommen.

Hatte André erwartet, dass aus seinem Flirt für diesen Abend mehr werden konnte, so wurde er später enttäuscht. Jasmin begleitete ihn zwar noch nach draußen und ließ einen leidenschaftlichen Kuss zu, doch dann schien ihr schlechtes Gewissen die Oberhand zu gewinnen. „Ich kann meinen Mann nicht betrügen", meinte sie halbherzig und sah André mit einem Blick an, als wollte sie von ihm das Gegenteil bestätigt haben.

Normalerweise hätte André ihren Blick auch richtig gedeutet, nämlich als Aufforderung. Doch da er an diesem Abend ungewohnt viel getrunken hatte, zuckte er nur mit den Schultern. Vermutlich war es ohnehin besser, wenn er allein nach Hause ginge. Sein Sohn war wahrscheinlich noch wach und wartete auf ihn. „Dann vielleicht ein anderes Mal", sagte er und wollte Jasmin zum Abschied noch einmal küssen.

Doch die stieß ihn ungewohnt heftig zurück. „Ich hätte wirklich mehr von dir erwartet", sagte sie und hob das Kinn. „Aber so kann man sich täuschen." Damit drehte sie sich auf dem Absatz um und verschwand im Haus.

Etwa zwei Monate später erschien Renate, das Küchenmädchen, am Montagmorgen nicht zur Arbeit. Sie hatte bisher nicht einen einzigen Tag gefehlt. André machte sich Sorgen. Schließlich fragte er Egon Schneider, ob Renate sich vielleicht krankgemeldet hatte.

Schneider zuckte mit den Schultern. „Nicht dass ich wüsste“, entgegnete er. „Sie wird schon wiederkommen.“ Damit wandte er sich wieder seinen Unterlagen zu.

Kopfschüttelnd ging André zurück an seine Arbeit. Er konnte nicht verstehen, dass Schneider sich so wenig für seine Mitarbeiter interessierte. Ob er mehr wusste? War Renate etwa verhaftet worden? André erinnerte sich jetzt wieder, wie abfällig sie sich vor einiger Zeit über die Verhältnisse in diesem Land geäußert hatte. Vielleicht waren sie ja doch belauscht worden, und irgendjemand hatte sie angeschwärzt.

Voller Unruhe ging André an diesem Tag seiner Arbeit nach und ertappte sich dabei, dass er immer mal wieder einen verstohlenen Blick über die Schulter warf, um sich zu vergewissern, dass ihn niemand von den Arbeitskollegen beobachtete. Doch alle gingen ihrer Arbeit nach, ohne ihn eines Blickes zu würdigen.

Am Nachmittag fuhr André dann mit der Straßenbahn zu der kleinen Wohnung, in der Renate mit ihren Eltern lebte. Er musste einfach wissen, was mit ihr geschehen war. Vielleicht hat sie ja nur eine Erkältung, überlegte er und verwarf den Gedanken gleich wieder.

Mitten im Hochsommer holte man sich selten eine Erkältung.

Als er schließlich an der Wohnung klingelte und Renates Mutter ihm mit freundlichem Lächeln die Tür öffnete, atmete er erleichtert auf. Also konnte nichts Schlimmes passiert sein, sonst würde ihre Mutter kaum so fröhlich sein. „Ist Renate vielleicht da?“, fragte er.

Ihre Mutter schüttelte den Kopf. „Die ist mit einer Freundin übers Wochenende nach Ungarn gefahren“, entgegnete sie. „Hat sie nichts davon erzählt?“

André hob die Schultern. „Hat sie wahrscheinlich vergessen“, meinte er. „Dann wird sie sicher morgen wieder da sein“, fügte er hinzu, und die ältere Frau nickte bestätigend.

Leise lächelte er in sich hinein, als er nach Hause fuhr. Vielleicht steckt ja auch ein Mann dahinter, dachte er. Sonst hätte Renate ihm bestimmt erzählt, dass sie übers Wochenende wegfahren wollte. Anscheinend hatte auch sie ihre Geheimnisse.

Renate kam jedoch auch am nächsten Tag nicht zur Arbeit. Als André dann abends vor dem kleinen Schwarz-Weiß-Fernseher saß, den er von seinem Freund Alfred im letzten Jahr bekommen hatte, ahnte er, wo Renate stecken mochte. Es wurde berichtet, dass Ungarn bei der Stadt Sopron die Grenze zu Österreich geöffnet hatte. Viele Ostdeutsche, die jetzt im August gerade dort Urlaub machten, nutzten die Gelegenheit, durch dieses

Loch im Eisernen Vorhang zu schlüpfen.

Wie gebannt starrte André auf die Bilder. Ob Renate tatsächlich auch über die Grenze geflohen war? Zuzutrauen war es ihr, denn er hatte sie als mutige und freiheitsliebende Frau kennengelernt. Hätte er selbst es nicht genauso gemacht, wenn er dabei gewesen wäre? In diesem Augenblick tauchte der Staatsratsvorsitzende Erich Honecker auf dem Bildschirm auf und rief seinen flüchtenden Landsleuten pathetisch zu: „Wir weinen euch keine Träne hinterher."

Verärgert schaltete André den Fernseher aus. Ja, ich wäre auch über die ungarische Grenze geflohen, dachte er und wusste, dass inzwischen viele der Menschen in diesem Land genauso dachten. Das hatten die Montagsdemonstrationen in Leipzig mehr als deutlich gezeigt. Reporter aus allen Ländern reisten an, um über das kleine Land zu berichten, das plötzlich zu einem großen Unruheherd geworden war.

In der Großküche wurde in den nächsten Wochen natürlich auch heftig diskutiert. Einige der Mitarbeiter, die bisher immer sehr linientreu gewesen waren, stellten sich plötzlich auf die Seite der Demonstranten, andere schwiegen beharrlich.

Auch André behielt seine Meinung für sich. Denn als Bruder eines Republikflüchtlings hatte er schon zu viel Nachteiliges erleben müssen, als dass er sich erlauben konnte, den Mund aufzumachen. Deshalb fiel er auch aus allen Wolken, als er eines Tages in seinem Briefkasten eine Vorladung fand. Er sollte zum Verhör erscheinen. André wurde kreidebleich. Er wusste, dass diese Vorladung nichts Gutes verhieß. Verbittert dachte er an die denkwürdigen Worte von Michail Gorbatschow bei seinem letzten Besuch in der DDR: „Wer zu spät kommt, den bestraft die Geschichte." War er etwa auch zu spät gekommen? Im Gegensatz zu Renate, die sich offensichtlich rechtzeitig aus dem Staub gemacht hatte. Denn eine andere Erklärung konnte es für ihr Verschwinden nicht geben.

André wusste nicht, wer ihn bei der Staatssicherheit angeschwärzt hatte. Es könnte einer seiner Arbeitskollegen sein oder einer der Hausbewohner, mit denen er im Sommer im Partykeller gefeiert hatte. Und dann fiel ihm wieder die Frau ein, mit der er so heftig geflirtet hatte. Wie hieß sie noch gleich? Jasmin. Sie war beleidigt gewesen, weil er sie hatte gehen lassen, ohne sie dazu zu überreden, doch die Nacht mit ihm zu verbringen. Und er hatte ihr ein bisschen aus seinem Leben erzählt und von seiner Unzufriedenheit, davon, dass es nicht möglich war, in diesem Land weiterzukommen und seine eigenen Ideen zu verwirklichen. Ob sie ihn verraten hatte?

Abends ging er zu seinen Freunden Alfred und Christiane und erzählte ihnen von der Vorladung und seinen damit verbundenen Befürchtungen. „Kümmert euch bitte um Simon", sagte er, „falls die mich einbuchten."

Hätte André gewusst, was ein paar Tage später passieren würde, hätte er in dieser Nacht ruhig schlafen können.

Es war der 9. November 1989, als die Berliner Mauer geöffnet wurde – die Wende, wie dieser Tag in Zukunft bezeichnet werden sollte. Doch selbst als die Menschen aus Ost und West, die bisher voneinander getrennt waren, sich begeistert und unter Tränen in den Armen lagen, konnte André es immer noch nicht glauben, dass auch er endlich frei sein sollte.

Noch vor ein paar Tagen, als die Vorladung in seinem Briefkasten steckte, hatte er das Schlimmste befürchtet. All das hatte mit einem Mal keine Gültigkeit mehr. Niemand würde ihn jetzt noch einsperren können, nur weil er vielleicht etwas gesagt hatte, was der Partei möglicherweise nicht passte – sofern er das überhaupt getan hatte. Erst allmählich wurde ihm bewusst, dass der Fall der Mauer auch noch weitere Konsequenzen für ihn hatte. Jetzt würde niemand ihm mehr eine Stelle als Koch verweigern, nur weil sein Bruder vor siebzehn Jahren geflüchtet war.

André blieb die ganze Nacht auf. Schlafen konnte er ohnehin nicht. Und er wollte das Gefühl auskosten, frei zu sein, endlich frei zu sein, nach so vielen Jahren.

Wie so viele seiner Landsleute hatte auch André sich das Leben nach der Wende in den schönsten Farben ausgemalt. Keine Gängelung und Bevormundung mehr durch den Staat. Endlich all das tun können, was man will, endlich all das kaufen, was einem jahrzehntelang verwehrt worden war. Endlich reisen ohne Beschränkungen, Verwandte besuchen, die man jahrelang nicht mehr gesehen hatte. Endlich musste niemand mehr Angst davor haben, bespitzelt zu werden und möglicherweise ins Gefängnis zu kommen, nur weil der Nachbar einem nicht wohlgesonnen war.

Doch es gab auch kritische Stimmen, die sich gegen eine vorschnelle Wiedervereinigung aussprachen. Stimmen, die mahnten, dass die Menschen aus Ost und West sich erst einmal kennenlernen sollten, bevor sie sich verbündeten.

Auch Andrés Freunde Alfred und Christiane gehörten dazu. Alfred hatte seine Stelle als Dozent an der Universität verloren und arbeitete jetzt in einem Reisebüro – für wenig Geld.

André hingegen, der schmerzlich hatte lernen müssen, den Mund zu halten, hielt sich zurück. Stattdessen dachte er darüber nach, wie er an Geld kommen könnte, um sich nun endlich seinen Traum vom eigenen Restaurant erfüllen zu können. Ihm war klar, dass er zunächst eine Menge Geld verdienen musste, und wollte sich daher wieder als Koch bewerben. Er glaubte fest daran, dass es ihm nun endlich gelingen würde. Es waren so viele neue Hotels und Restaurants eröffnet worden – moderne Gebäude mit ansprechender Einrichtung, ganz anders als das, was André bisher kannte.

Eines Tages machte er sich auf den Weg, voller Hoffnung, nun bald nicht mehr in der Großküche arbeiten zu müssen. Der Personalchef eines Hotels, bei dem André sich beworben hatte, hatte ihn zu einem Vorstellungsgespräch eingeladen. Und da die westdeutschen Politiker versprochen hatten, alles für ihre Brüder und Schwestern im Osten zu tun, glaubte auch André, dass er ohne Schwierigkeiten eine neue Anstellung als Koch finden würde.

Im Büro wurde er von einer freundlichen jungen Frau empfangen, die ihn bat, einen Moment Platz zu nehmen. „Herr Westerhoff ist gleich für Sie da", meinte sie lächelnd.

Neugierig schaute André sich in dem Büro um. Es war hell und freundlich eingerichtet, ganz anders als die tristen Büros, die er kannte und deren Neonlichter immer eine unangenehme Stimmung verbreitet hatten. Man hatte sich dort fast gefühlt wie in einem Verhörraum, und zumindest der Ton war oft der gleiche gewesen.

Ein paar Minuten später erschien ein junger Mann in dunklem Anzug in der Tür und bat André, einzutreten. „Westerhoff", stellte er sich vor und schüttelte seinem Besucher mit freundlichem Lächeln die Hand.

Auch André stellte sich vor und sah den Mann verstohlen an, nachdem er auf einem der Sessel Platz genommen hatte, die seitlich neben dem großen Schreibtisch standen. Westerhoff, der ganz sicher ein paar Jahre jünger war als er selbst, hatte ein sehr selbstsicheres Auftreten. Er setzte sich André gegenüber in den anderen Sessel und schlug die Beine übereinander. Die junge Sekretärin hatte inzwischen Kaffee gebracht, den sie auf das kleine Beistelltischchen gestellt hatte. „Sie möchten also als Koch bei uns arbeiten, Herr Konopka?“, sagte Westerhoff freundlich. „Dürfte ich wissen, wo Sie im Moment tätig sind?“

André schluckte. Er wollte sich nicht anmerken lassen, dass ihn schon diese erste Frage verunsicherte. Denn sein jetziger Arbeitsplatz war bestimmt nicht als Aushängeschild geeignet, um sich als Koch in einem gehobenen Restaurant zu bewerben. „In einer Großküche“, entgegnete er und fügte schnell hinzu: „Wie Sie ja sicher wissen, gab es bei uns nicht so viele Möglichkeiten. Hätte ich mich frei entscheiden können, hätte ich ganz sicher woanders gearbeitet.“ Dass letztendlich sein Bruder schuld daran war, verschwieg er, auch wenn ihm dieser Mann aus Westdeutschland deswegen bestimmt nicht die Tür gewiesen hätte. Aber Andrés Angst vor Repressalien ließ sich nicht so einfach ablegen wie ein altes Kleidungsstück, das man nicht mehr brauchte oder nicht mehr haben wollte.

Bevor er fortfahren konnte, räusperte sich Westerhoff. „Nun, das ist mir natürlich bekannt, Herr Konopka. Aber Sie werden sicher verstehen, dass wir einen qualifizierten Mitarbeiter suchen. Als Sie kürzlich angerufen haben, hatten Sie sich ja als solcher vorgestellt." Er strich mit der Hand über seine Hose. „Sie sind fünfunddreißig, wie ich Ihren Unterlagen entnehmen konnte, Herr Konopka. Da werden Sie verstehen ..."

Mit wachsendem Ärger hatte André zugehört, doch jetzt konnte er nicht mehr an sich halten. „Ich verstehe vollkommen, Herr Westerhoff. Aber um mich zu verstehen, sollten Sie vielleicht noch eine Kleinigkeit wissen." Er machte eine kleine Pause, um seinen folgenden Worten mehr Bedeutung zu verleihen. „Ich habe bei einem der renommiertesten Köche gelernt und gearbeitet. Bei Oskar Krammer, der jahrelang Chefkoch im Adlon war und später nach Paris ins Ritz gewechselt ist, der Wirkungsstätte von Auguste Escoffier, dessen Kochkunst auch ich mich verschrieben habe."

Westerhoff zog die Augenbrauen hoch. „Nun ja", meinte er. „Das ist ja alles gut und schön. Aber eigentlich interessieren mich weder Kammer oder Es..." Er winkte ab. „Ist ja auch egal. Wichtig ist, dass Sie kochen können und nicht irgendwelche alten Herren, die vielleicht schon ..."

Den Rest verschluckte er, aber André wusste auch so, was er hatte sagen wollen: irgendwelche alten Herren, die vielleicht schon den Kochlöffel abgegeben haben. Er hatte genau gemerkt, dass dem jungen Personalchef die Namen nichts sagten, und diese herablassende Art, die

Westerhoff mit einem Mal an den Tag legte, passte ihm ganz und gar nicht. Was wusste dieser Schnösel schon? Vermutlich hatte er nie kämpfen oder Angst haben müssen so wie er selbst. Nein, mit so einem Menschen, der glaubte, ihn herabsetzen zu können, wollte er nichts zu tun haben.

Langsam stand André auf und strich sein Jackett glatt. „Ich wünsche Ihnen noch viel Erfolg bei Ihrer Suche", sagte er betont höflich. Dann drehte er sich auf dem Absatz um und verließ das Büro. Draußen atmete er befreit auf. Er hatte diesem Mann die Stirn geboten. Und auch wenn er noch keine neue Stelle hatte, war er zumindest mit sich selbst zufrieden.

André hatte beschlossen, diesmal nicht so schnell aufzugeben. Er wusste, dass es jetzt allein auf ihn und sein Können ankam. Dass sein Bruder vor fast zwanzig Jahren geflohen war, interessierte inzwischen niemanden mehr. Doch auch wenn er meistens freundlich empfangen wurde, bekam er immer wieder nur Absagen. „Mag ja sein, dass Sie bei einem der besten Köche gelernt haben", sagte ein Hotelmanager, „aber das ist bald zwanzig Jahre her. Ihnen fehlt die Erfahrung, Herr Konopka. Wenn Sie da eines Tages mehr vorzuweisen haben, können wir uns gern noch mal unterhalten."

André ärgerte sich maßlos über solche Worte. Wie sollte er diese Auflage erfüllen, wenn niemand ihn anstellen wollte? Und dass er seit Jahren in der Großküche hatte arbeiten müssen, hieß noch lange nicht, dass er seine Kochkunst nicht ständig verfeinert hatte.

In der Großküche lief alles weiter wie bisher – nur dass Egon Schneider nicht mehr da war. Er hatte die Gelegenheit genutzt und war nach Berlin gegangen. André weinte ihm keine Träne nach, genauso wenig wie die anderen Mitarbeiter, zumal ihr neuer Chef ganz anders war – freundlich und aufgeschlossen. Trotzdem fühlte André sich in der Großküche eingesperrter als je zuvor. Denn jetzt hatte er das Gefühl, es sei seine eigene Schuld, wenn er nicht endlich eine andere Stelle fand, bei der er mehr verdienen würde und Geld für sein geplantes Restaurant zurücklegen könnte.

Der einzige Lichtblick in dieser Zeit war Renate, die plötzlich eines Abends bei ihm zu Hause vor der Tür stand. André glaubte zuerst, ein Gespenst vor sich zu haben. Für einen Moment hatte er völlig vergessen, dass es die innerdeutsche Grenze schon seit mehr als einem Jahr nicht mehr gab und jeder frei reisen konnte. Verblüfft starrte er Renate an. Sie hatte sich sehr verändert. Früher war sie unscheinbar und immer blass gewesen und hatte einfallslose Kleider getragen. Nun stand eine Frau vor ihm, die schick gekleidet war, mit pfiffigem Kurzhaarschnitt, Make-up und lackierten Fingernägeln. Ihre herzliche, forsche Art hatte sie allerdings nicht abgelegt.

„Jetzt starr mich doch nicht so an“, meinte sie, da

André immer noch wortlos in der Tür stand. „Willst du mich nicht reinlassen?"

Wenig später saßen sie in der Küche – so wie früher ab und zu. André hatte Kaffee gekocht, köstlichen Kaffee, den man jetzt problemlos überall kaufen konnte, und einen Teller mit Schokoladenkuchen auf den Tisch gestellt, den er zwei Tage zuvor zu Simons zwölftem Geburtstag gebacken hatte.

Herzhaft biss Renate in ihr Stück Schokoladentorte. „Mmh, die schmeckt ja köstlich", schwärmte sie und sah André mit strahlenden Augen an. „Du musst doch inzwischen irgendwo zum Chefkoch aufgestiegen sein, stimmt's?"

Langsam schüttelte André den Kopf. „Zuerst habe ich auch gedacht, dass es ein Kinderspiel sein müsste", entgegnete er. „Aber inzwischen habe ich den Eindruck, dass es fast noch schwerer geworden ist, jedenfalls für mich." Er schüttelte den Kopf, um seine trüben Gedanken zu verscheuchen. „Erzähl mir lieber mal, was bei dir alles so passiert ist." Bewundernd sah er sie an. „Du siehst wirklich toll aus."

Renate war ein wenig rot geworden. „Danke", sagte sie verlegen und erzählte dann, dass sie tatsächlich vor mehr als einem Jahr, als sie in Ungarn gewesen war, über die geöffnete Grenze in den Westen geflohen sei. „Ich bin dann weiter nach Hamburg, weil dort meine Tante mit ihrer Familie wohnt", sagte sie.

„Und da hast du einen reichen Mann kennengelernt", warf André ein. Woher sollte Renate sonst das Geld für die teure Kleidung herhaben?

Sie schüttelte den Kopf. „Männer habe ich schon kennengelernt, aber keinen wie dich", meinte sie gedehnt und nahm einen Schluck Kaffee. Dann erzählte sie, dass sie in einer Bar arbeitete.

André sah Renate verstohlen an. Erst jetzt fiel ihm auf, dass ihr Make-up ein wenig zu grell war, ihre Fingernägel ein bisschen zu rot lackiert. „Na ja, warum nicht?", meinte er. „Da verdienst du sicher um einiges mehr als damals in der Großküche."

Renate legte ihre Hand auf seinen Arm. „Man muss doch sehen, dass man irgendwie weiterkommt", sagte sie und zuckte mit den Schultern. „Und die Leute, die dorthinkommen, sind auch ganz nett ... bis jetzt jedenfalls."

André grinste. „Du meinst wohl eher die Männer", entgegnete er. „Sollte einer dieser Kerle dir zu nahekommen und dich bedrängen, bin ich sofort da", fügte er halb im Scherz hinzu.

Renate lachte. „Nett von dir, aber ich komme schon zurecht."

„Ich weiß", bestätigte André. „Aber trotzdem, ich möchte nicht, dass dich irgendjemand schlecht behandelt", fuhr er nach einer kurzen Pause fort. „Das hast du nämlich nicht verdient."

„Genauso wenig wie du“, sagte Renate und fuhr im kurz mit dem Handrücken über die Wange. Dann schweifte ihr Blick durch die Küche, in der es noch genauso aussah wie vor der Wende. „Sag mal, wenn du Geld brauchst … ich könnte dir schon was leihen …“

André war bei ihren Worten zusammengezuckt. Seit Jahren überlegte er, wie er an Geld kommen könnte, um sich endlich den Traum von einem eigenen Restaurant erfüllen zu können. Und plötzlich spazierte Renate herein, das frühere Küchenmädchen aus der Großküche, und bot ihm Geld an. Er konnte es nicht fassen. Ausgerechnet Renate, die früher noch weniger gehabt hatte als er. André spürte, dass sich ihm bei dem Gedanken der Magen umdrehte. Renate hatte es geschafft, auf die Beine zu kommen, im Gegensatz zu ihm. Aber sie hatte es nur deshalb geschafft, weil sie sich verkaufte. Nicht dass er sie deswegen verurteilte, ganz und gar nicht. Doch er hatte vorhin an ihrem Blick bemerkt, dass sie ihrem Job oft nur widerwillig nachging. Deshalb war es für ihn ausgeschlossen, von ihr Geld anzunehmen, das sie sich so schwer hatte verdienen müssen. „Ich komme schon zurecht“, wiegelte er ab. „Mach dir keine Sorgen.“

Renate sah ihn lange an. „Wie du meinst“, sagte sie schließlich. „Aber falls du es dir doch anders überlegst … ich bin jederzeit für dich da.“

Als Renate später gegangen war, saß André noch

lange da. Es muss mir doch auch endlich gelingen, weiterzukommen, dachte er, ohne noch zu wissen, wie. Verkaufen würde er sich allerdings nicht, das nahm er sich fest vor.

Um dem eintönigen Alltag zu entrinnen, fuhren André und Simon an einem Samstag mit ihren Freunden nach Berlin. Sie waren schon früh aufgebrochen, damit sie mehr Zeit hatten für die Hauptstadt. Als sie das Brandenburger Tor passierten, wo die Festlichkeiten der Wiedervereinigung stattgefunden hatten und das nach langer Zeit wieder zu einem Symbol der Hoffnung geworden war, hatten alle Tränen in den Augen. Später schlenderten sie an den Geschäften vorbei. André fühlte sich bald erschlagen von den unzähligen Angeboten. Er hatte ein Antiquariat entdeckt und wollte dort ein bisschen herumstöbern. Vielleicht hatten sie dort noch alte Kochbücher. Alfred und Christiane schlenderten in der Zeit mit Simon durch die Kaufhäuser.

Müde und voll beladen mit neuen Eindrücken kamen sie abends wieder zu Hause an. André hatte im Antiquariat tatsächlich zwei Kochbücher gefunden: eine alte Ausgabe des Lexikons der Küche von Richard Hering, nach dem die Meisterköche kochten, und ein Buch von Paul Bocuse, einer der besten Köche des 20. Jahrhunderts und ein bedeutender Vertreter der Nouvelle Cuisine. Liebevoll strich er über den Einband. Simon war mit seinem neu erstandenen Gameboy in der Hand eingeschlafen.

André saß noch lange am Küchentisch und studierte die Rezepte der Meister. Wenn ich erst mein eigenes Restaurant habe, dachte er sehnsüchtig, kann ich all das auch kochen. Zumindest hatte er ja seit der Wende keine Probleme mehr, auch die ausgefallensten Zutaten zu bekommen. Wie er sein Restaurant jedoch finanzieren sollte, wusste er immer noch nicht.

Und dann kam eines Tages Besuch, mit dem André nie gerechnet hätte. Es war an einem lauen Sonntag im Frühling. André und Simon hatten gerade gefrühstückt, als es an der Tür klingelte.

„Kannst du mal aufmachen?“, rief André über die Schulter, da er gerade an der Spüle stand und das Geschirr abwusch. Er hörte, wie sein Sohn die Haustür öffnete und ein paar Worte mit jemandem redete. Wenig später kam er zurück in die Küche.

„Da … da ist ein Mann draußen“, stotterte er aufgeregt. „Und eine Frau …“

André drehte sich um und trocknete sich die Hände an einem Handtuch ab. „Was wollen sie denn?“, fragte er und sah seinen Sohn verwundert an, da er ihn noch nie so verwirrt gesehen hatte. Unweigerlich dachte er an früher, als er selbst jedes Mal zusammengezuckt war, wenn es an der Tür geklingelt hatte.

Aufgeregt trat Simon von einem Fuß auf den anderen. „Der Mann sagt, dass er … dass er dein Bruder ist", erklärte er.

André starrte seinen Sohn entgeistert an. „Das kann nicht sein", murmelte er. „Da musst du dich verhört haben …" Seine Stimme verlor sich. Warum sollte Werner ihn besuchen, nach fast zwanzig Jahren? Langsam ging er durch den Flur zur Tür – und blieb wie erstarrt stehen. Der Mann, der draußen auf der Schwelle stand, sah tatsächlich aus wie sein Bruder. „Werner?", fragte er ungläubig, da er es immer noch nicht fassen konnte.

Werner Saalfeld nickte. „Höchstpersönlich", sagte er und lächelte den jüngeren Bruder an. „Dürfen wir reinkommen? Ich weiß, unser Besuch kommt ziemlich überraschend, aber ich dachte …" Er hielt inne und legte dann seine Hand auf den Arm der Frau neben ihm. „Entschuldige, darf ich dir meine Frau Charlotte vorstellen?"

Ohne dass ihm bewusst war, was er tat, griff André nach Charlottes Hand und schüttelte sie, ohne seinen Bruder aus den Augen zu lassen. Erst als sie versuchte, ihre Hand aus der seinen zu lösen, merkte er, dass er sie viel zu fest gedrückt hatte. „Tut mir leid", murmelte er. „Hoffentlich habe ich Ihnen nicht wehgetan."

„Lass das doch mit dem ‚Sie'", meinte Werner aufgeräumt. „Wir sind doch eine Familie." Dann wandte er sich an Simon. „Du hast also einen Sohn?", fragte er erstaunt und sah wieder seinen Bruder an.

Endlich hatte André sich wieder ein wenig gefangen. Er nickte. „Simon ist 1979 geboren … aber da warst du ja schon nicht mehr …“

„Lass uns später darüber reden“, unterbrach Werner schnell, trat einen Schritt vor und umarmte seinen Bruder unbeholfen.

André war diese Berührung unangenehm. Er hatte seinen Bruder zu lange nicht gesehen und seinetwegen zu viel Unrecht ertragen müssen, als dass er ihn gleich mit offenen Armen empfangen konnte. „Kommt doch rein“, sagte er und trat zur Seite. „Allerdings bin ich gar nicht auf Besuch vorbereitet.“ Er dachte an das kleine Wohnzimmer, in dem die übliche Unordnung herrschte. Irgendwie schaffte er es nie, die Wohnung richtig aufzuräumen.

Charlotte lächelte freundlich. „Das kenne ich nur zu gut. Gäste kommen meistens im ungünstigsten Augenblick.“

Auch André lächelte. Charlottes warmherzige Art gefiel ihm auf Anhieb. „Na dann …“ Er führte sie ins Wohnzimmer und bat sie, Platz zu nehmen. „Bin gleich wieder da“, sagte er und deutete auf das Küchenhandtuch, das er – als Ersatz für eine Schürze – an seinem Hosenbund befestigt hatte.

In der Küche atmete er erst einmal tief durch. Sein Bruder war tatsächlich gekommen! Nach so vielen

Jahren! Wie oft hatte er sich in all der Zeit gewünscht, Kontakt mit ihm aufnehmen zu können, um ihn zu fragen, warum er ohne ein Wort gegangen war und sich seitdem nie mehr gemeldet hatte. Jetzt war er plötzlich da – und André wusste nicht, was er sagen sollte. Fast schien ihm, als ob ein Fremder in seinem Wohnzimmer saß, ein Mensch, von dem er beinahe nichts wusste.

„Onkel Werner hat gefragt, ob vielleicht noch ein Kaffee da ist", sagte Simon, der in diesem Moment in die Küche stürmte.

Er scheint ja keine Schwierigkeiten zu haben, sich an Werner zu gewöhnen, dachte André. „Ja, natürlich", entgegnete er und strich seinem Sohn über die dunklen Haare. „Ich mache gleich einen. Stell du schon mal die Tassen auf den Wohnzimmertisch."

„Das kann ich doch machen", sagte Charlotte, die in der Küchentür erschienen war. Sie hob die Schultern. „Wenn wir dich schon einfach so überfallen …"

Ihre selbstverständliche Hilfsbereitschaft nahm André gleich für sie ein. Trotzdem wäre es ihm lieber gewesen, sie wäre nicht in die Küche gekommen. Denn er schämte sich für die einfache Kücheneinrichtung. Charlotte, die ein elegantes helles Kostüm trug, war sicher anderes gewöhnt. „Ich mach das schon", wollte er einwenden. Doch da hatte Charlotte sich schon das Handtuch genommen und trocknete die Tassen ab, die auf dem Abtropfgitter standen. Begleitet von Simon, der jede ihrer Bewegungen mit leuchtenden Augen verfolgte, trug sie das Tablett mit dem Geschirr dann ins Wohnzimmer.

Wehmütig schaute André den beiden hinterher. Er wusste genau, warum sein Sohn so angetan war von Charlotte. Sie erinnerte ihn ganz sicher an seine Mutter.

Wenig später beim Kaffee erzählte Werner, dass er zusammen mit Charlotte den „Fürstenhof" betrieb, ein exklusives Hotel im bayerischen Land.

„Und das hast du aus dem Nichts aufgebaut?", fragte André, der gespannt, aber auch neidisch zugehört hatte.

Werner schüttelte den Kopf. „Charlotte hat das Hotel von ihren Eltern übernommen", erklärte er und lächelte seine Frau liebevoll an. „Wir beide haben uns, kaum dass ich im Westen war, kennengelernt – und verliebt", fügte er hinzu.

André schlug die Beine übereinander und nahm einen Schluck Kaffee. „Mich würde eigentlich mehr interessieren, wie du hier rausgekommen bist, damals." Er hatte lauter gesprochen als beabsichtigt und merkte, dass Charlotte ein wenig zusammengezuckt war. Entschuldigend hob er die Schultern. Er wollte sie nicht verärgern.

Werner straffte sich. „Es war leichter, als ich gedacht hatte", begann er und erzählte, wie aufgeregt er gewesen war, als er in dem alten Wartburg hinter Eisenach an die Grenze gekommen war. „Ich musste nur meine Papiere vorzeigen, dann ließ man mich durch, schließlich hatte ich ja einen Termin im Westen!", sagte er. „Es hat einige Zeit gedauert, bis ich begriffen hatte, dass ich tatsächlich im Westen war", fügte er hinzu.

„Genau wie ich", sagte André missgestimmt und sah seinen Bruder herausfordernd an. „Warum hast du nie auch nur ein Wort gesagt damals, dass du wegwolltest? Dann wäre ich mitgekommen ... und vieles wäre einfacher für mich gewesen ..."

„Du warst gerade siebzehn", unterbrach Werner. „Da konnte ich es doch nicht verantworten, dich einem solchen Risiko auszusetzen."

André lachte hart auf und dachte an die Jahre damals. Er hatte gerade das zweite Lehrjahr bei seinem Meister Oskar Krammer hinter sich gehabt, als Werner geflüchtet war. Krammer hatte ihn, den Bruder des Republikflüchtlings, noch eine Weile schützen können, doch als er nach einem Westbesuch nicht mehr zurückgekommen war, war es auch für André aus gewesen. Danach musste er als Hilfskoch in der Großküche anfangen. „Aber all den Schwierigkeiten, die ich wegen deiner Flucht ertragen musste, konntest du mich schon aussetzen, nicht wahr? Die ständige Bespitzelung und die Angst. Und dass ich keine Arbeit als Koch gefunden habe, das habe ich letztlich auch dir zu verdanken. Oder hast du tatsächlich geglaubt, dass man als Bruder eines Republikflüchtlings mit Samthandschuhen angefasst wird?" Er hatte sich in Rage geredet und merkte erst jetzt, dass Charlotte aufgestanden war und neben Simons Stuhl getreten war.

„Hättest du Lust, mir mal dein Zimmer zu zeigen?", fragte sie lächelnd und sah dann André an. „Du hast doch nichts dagegen, oder?"

André schüttelte den Kopf. Er wusste, dass Charlotte den Jungen aus dem Streit heraushalten und deshalb mit ihm das Wohnzimmer verlassen wollte. Und er war ihr dankbar dafür, denn er wollte Simon nicht auch noch mit dem belasten, was er mit seinem Bruder zu besprechen hatte.

Werner stand auf und ging im Zimmer auf und ab, nachdem die beiden verschwunden waren. Jetzt wirkte er sichtlich angespannt. „Es tut mir sehr leid, dass du wegen mir solche Nachteile gehabt hast. Das habe ich nicht gewollt ..."

„Was hast du denn gewollt?", fuhr André dazwischen. „Ein schönes Leben im Westen, vermute ich. Und das hast du ja auch geschafft. Hast dich ins gemachte Nest gesetzt und bist fein raus." Er war ebenfalls aufgesprungen und hatte sich vor seinem Bruder aufgebaut.

Instinktiv wich Werner einen Schritt zurück. „Jetzt lass mich doch erst mal erklären", sagte er. „Ich habe damals nichts gesagt, weil ich dich schützen wollte. Ich wollte nicht, dass du für mich lügen musst und dich vielleicht in Widersprüche verwickelst, aus denen man dir einen Strick hätte drehen können." Er trat wieder ein wenig näher. „Ich habe diesen Schritt nie bereut", sagte er und sah seinen Bruder eindringlich an. „Aber dass ich dich hier zurücklassen musste, hat mich schwer belastet, das musst du mir glauben." Er seufzte auf. „Deshalb bin ich gekommen. Um dich um Verzeihung zu bitten." Er hielt ihm die Hand hin.

Lange stand André da und starrte auf die ausgestreckte Hand seines Bruders. Hatte er ihm tatsächlich deswegen nichts von seiner Flucht gesagt, weil er ihn hatte schützen wollen? Er wusste es nicht, wusste in diesem Moment gar nicht mehr, was er glauben sollte. Deshalb nahm er die Hand, wenn auch widerwillig, was deutlich an seiner Miene abzulesen war.

Gerührt zog Werner ihn einen kurzen Augenblick an sich, bevor er sich wieder von ihm löste, da er merkte, dass es seinem Bruder unangenehm war. „Jetzt, wo es keine Mauer mehr gibt, könnten wir uns doch öfter mal sehen, hm? Willst du uns mit deinem Sohn nicht mal besuchen?", sagte er aufgeräumt, um die Spannung zu lösen. „Es wird euch bestimmt gefallen in unserem schönen Bayern."

André lachte spöttisch auf. „Und wie soll ich die Fahrt bezahlen?", meinte er. „Das bisschen Geld, das ich habe, reicht gerade mal zum Leben. Etwas anderes ist nicht drin."

Peinlich berührt starrte Werner vor sich hin, ohne etwas zu erwidern.

André war inzwischen ans Fenster getreten und schaute hinaus. Die Plattenbausiedlung sah noch genauso trist aus wie vor der Wende. Jetzt fiel sein Blick auf einen großen Wagen, der unten vor dem Haus stand. Ein sehr teurer Wagen, wie er erkennen konnte. „Ist das dein Auto da unten?", fragte er.

Werner trat neben ihn und nickte lächelnd. „Zweihundertfünfzig PS. Der geht ab wie eine Rakete. Wenn du willst, machen wir gleich mal eine kleine Spritztour."

Die Wut, die André eben noch unterdrückt hatte, um sich doch mit seinem Bruder auszusöhnen, stieg jetzt erneut in ihm hoch. Er selbst hatte sich nie ein Auto leisten, geschweige denn seinen Lebenstraum verwirklichen können. „Dir geht es ja ganz offensichtlich sehr gut", sagte er und warf einen Blick auf den teuren Anzug, den sein Bruder trug.

„Ich kann nicht klagen", entgegnete Werner und lächelte.

Die Selbstzufriedenheit, die André aus Werners Miene herauslas, versetzte ihm erneut einen Stich. Natürlich konnte sein Bruder nicht klagen. Er hatte ja alles, was er sich gewünscht hatte. „Dann könntest du mir doch ein bisschen Geld leihen", entgegnete André. „Dir würde es doch sicher nicht wehtun, mir etwas abzugeben."

Entgeistert sah Werner ihn an. „Ich habe den weiten Weg gemacht, um mich mit dir auszusprechen und dich um Verzeihung zu bitten. Und du hast nichts anderes als

Geld im Sinn?“ Fragend sah er seinen Bruder an. „Deshalb hast du dich also mit mir ausgesöhnt? Um jetzt Geld von mir fordern zu können?“ Bevor André etwas erwidern konnte, fuhr er fort: „Meinst du, ich habe eben nicht gespürt, wie widerwillig du mir die Hand gereicht hast, obwohl ich mich von ganzem Herzen bei dir entschuldigt habe?“ Er verschränkte die Arme vor der Brust. „Nein, mein Lieber, so läuft das nicht zwischen uns.“

Voll Bitterkeit sah André seinen Bruder an. „Weißt du eigentlich, wie das ist, wenn man ohne einen Pfennig dasteht? Nein, ganz sicher nicht.“ Er war wütend, wütend darüber, dass sein Bruder ihn als berechnenden Lügner abgestempelt hatte. „Anscheinend bekommst du in deinem schönen Bayern überhaupt nicht mit, wie es im Leben tatsächlich aussieht. Du hast doch keine Ahnung …“

Entschieden straffte Werner die Schultern. „Ich lasse mich von dir doch nicht beleidigen“, sagte er zornig. „Ich weiß sehr wohl, wie es im Leben aussieht. Und dass ich vor zwanzig Jahren weg bin, kannst du mir doch nicht mein Leben lang vorhalten.“

André sah ihn mit kaltem Blick an. „So leicht kommst du mir nicht davon“, rief er aufgebracht. „Du glaubst wohl, dass du die letzten zwanzig Jahre mit einem Handschlag zur Seite wischen kannst.“ Er lachte freudlos auf. „Dir habe ich es zu verdanken, dass ich kaum Geld hatte. Und dir habe ich es zu verdanken, dass ich keinen richtigen Job als Koch bekommen habe." Eindringlich sah er ihn an. „Du hast ja keine Ahnung, wie das damals für mich war, als ich mich plötzlich in einer Großküche wiederfand. All die Demütigungen, die ich ertragen musste … Ich war drauf und dran gewesen, ein Spitzenkoch zu werden!" Er schluckte schwer. „Ich war damals siebzehn Jahre alt. Ich hatte einen Traum. Und plötzlich stand ich vor dem Nichts." Er stockte, überwältigt von der Erinnerung und der grenzenlosen Enttäuschung, die er immer noch so deutlich spürte. Er brauchte eine Weile, bis er sich wieder gefasst hatte, dann räusperte er sich und fuhr schließlich fort: „Da ist es doch wohl nur recht und billig, dass du mich jetzt unterstützt, um all das wiedergutzumachen …"

Werner war blass geworden, doch als André ihn nun wieder um Geld bat, brauste er auf: „Ich lass mich doch nicht erpressen von dir. Sieh selbst zu, wie du was auf die Beine stellst, so wie viele andere aus diesem Land, die es auch schaffen."

André hatte sich noch nie so gedemütigt gefühlt. Er spürte, dass er innerlich zitterte. Er fühlte sich so hilflos mit einem Mal. „All die Schikanen, die ich in den letzten zwanzig Jahren habe aushalten müssen, sind nichts im Vergleich zu dem, was du mir eben angetan hast", brachte er mühsam heraus. Langsam hob er seine Hand und deutete zur Tür. „Verschwinde, bevor ich mich vergesse."

Werner stand einen Moment wie versteinert da, als würde er nicht begreifen. Dann riss er seinen Mantel von dem Stuhl, auf den er ihn abgelegt hatte. „Du setzt mich also vor die Tür, nachdem ich in bester Absicht gekommen bin?“ Er hob das Kinn und sah seinen Bruder kalt an. „Du bist selbst für dein Leben verantwortlich“, sagte er. „Aber es ist ja leichter, mir die Schuld zu geben, wenn du es nicht im Griff hast.“ Damit riss er die Tür auf und stürmte hinaus.

Sprachlos starrte André auf die Tür, dann lief auch er hinaus und rief seinem Bruder wütend hinterher: „Du wirst noch von mir hören.“ Seine Stimme überschlug sich vor Zorn. „Eines Tages wirst du noch von mir hören!“

3. KAPITEL

Seit dem Besuch des Bruders waren inzwischen schon zwei Jahre vergangen. Werner Saalfeld hatte nie wieder von sich hören lassen, und auch André hatte sich ihm gegenüber in Schweigen gehüllt. Nur auf Charlottes Karte hatte er geantwortet. Offensichtlich versuchte sie, die zwei Brüder doch noch miteinander zu versöhnen. Doch André dachte nicht daran, nicht solange sein Bruder sich nicht bei ihm entschuldigt hatte. André spürte selbst, dass er seit der Wende härter geworden war, durch die Tiefschläge, die er auch danach hatte hinnehmen müssen. Genau wie viele andere, die zu Anfang euphorisch die Wiedervereinigung bejubelt hatten, war auch bei ihm bald die Ernüchterung eingetreten, da er immer wieder erlebte, wie schwer es war, sich in der Ellbogengesellschaft durchzusetzen.

Und eines Tages kam dann die nächste Katastrophe: Die Großküche, in der er bisher gearbeitet hatte, sollte geschlossen werden. Sie rechnete sich nicht mehr, wie lapidar festgestellt wurde. Stattdessen würde es nur noch ein kleineres Café geben, in dem die Mitarbeiter sich ein paar Snacks kaufen konnten. So verlor nicht nur André seine Stelle, sondern auch die meisten anderen Mitarbeiter aus der Großküche. Man brauchte sie nun nicht mehr.

Wieder einmal zog André los, um sich zu bewerben. Jetzt, da seit der Wende schon drei Jahre vergangen waren, hoffte er, leichter einen besseren Job zu finden. Denn inzwischen waren neue Hotels und Restaurants wie Pilze aus dem Boden geschossen, und in einem dieser Häuser würde man einen guten Koch sicher zu schätzen wissen.

Mit jeder Absage, die er bekam, kehrte er frustrierter nach Hause zurück. „Bei uns verkehrt internationales Publikum", hörte er von den einen. „Und die können mit Kaninchenpfeffer mit Pommes frites und Apfelmus recht wenig anfangen." Andere hingegen hielten ihm wieder mangelnde Erfahrung vor. Und auch sein Angebot, während einer kurzen Probezeit zu zeigen, dass er tatsächlich sehr gut kochen konnte, lehnten sie rundheraus ab. „Früher sind Sie in Ihrem sozialistischen Staat vielleicht in Watte gepackt worden mit Ihrer Scheinvollbeschäftigung", sagte einer. „Aber das ist jetzt vorbei. Wir kämpfen mit harten Bandagen. Sonst kommt man zu nichts."

André hörte sich all das an und merkte nicht, dass sich in seinem Inneren langsam eine Mauer aufbaute – eine Mauer der Abwehr gegen all die Menschen, die ihn nicht mitmachen ließen beim Fortschritt, der ihnen versprochen worden war. Und da er dringend Geld verdienen musste, bewarb er sich schließlich widerwillig bei einem Schnellimbiss, in dem ein Koch gesucht wurde.

Erich Schalupke, der Besitzer der Imbissbude, empfing ihn in dem kleinen, unordentlichen Büro, das hinter der Küche lag. Er kämpfte sich gerade durch einen Stoß von Papieren, die auf seinem Schreibtisch lagen, und deutete mit seiner Hand, zwischen deren Fingern eine halb gerauchte Zigarette steckte, auf einen Stuhl. „Bin gleich für Sie da", sagte er und lächelte André kurz an, bevor er sich wieder in seine Papiere vertiefte.

Verstohlen sah André den Mann an. Er schien um die fünfzig zu sein, war groß und bullig, mit einem runden Kopf, auf dem kein einziges Haar mehr wuchs. Zumindest scheint er ganz nett zu sein, dachte André und war froh, dass er sich doch noch dazu durchgerungen hatte, sich bei diesem Mann vorzustellen.

Endlich schob Erich Schalupke seine Papiere zusammen, legte sie zur Seite und lehnte sich dann in seinem breiten Sessel zurück. „Und, gefällt's Ihnen hier bei mir?", fragte er und deutete mit einer umfassenden Handbewegung auf sein kleines Büro.

André schwieg einen Moment. Was wollte der Mann von ihm hören? Er war doch nicht hierhergekommen, um ein Urteil über dessen Büro abzugeben. Aber er konnte ihm wohl kaum sagen, dass es ihm gefiel, denn es würde sicher keinen Menschen geben, der sich in einem solchen Durcheinander wohlfühlen würde. Auch wenn André selbst nicht der ordentlichste Mensch war, übertraf dieses Chaos doch alles, was er bisher gesehen hatte. Er beschloss, bei der Wahrheit zu bleiben. „So wie das Büro aussieht, brauchen Sie vermutlich die doppelte Zeit für Ihre Arbeit", meinte er, „da Sie die Hälfte mit Suchen verbringen. Und entsprechend der neuen Devise, dass Zeit Geld ist, würde ich dringend etwas daran ändern."

Schalupke hatte ihn mit großen Augen angesehen und schwieg eine ganze Weile mit undurchdringlicher Miene. Dann schlug er sich auf die Schenkel. „Wenn Sie genauso gut kochen können wie reden, werden wir uns sicher einig."

„Davon können Sie ausgehen", entgegnete André. „Kochen kann ich sogar noch viel besser."

Schalupke lehnte sich in seinem Schreibtischsessel zurück und verschränkte die Hände hinter dem Kopf. „Was mein Büro angeht", grinste er, „haben Sie natürlich völlig recht. Aber ich hab nicht die Zeit dafür, weil ich Wichtigeres zu tun habe. Man muss doch mit der Zeit gehen." Er beugte sich wieder vor. „Mit der Imbissbude ist jede Menge Geld zu machen, wenn man will", fügte er hinzu. „Hier in der Ecke sind in letzter Zeit die Bürohäuser nur so wie Pilze aus dem Boden geschossen", fuhr er fort. „Und wenn wir es schaffen, all diese Bürohengste in unseren Imbiss zu kriegen, wird das eine Goldgrube." Er strich über seinen feisten Bauch. „Wir könnten zusätzlich noch einen Lieferservice einrichten für die Büros und Geschäfte, die weiter weg liegen." Er deutete mit dem Kopf auf einen der Ordner auf seinem Tisch. „Ich habe schon alles durchkalkuliert", meinte er und strahlte. „Zu Anfang muss ich natürlich ein bisschen investieren, für Werbung, zusätzliches Personal, vielleicht eine neue Einrichtung ... aber das holen wir schnell wieder rein." Er rieb sich die Hände. „Wir gehen rosigen Zeiten entgegen. Na, wie wär's, Konopka, sind Sie dabei?"

André hatte ihm mit wachsendem Interesse zugehört. Vielleicht war das hier seine Chance. Möglicherweise könnte er hier genug verdienen, um Geld für sein eigenes Restaurant zurückzulegen. „Als Koch oder Teilhaber?", fragte er mutig.

„Na, beides natürlich", entgegnete Schalupke. „Sie machen aus dem Laden einen Gourmet-Imbiss, und wenn die Sache läuft, wird geteilt. Ist doch wohl selbstverständlich."

André überlegte einen Moment. Er wusste, dass er in der Lage war, die Menschen mit seiner Kochkunst zu begeistern. Und dieser Mann vor ihm schien wirklich etwas aus der Imbissbude machen zu wollen und war offenbar bereit, einiges dafür zu tun. Plötzlich hörte er die Worte seines Bruders wieder, die Werner ihm entgegengeschleudert hatte. Sieh selbst zu, wie du was auf die Beine stellst, so wie viele andere aus diesem Land, die es auch schaffen. André straffte die Schultern. „Ich bin dabei", sagte er entschieden.

Schalupke schlug mit der flachen Hand auf den Tisch. „Das ist doch mal ein Wort", meinte er. Dann wuchtete er sich aus seinem Sessel. „Kommen Sie, ich zeig Ihnen jetzt den Laden.“ Er führte André nach vorn in die Imbissstube. Sie war größer, als man von außen hätte vermuten können, mit einigen Tischen, einer höheren Holztheke mit ein paar Barhockern davor und einem Spielautomaten an der Wand, vor dem ein Mann stand und sein Glück versuchte. Er war der einzige Gast. In der Luft hing der abgestandene Geruch von Fett. Hinter der Theke stand eine jüngere Frau, die André neugierig ansah, während sie ein Bier einschenkte, vermutlich für den Gast.

„Meine Tochter Ute“, stellte Schalupke die junge Frau vor. „Herr Konopka wird in Zukunft als Koch bei uns arbeiten“, sagte er und deutete auf den Raum. „Nicht dass Sie meinen, es ist immer so ruhig hier. Wir haben gerade erst aufgemacht. Sie werden sehen, in einer Stunde brummt der Laden.“

André nickte und erwiderte dann Utes Lächeln. Sie sah ihn mit unverhohlenem Interesse an. Ute war hübsch, mit kurzen dunklen Haaren und großen braunen Augen. Auch wenn sie für seinen Geschmack ein bisschen zu mollig war, gefiel sie ihm.

Als Nächstes zeigte Schalupke ihm die Küche. Ein jüngerer Mann, dem Aussehen nach ein Vietnamese, von denen schon vor der Wende Zehntausende in der ehemaligen DDR gewesen waren, stand an dem Spülbecken und wusch Teller ab. Als die beiden Männer eintraten, drehte er sich um und grüßte freundlich.

„Hùng“, stellte Schalupke ihn vor. „Die beiden Bedienungen müssten eigentlich auch schon da sein." Er schaute auf die Uhr und sah dann seinen neuen Koch an. „Vielleicht könnten Sie in Zukunft auch mal ein Auge drauf haben, dass die pünktlich kommen. Sonst muss ich die beiden nämlich auf die Straße setzen."

André nickte nur. Er würde sich nicht einmischen, solange es nicht ihn selbst betraf und seine Arbeit darunter leiden würde. Denn er hatte lange genug am eigenen Leib erfahren müssen, wie es war, ständig unter Beobachtung zu stehen.

In dieser Nacht schlief André zum ersten Mal seit langer Zeit wieder tief und fest, ohne von seiner Zukunftsangst aus dem Schlaf gerissen zu werden. Auch wenn der Job in der Imbissbude ganz und gar nicht sein Traum war, könnte er damit vielleicht endlich den Grundstein für sein eigenes Restaurant legen. Vorausgesetzt, Schalupkes Pläne gingen auf.

Gut gelaunt begann André am nächsten Morgen seine Arbeit. Er war früher gekommen. Er wollte die Vorräte durchsehen, um entscheiden zu können, ob noch etwas fehlte. Die Kühltruhe war gut bestückt mit Schnitzeln, Koteletts und Würstchen, Pommes frites und Hackfleisch. Was fehlte, waren ein paar ausgefallene Gewürze, Gurken und Hähnchen, mit denen man schnell köstliche Gerichte zaubern konnte. André machte sich eine Liste und fuhr dann mit Schalupkes kleinem Transporter zum Großmarkt, um die fehlenden Lebensmittel zu besorgen. Denn der Imbissbudenbesitzer hatte ihm beim Einkauf freie Hand zugestanden, solange er kein Vermögen ausgeben würde. Da Schalupke so früh noch nicht da gewesen war, legte André den Einkauf mit seinem eigenen Geld aus.

Als er zurückkam, hatte der Küchenjunge Hùng schon einen Berg Zwiebeln geschält und schnitt Brötchen in Hälften, damit alles vorbereitet war, wenn die ersten Kunden kamen.

Während André sich daranmachte, das Hackfleisch zu verarbeiten, kam Schalupkes Tochter Ute in die Küche. Sie nickte dem Küchenjungen nur kurz zu und ging dann zu André, um ihm neugierig dabei zuzusehen, wie schnell und geschickt er arbeitete.

„Du scheinst ja richtig was draufzuhaben“, meinte sie und sah ihn fragend an. „Ich darf doch Du zu dir sagen, oder?“

André warf einen Blick über die Schulter und grinste. „Klar.“ Dann wandte er sich wieder den Vorbereitungen zu. Er mochte es nicht, wenn er beim Kochen gestört wurde. Am liebsten hätte er die Küche für sich allein gehabt, aber das war natürlich nicht möglich.

„Bist du immer so gesprächig?“, fragte Ute und fischte sich eine Gurke aus einem geöffneten Glas.

André wischte sich die Hände an einem Tuch ab. „Wenn ich fertig bin, können wir uns gern unterhalten“, entgegnete er. „Aber erst muss ich hier weitermachen, sonst gibt's Ärger mit deinem Vater.“ Er zwinkerte ihr zu und warf das klein geschnittene Gemüse in die große Pfanne.

Ute gefiel ihm heute noch besser als am Tag zuvor. Sie trug einen kurzen Rock und einen engen Pullover und hatte sich geschminkt. Aber nicht nur ihr ansprechendes Äußeres zog ihn an. Es war etwas in ihrem Blick, das ihn faszinierte. Stolz, aber auch Verletzlichkeit strahlte er aus. André lächelte in sich hinein. Ute würde ihm die Arbeit sicher noch mehr versüßen. Und tatsächlich brachte sie ihm wenig später ein großes Glas Limonade, stellte es wortlos auf seine Arbeitsplatte, warf ihm ein keckes Lächeln zu und verschwand wieder, um die Gäste in der Imbissbude mit Getränken zu versorgen.

Während die beiden Kellnerinnen, die André an diesem Tag auch kennengelernt hatte, das Essen nach vorn trugen, tauchte endlich auch Erich Schalupke auf. „Das läuft ja hier wie geschmiert“, meinte er und grinste. „Da brauche ich mich ja bald gar nicht mehr blicken zu lassen.“

André zuckte mit den Schultern. „Ich habe übrigens heute Morgen noch ein paar Sachen einkaufen müssen, die fehlten“, sagte er und reichte Schalupke den Kassenzettel, den er seitlich im Regal in eine kleine Kiste gelegt hatte. „185,20. Ich weiß, das ist 'ne Menge, aber jetzt haben wir für die nächste Zeit erst mal genug an Gewürzen und Hähnchenfleisch."

Schalupke warf einen Blick auf den Zettel und steckte ihn dann in seine Jackentasche, ohne Anstalten zu machen, André das vorgestreckte Geld zurückzugeben.

André wartete noch einen Moment, ehe er sagte: „Herr Schalupke, ich will ja nicht kleinkariert erscheinen, aber das war mein letztes Geld, und ..."

„Ja, ja, ist schon gut", unterbrach der Imbissbudenbesitzer. „Ich muss hinterher sowieso zur Bank, dann kriegen Sie es auf Heller und Pfennig zurück." Er nahm sich eine Bulette vom Rost und biss hinein. „Schmeckt ja hervorragend", meinte er mit vollem Mund und schlug André auf die Schulter. „Ich wusste doch, dass ich mit Ihnen das große Los gezogen habe."

Nach dem Mittagsgeschäft wurde es endlich ein bisschen ruhiger, und André ging nach vorn, um sich von Ute einen Kaffee machen zu lassen. Als sie ihn sah, überzog ein strahlendes Lächeln ihr Gesicht, das ihn fast ein wenig verlegen machte.

Was ist denn los mit dir, Konopka?, dachte er und musste über sich selbst lächeln. Du wirst dich doch nicht etwa verlieben? Es war schon länger her, dass André sich zum letzten Mal verliebt hatte. Natürlich hatte es ab und zu mal eine Frau gegeben, die dem gut aussehenden und charmanten André nicht hatten widerstehen können. Doch Gefühle waren von seiner Seite dabei kaum im Spiel gewesen. Bei Ute schien jedoch plötzlich alles ganz anders zu sein. Was es genau war, das ihn zu ihr hinzog, konnte er gar nicht sagen. Vielleicht ihre frische und forsche Art, ihr kecker Blick oder nur die großen braunen Augen, die ihn immer voller Neugier ansahen und im nächsten Augenblick eine Verletzlichkeit zu verraten schienen? In solchen Momenten hätte er Ute am liebsten an sich gezogen, um sie zu beschützen.

Während er auf einem der Barhocker saß und seinen Kaffee trank, ertappte er sich immer wieder dabei, wie er Ute einen verstohlenen Blick zuwarf, während sie die benutzten Gläser abwusch. Und wenn sie ab und zu aufsah und ihn anschaute, spürte er, dass ein Gefühl von Wärme ihn durchströmte. Leise seufzte er auf. Endlich schien das Leben es auch einmal mit ihm gut zu meinen.

Erst gegen Abend ließ Erich Schalupke sich wieder blicken, und André sprach ihn noch einmal auf das Geld an, das er beim Einkauf am Morgen ausgelegt hatte.

Der ältere Mann schlug sich mit der flachen Hand gegen die Stirn. „Tut mir leid, habe ich völlig verpennt", meinte er. „Kriegste morgen von mir." Wie selbstverständlich war er zum Du übergegangen. Dass André sein letztes Geld ausgegeben hatte, schien er völlig vergessen zu haben. Und bevor der noch etwas einwenden konnte, war Schalupke schon wieder verschwunden.

André musste ihn am nächsten Tag noch zweimal daran erinnern, bevor er endlich sein Geld zurückbekam. „Wird nicht wieder vorkommen", meinte Schalupke aufgeräumt, während er André das Geld hinlegte. Als André es einsteckte, sah er aus dem Augenwinkel den abfälligen Blick, den der Küchenjunge dem Besitzer der Imbissbude zuwarf. Ob der vielleicht auch ab und zu auf sein Geld warten muss?, überlegte er. Doch schnell verwarf er den Gedanken wieder. Schalupke hatte ihm ja alles zurückgegeben. Dass es Andrés letztes Geld gewesen war, hatte er vermutlich in der Hektik völlig vergessen.

Eine Woche später, zu Simons vierzehntem Geburtstag, fuhren Vater und Sohn zusammen mit Alfred und Christiane Richtung Spreewald. Der Junge freute sich sehr über diesen Ausflug. Er mochte die beiden. Sie waren fast so etwas wie seine Ersatzeltern und kümmerten sich um ihn, wenn André keine Zeit hatte. Oft ging er nun nachmittags nach der Schule zu ihnen, da sein Vater arbeitete, und machte zusammen mit Christiane seine Hausaufgaben.

Simon war begeistert, als sie auf einem der breiten Kähne mit dem freundlichen Fährmann durch das Labyrinth der Kanäle fuhren, die den Spreewald durchzogen. Und er lachte jedes Mal schallend, wenn sie zu einer der niedrigen Holzbrücken kamen, die hier Bänke genannt wurden, und der Fährmann die Fahrgäste laut aufforderte, die Köpfe einzuziehen. Alle duckten sich amüsiert und setzten sich erst wieder gerade auf, wenn sie die Brücke passiert hatten. André wunderte sich nicht, dass der große Schriftsteller Theodor Fontane das endlos wirre Flussrevier mit Venedig und seinen zahllosen Kanälen verglichen hatte. Auch wenn er selbst diese Lagunenstadt an der adriatischen Küste nur von Bildern kannte, musste er ihm doch zustimmen. Auch die einmalig schöne Landschaft faszinierte ihn – die prächtigen alten Bäume, die das Ufer säumten, und die üppig wuchernden Pflanzen. Dann wiederum öffnete sich der Blick für weite Wiesenflächen, auf denen glockenförmige Heuschober standen, die Wahrzeichen des Spreewaldes. Immer wieder kamen sie auch an Bauernhäusern vorbei, die aus wuchtigen Balken gezimmert waren und mit ihren blumengeschmückten Fenstern sehr malerisch wirkten. Am Bootssteg hingen die Briefkästen für die Postboten, die ebenfalls mit einem Kahn kamen. André ließ es sich natürlich nicht nehmen, bei einem dieser Bauernhöfe ein paar Gläser der köstlichen Spreewaldgurken zu kaufen, dazu noch ein paar Gläser mit ausgefallenem Senf, den er auch zum Kochen für seine Soßen zu Hause verwenden würde. Einen kurzen Augenblick überlegte er, auch für Ute etwas mitzunehmen, doch dann verwarf er den Gedanken wieder, aus Sorge, sie könnte ihn vielleicht für zu aufdringlich halten.

Alfred und Christiane luden die beiden schließlich in ein kleines Gasthaus zum Essen ein. „Hoffentlich kochen die hier so gut wie du", meinte Alfred grinsend zu

André, nachdem sie Platz genommen hatten.

Sie wurden nicht enttäuscht. Das Fischgericht, das sie bestellt hatten, schmeckte köstlich.

„Wie läuft's denn eigentlich in deinem neuen Job?", wollte Christiane wissen, als sie später noch einen Spaziergang machten. Alfred war mit Simon vorausgelaufen.

„Nun ja, mein Traumjob ist es nicht, aber beklagen kann ich mich auch nicht", entgegnete André lächelnd. Dass Schalupke zwei Tage zuvor in der Küche einen Wutanfall bekommen hatte, weil André die Speisekarte vereinbarungsgemäß komplett geändert hatte, verschwieg er.

„Wir hatten doch besprochen, dass wir das Niveau anheben, um hieraus einen Gourmet-Imbiss zu machen", hatte André eingeworfen. „Die neuen Gerichte sind bei den Gästen sehr gut angekommen." Besonders die Hühnerbrüstchen mit Champignons in Blätterteig und Duxellessauce waren nach kürzester Zeit ausverkauft.

Doch Schalupke wollte davon nichts hören. „Hier bin immer noch ich der Chef!", hatte er getobt, während André die ganze Aufregung nicht verstand.

„Aber Sie wollten doch, dass mehr Gäste zu uns kommen", sagte er.

Schalupke stemmte die Hände in die Hüften. „Ach ja? Zu uns also? Das hier ist bis jetzt immer noch mein Laden. Erst wenn sich das Ganze überhaupt rentiert, können wir weitersehen."

André hatte nichts weiter gesagt. Wahrscheinlich war Schalupke an diesem Morgen mit dem falschen Fuß aufgestanden. So wütend hatte er ihn noch nie erlebt. Dabei hätte er doch eigentlich zufrieden sein müssen. Inzwischen kamen tatsächlich immer mehr Angestellte aus den umliegenden Bürohäusern, angelockt durch die Werbung und Andrés neue Gerichte.

Christiane riss ihn aus seinen Gedanken. „Ich habe auch den Eindruck, dass es dir endlich mal wieder gut geht", meinte sie und sah ihn mit verschmitztem Lächeln von der Seite an. „Steckt vielleicht auch eine Frau dahinter? Du strahlst nämlich manchmal richtig, wenn du dich unbeobachtet fühlst."

André fühlte sich ertappt. Er hatte tatsächlich während der Kahnfahrt immer wieder an Ute denken müssen. „Möglich", entgegnete er ausweichend. Er wollte eigentlich nicht darüber sprechen, bevor er selbst nicht wusste, was er davon halten sollte.

Doch Christiane ließ nicht locker. „Und, wer ist sie? Kenne ich sie? Wann stellst du sie uns vor?"

„Warum fragst du nicht gleich nach dem Termin für die Hochzeit", schmunzelte André und erzählte dann doch von Ute. Christiane würde ja doch keine Ruhe geben. „Sie ist allerdings fast zehn Jahre jünger als ich", schloss er.

Christiane hob die Schultern. „Na und? Du tust geradeso, als ob Welten zwischen euch liegen. Dabei bist du doch im besten Alter", fügte sie augenzwinkernd hinzu. Dann wurde sie wieder ernst. „Für Simon wäre es sicher auch gut, wenn mal wieder eine Frau im Haus wäre", fügte sie hinzu. „Nicht dass ich ihn nicht gerne bei mir habe. Du weißt, wie sehr mir der Junge ans Herz gewachsen ist."

Versonnen schwieg André eine Weile. „Ich bin mir nicht sicher, ob ihm das wirklich gefallen würde", meinte er schließlich. „Du weißt ja selbst, wie sehr er darunter gelitten hat, als seine Mutter gegangen ist. Und ob er eine andere akzeptieren würde ..." Er zuckte mit den Schultern. „Er gibt mir die Schuld, dass seine Mutter weg ist."

„Hat er das gesagt?", wollte Christiane wissen.

André schüttelte den Kopf. „Nein, und das muss er auch nicht. Ich kenne ihn gut genug, um es aus seinem vorwurfsvollen Blick herauszulesen, mit dem er mich jedes Mal ansieht, wenn die Sprache auf seine Mutter kommt. Und irgendwie hat er ja auch recht."

Abwehrend hob Christiane die Hand. „Mag ja sein", meinte sie. „Aber vielleicht interpretierst du auch viel zu viel hinein." Jetzt lächelte sie wieder. „Ich will doch nur, dass es dir gut geht. Dir und Simon auch. Versuch's doch einfach mal. Ich kann mir vorstellen, dass Simon sich sehr freut, wenn er zu Hause endlich mal wieder ein weibliches Wesen um sich hat." Spielerisch boxte sie gegen seinen Arm. „Also, spätestens zu unserem Sommerfest in zwei Wochen stellst du mir deine Ute vor. Sonst bin ich ernsthaft beleidigt“, fügte sie mit schiefem Grinsen hinzu.

„Na, Konopka, Sie scheinen ja ein schönes Wochenende gehabt zu haben“, meinte Schalupke am Montagmorgen, als André den Schnellimbiss betrat und gerade an dem Büro vorbeigehen wollte. „Was man von mir nicht gerade sagen kann.“ Er deutete auf seinen Schreibtisch, auf dem sich wie immer die Papiere stapelten. „Ich hab mir gestern die Rechnungen angesehen. Früher haben wir weniger für die Waren ausgegeben, und …“

„Früher standen auch weniger Gerichte auf der Speisekarte“, warf André ein. „Dafür haben wir jetzt allerdings mehr Gäste. Und ein Gourmet-Imbiss ist nun mal was anderes als ein Schnellimbiss“, fügte er hinzu.

Schalupke winkte ab. „Ja, ja, geschenkt. Aber wir müssen noch mehr Geld in die Werbung stecken“, erklärte Schalupke. „Und ich werde jetzt die Idee mit dem Lieferservice angehen. Das heißt allerdings auch, dass ich noch mehr Personal brauche.“ Er sah André herausfordernd an. „Sie werden notgedrungen mehr arbeiten müssen, wenn das mit dem Lieferservice klappt.“

„Dann sollten wir uns aber vorher noch mal über die Bezahlung unterhalten“, warf André ein, der sofort hellhörig geworden war. Denn der ältere Mann hatte ja schon einmal gezeigt, dass er es mit dem Geld nicht so genau nahm und gern mal alle fünfe gerade sein ließ.

„Bezahlung?“ Schalupke verschränkte die Arme vor der Brust. „Wir waren uns doch einig, dass wir erst diese Durststrecke überstehen müssen. „Glauben Sie etwa, dass ich bis dahin mehr Geld in der Tasche habe?“ Er schüttelte den Kopf. „Entweder ziehen wir an einem Strang, oder wir vergessen das Ganze.“

André schwieg, aber er nahm sich vor, dass er Schalupke bei passender Gelegenheit wieder darauf ansprechen würde.

„Was war denn da los?“ Ute stand im Flur und deutete auf die geschlossene Bürotür ihres Vaters. „Hat der mal wieder seinen cholerischen?“, meinte sie leise zu André und lächelte verschwörerisch. „Das gibt sich schon wieder.“

André passte es gar nicht, dass Ute etwas von dem Streit mitbekommen hatte. Schalupke hatte ihn wie einen kleinen Schuljungen heruntergeputzt – und als solcher konnte er auf seine Tochter bestimmt keinen Eindruck machen.

Doch Ute schien das ganz anders zu sehen. „Wie wär's, wenn wir heute Abend noch zusammen was trinken gehen?“, fragte sie und lächelte ihn ein wenig verführerisch an.

„Warum nicht?“, antwortete André betont gelassen, obwohl er die junge Frau am liebsten umarmt hätte. Den Streit mit ihrem Vater hatte er in diesem Augenblick vergessen. Aber er hielt sich zurück, da er nicht sicher war, ob sie dies gutheißen würde. Und noch eine Abfuhr wollte er sich an diesem Tag ersparen.

Der Abend mit Ute entschädigte André für den ungerechtfertigten Wutausbruch ihres Vaters. Bis morgens um zwei saßen sie in einer Bar zusammen, in die André sie eingeladen hatte, obwohl die Drinks für seinen Geldbeutel eigentlich viel zu teuer waren. Aber er wollte eben Eindruck auf sie machen. Das Geld, das er an diesem Abend ausgab, musste er eben woanders wieder einsparen.

Ute erzählte ihm, dass sie nach der Wende eigentlich gleich nach Berlin hatte gehen wollen, aber ihr Vater war strikt dagegen gewesen. Und da sie finanziell von ihm abhängig war, hatte sie sich gefügt. „Aber es ist nur eine Frage der Zeit, bis ich hier weg bin“, sagte sie. „In dieser Imbissbude werde ich jedenfalls nicht versauern.“ Sie lächelte André an. „Und du doch bestimmt auch nicht, oder? Du könntest doch ganz woanders arbeiten, so wie du kochst. Ich verstehe nicht, warum du dir das bei uns antust.“ Kokett schlug sie die Augen nieder. „Wobei ich es natürlich toll finde, dass du da bist.“

André spürte plötzlich ihr Knie an seinem. Doch da er nicht wusste, ob sie absichtlich näher gerückt war, verharrte er starr, ohne sich zu bewegen. Die Berührung sandte ihm einen Schauer über den Rücken. „Nach

Berlin willst du also?“, fragte er und spürte, dass ihm diese Vorstellung einen Stich versetzte.

„Ist doch nicht aus der Welt“, meinte Ute. „Du kannst mich doch da besuchen. Außerdem ... noch bin ich ja da.“

André nickte und spürte, dass er sich innerlich schon wieder zurückzog. Denn er wollte um keinen Preis wegen einer Frau leiden müssen, das hatte er sich irgendwann geschworen. Aber er merkte auch, dass es ihm schwerfiel, diesen Vorsatz bei Ute aufrechtzuerhalten. Als sie eben von Berlin gesprochen hatte, hatte er sogar einen kurzen Moment überlegt, ihr vorzuschlagen, zusammen mit ihr hinzugehen. In der Hauptstadt würden sie sicher beide Arbeit finden. Wenn man zusammenhielt, war sowieso alles leichter. Doch er sagte nichts, weil er seinen Gefühlen für Ute selbst nicht traute. Stattdessen bestellte er noch zwei Cocktails.

Als sie später die Bar verließen, hängte Ute sich vertrauensvoll bei ihm ein und schmiegte ihren Kopf an seine Schulter. André wagte kaum zu atmen, aus Angst, diesen magischen Augenblick zu zerstören.

Und dann war er plötzlich wieder zu Hause – allein. Simon schlief bei Alfred und Christiane. Er hatte Ute zu ihrer Wohnung am anderen Ende der Stadt begleitet. Unten vor der Tür hatte er sich von ihr verabschiedet und dabei überlegt, ob er sie küssen sollte. Er hatte es nicht getan, war wie erstarrt gewesen. Und er hatte immer noch dagestanden, lange nachdem Ute schon in dem Mietshaus verschwunden war. Als dann im dritten Stock das Licht anging, starrte er zu dem hell erleuchteten Fenster hoch und hoffte, Ute würde noch einmal herausschauen. Sie hatte es nicht getan, und er war schließlich in der Dunkelheit davongegangen.

Jetzt bereute er, dass er so zurückhaltend gewesen war. Denn vermutlich glaubte Ute nun, dass er sich für sie als Frau nicht interessierte, sondern nur den Abend mit ihr verbracht hatte, weil sie die Tochter des Chefs war. Vielleicht glaubte sie sogar, dass er sie nur hatte benutzen wollen, damit sie bei ihrem Vater ein gutes Wort für ihn einlegte. Fast wäre er wieder zu ihr gegangen, um ihr zu sagen, dass all das nicht stimmte. Und dass dieser Abend mit ihr der schönste seit Langem für ihn gewesen war. Dann wurde ihm klar, dass Ute inzwischen sicher schon schlief. Also musste er warten, bis er sie am Vormittag im Imbiss wiedersehen würde.

An diesem Tag kam André eine Viertelstunde zu spät zur Arbeit. Als er an der offenen Bürotür vorbeikam, hob Erich Schalupke nicht einmal den Kopf, sondern schien versunken in seine Papiere, die vor ihm auf dem Schreibtisch lagen. Vielleicht hat er gar nicht gemerkt, dass ich zu spät dran bin, dachte André. Noch vor Kurzem hatte er geglaubt, mit Schalupke irgendwann gemeinsame Sache machen zu können. Und jetzt schlich er sich fast wie ein Dieb an dessen Tür vorbei, als hätte er etwas zu verbergen.

Kopfschüttelnd stand er wenig später in der Küche. Wahrscheinlich siehst du schon Gespenster, dachte er. Vielleicht war das Misstrauen, das er seit Kurzem gegen Schalupke hegte, nur auf die Angst zurückzuführen, die jahrelang seine Begleiterin gewesen war. Er wusste, dass er ständig beobachtet und bespitzelt worden war, und hatte schließlich außer seinen Freunden Alfred und Christiane niemandem mehr über den Weg getraut. Vielleicht tat er Erich Schalupke jetzt auch unrecht. Sicher, er war schon ein- zweimal mit ihm aneinandergeraten, doch Schalupke war nun mal ein Mann, der schnell aufbrausen konnte. Aber vermutlich konnte er genauso schnell wieder vergessen. Und da Schalupke, als er später in der Küche auftauchte, kein Wort darüber verlor, dass André zu spät gekommen war, fühlte der sich in seiner Annahme bestätigt.

Nachdem der größte Andrang am Mittag vorbei war, ging André nach vorn zu Ute. Er wusste zwar nicht, was er ihr sagen sollte, aber irgendwie wollte er ihr klarmachen, dass sie ihm etwas bedeutete. Ute unterhielt sich gerade mit einem Gast, der auf einem der Barhocker saß, und warf André nur einen flüchtigen Blick zu. Im ersten Moment wäre er am liebsten wieder zurück in die Küche gegangen, doch er wollte ihr nicht zeigen, dass er eifersüchtig war. Schließlich konnte Ute doch reden, mit wem sie wollte.

Endlich sah sie zu ihm hin, deutete mit dem Kopf auf die Kaffeemaschine, und als er nickte, goss sie ihm einen Becher ein und stellte ihn wortlos vor André hin. Dann wandte sie sich wieder dem Gast zu.

Während er seinen Kaffee trank, versuchte André, nicht zu Ute hinzusehen, doch sein Blick schweifte immer wieder zu ihr, während sie mit dem Mann an der Theke lachte und flirtete. André umklammerte seinen Kaffeebecher so fest, dass seine Knöchel weiß hervortraten. Jetzt ärgerte er sich maßlos, dass er Ute in dieser Nacht nicht gesagt hatte, was er für sie empfand. Das hast du jetzt davon, dachte er, weil du gestern nichts gesagt hast. Wer zu spät kommt, den bestraft die Geschichte.

Frustriert ging er zurück in die Küche. Warum sollte auch gerade er Glück haben? Noch am Abend zuvor, als Ute sich so vertrauensvoll an ihn geschmiegt hatte, hatte er geglaubt, dass es nun auch für ihn endlich einmal so etwas wie Glück geben könnte. Und nun fühlte er sich noch schlechter als in all den Wochen und Monaten zuvor.

Zum ersten Mal, seit er in dem Schnellimbiss arbeitete, herrschte er den Küchengehilfen an, als der beim Abspülen versehentlich einen Teller fallen ließ. Verwirrt sah der junge Mann ihn an und entschuldigte sich überschwänglich. Erst da merkte André, dass er sich genauso verhalten hatte wie Erich Schalupke, wenn der einen

Wutanfall bekam. „Ist schon gut“, meinte er und zwang sich zu einem Lächeln. „War ja nur ein Teller.“ Und bei mir ist es nur mein Leben, das bald in einem Scherbenhaufen vor mir liegt, wenn ich nicht endlich weiterkomme, dachte er verbittert.

In ein paar Monaten wurde das vierte Jahr der Wiedervereinigung gefeiert. Für ihn gab es allerdings bisher nichts zu feiern. Als damals die Mauer gefallen war, hatte er sich vor Freude beinahe überschlagen. Denn er hatte das Gefühl gehabt, endlich wieder frei atmen zu können, war überglücklich gewesen, dass er nach all den Jahren angstfrei leben und selbstbestimmt denken konnte. Fast hatte er das Gefühl gehabt, ein neues Leben geschenkt bekommen zu haben – ein Leben, in dem ihm alle Möglichkeiten offen standen und in dem er sich endlich doch noch seinen größten Traum verwirklichen könnte: das eigene Restaurant.

All das war nichts als ein großes Trugbild gewesen. Denn dass ihn trotzdem niemand haben wollte und er einmal als Koch in einem Schnellimbiss landen würde, hätte er sich nie vorstellen können. Reiß dich zusammen, mahnte er sich im Stillen, während er mit dem Fleischklopfer auf die Schnitzel einschlug, um das Fleisch mürbe zu machen. Wenn du nur dein Schicksal beklagst, wird sich auch nichts ändern. Er musste sich etwas einfallen lassen.

4. KAPITEL

André verhielt sich in den nächsten Tagen Ute gegenüber sehr zurückhaltend. Er wollte sich ganz sicher nicht anbiedern, nur um ein wenig Zuneigung von ihr zu bekommen. Noch nie war er einer Frau hinterhergelaufen, und das würde er auch jetzt nicht tun, obwohl Ute ihm sehr gut gefiel.

„Welche Laus ist dir denn über die Leber gelaufen?“, fragte Ute eines Morgens. Sie verstand nicht, warum er sich plötzlich so kühl gab.

Langsam schaute André, der gerade ein paar Würstchen in Speck einwickelte, um sie dann in heißem Fett zu braten, von seiner Arbeit auf. „Ich verstehe nicht ganz“, meinte er ausweichend. „Ich mache hier nur meinen Job, nichts weiter. Und da kann ich mich nicht stundenlang unterhalten.“ Das siedend heiße Fett zischte laut, als er die Würstchen hineintauchte.

Doch Ute ließ sich nicht beirren. „Neulich Abend hatte ich den Eindruck, dass du mich auch ein bisschen magst“, meinte sie und lächelte ihn herausfordernd an. „Deshalb verstehe ich nicht, warum du mir jetzt aus dem Weg gehst.“ Sie trat näher. „Ist es wegen meinem Vater?“, fragte sie mit gesenkter Stimme.

André war froh, dass sie ihm dieses Stichwort geliefert hatte. Denn er würde ihr ganz sicher nicht verraten, dass er eifersüchtig war, weil sie kürzlich mit einem Gast geflirtet hatte, zumal er sich inzwischen selbst albern vorkam. Ute musste schließlich freundlich zu den Gästen sein. „Ich will ihn nicht wieder verärgern", entgegnete er und brachte ein Lächeln zustande. „Du hast ja mitbekommen, dass er sauer war, weil ich neue Gerichte auf den Speiseplan gesetzt habe …

„Die übrigens sehr gut schmecken", unterbrach Ute. „Und das hab ich meinem Vater auch gesagt und ihn überredet, sie doch wieder aufzunehmen."

„Ach wirklich?", meinte André. Ute hatte sich bei seinem Chef also für ihn eingesetzt, während er ihr die kalte Schulter gezeigt hatte. Was für ein Idiot ich doch bin, schalt er sich im Stillen. „Sehr nett von dir", fügte er hinzu, und sein Lächeln kam jetzt von Herzen. „Danke."

Lässig zuckte Ute mit den Schultern. „Da wir die Sache jetzt geklärt haben, können wir ja da weitermachen, wo wir vor ein paar Tagen aufgehört haben", meinte sie keck. „Wie wär's, wenn du mich mal zu dir nach Hause einlädst? Dann könnte ich sehen, wie du wohnst, und du könntest mir was richtig Schönes kochen."

Im ersten Augenblick gefiel ihm dieser Gedanke sehr. Mit seiner ausgefallenen Kochkunst würde er Ute sicher imponieren können. Doch dann dachte er an seine kleine, schlicht eingerichtete Wohnung mit den alten, teils abgewetzten Möbeln, die ganz sicher nicht nach ihrem Geschmack wären. Außerdem war er sich nicht sicher, ob sein Sohn sich über diesen Besuch freuen würde.

Simon war in letzter Zeit ohnehin sehr kritisch und geriet ab und zu mit seinem Vater aneinander. „Pubertät“, kommentierte Christiane lapidar. „Das gibt sich schon wieder, in ein bis zwei Jahren.“ Aber so lange wollte André nicht warten, um Ute näherzukommen. In diesem Moment fiel ihm das Sommerfest bei seinen Freunden ein. Christiane hatte ihn ja bei ihrem Ausflug geradezu gedrängt, Ute mitzubringen.

„Ich hab eine viel bessere Idee“, sagte er. „Nächstes Wochenende findet eine Party bei meinen Freunden statt. Ich würde dich gern mitnehmen.“ Er grinste. „Im Übrigen koche ich da auch, also kannst du dort meine Freunde kennenlernen und gleichzeitig meine Kochkünste testen.“

Ute strahlte. „Tolle Idee. Ich komme gern mit.“

Lächelnd machte André sich wieder an die Arbeit. Er war froh, dass er sich mit Ute ausgesprochen hatte, auch wenn er ihr nur die halbe Wahrheit gesagt hatte. Aber das zählte jetzt nicht mehr. Wichtig war nur, dass sie mit ihm zum Sommerfest seiner Freunde gehen würde. Und alles andere würde sich dann wie von selbst ergeben, da war er sich nach diesem Gespräch ganz sicher.

Seit André die neuen Gerichte auf den Speiseplan gesetzt hatte, wurde der Schnellimbiss fast so etwas wie ein Geheimtipp bei den Leuten, die in der Umgebung wohnten oder in den neuen Bürohäusern arbeiteten. Mittags war es jetzt manchmal so voll, dass Erich Schalupke auch draußen ein paar Tische hingestellt hatte. André freute sich sehr über den Zuspruch, den seine Küche fand. Wenn sein eigenes Restaurant später auch so gut laufen würde, könnte er sich glücklich schätzen.

Er beschloss, noch einmal mit Schalupke zu sprechen. Schließlich hatte er angekündigt, ihn zu beteiligen, wenn der Imbiss gut lief. Deshalb klopfte André ein paar Tage später morgens an Schalupkes Bürotür. Als er keine Antwort bekam, wollte er schon wieder gehen, einen Moment später jedoch rief eine ihm unbekannte Stimme „Herein". Nachdem er eingetreten war, blieb er erstaunt stehen. Eine Frau um die vierzig saß an einem kleineren Schreibtisch, der in einer Ecke stand. All die Papiere und Ordner, die sonst auf Schalupkes Tisch lagen, häuften sich jetzt vor ihr auf. Verwirrt sah er sich um. „Ist Herr Schalupke nicht da?", fragte er.

Die Frau lächelte ihn an. „Erich kommt gleich wieder. Er holt nur gerade vorn im Imbiss einen Kaffee für uns."

Bevor André noch weiter darüber nachdenken konnte, was diese Frau, die seinen Chef anscheinend gut zu kennen schien, hier in seinem Büro machte, erschien der Imbissbudenbesitzer mit zwei Bechern Kaffee. Einen stellte er der Frau hin, den anderen nahm er mit zu seinem Schreibtisch. Seufzend ließ er sich in seinen breiten Sessel fallen. „Na, Konopka, was sagen Sie jetzt dazu?“, meinte er und deutete mit dem Kopf auf seinen leeren, blitzblanken Schreibtisch. „So sieht es in Zukunft immer bei mir aus.“ Er lächelte zu der Frau hinüber. „Anita wird hier endlich mal für Ordnung sorgen. Ich bin froh, dass sie zugestimmt hat, bei mir zu arbeiten.“

Endlich verstand André. Schalupke hatte sich also eine Sekretärin zugelegt, vielleicht eine Frau aus seinem Bekanntenkreis, der vertraulichen Anrede nach zu schließen. Und so wie es aussah, war sie wohl tatsächlich sehr tüchtig. Von dem heillosen Durcheinander, das sonst in diesem Büro geherrscht hatte, war kaum noch etwas zu sehen. „Eine gute Idee“, stimmte André seinem Chef zu und räusperte sich dann. „Ich wollte allerdings noch was anderes mit Ihnen besprechen. Haben Sie einen Moment Zeit?“

Erich Schalupke schüttelte den Kopf. „Ich will mit Anita noch die restlichen Papiere durchgehen“, erklärte er aufgeräumt. „Danach komme ich zu Ihnen.“

Doch erst am Abend, als André schon fast gehen wollte, tauchte Schalupke in der Küche auf. Er lehnte sich gegen die Spüle und verschränkte die Arme vor der Brust. „Also, was gibt’s so Dringendes?“, fragte er.

André straffte sich. „Wir hatten ja zu Anfang ausgemacht, dass wir Geschäftspartner werden, wenn der

Schnellimbiss noch besser läuft“, begann André, da er gleich zur Sache kommen wollte, bevor sein Gegenüber sich wieder aus dem Staub machen konnte. „Und inzwischen ist es ja ganz offensichtlich, dass viel mehr Gäste kommen. Sie hatten ja von einer Beteiligung am Umsatz gesprochen“, fügte er schnell hinzu. „Also, wie sieht's aus?“

Der ältere Mann seufzte laut auf. „Sie haben leicht reden, Konopka. Sicher, inzwischen kommen mehr Leute, aber ich habe auch mehr Ausgaben. Wissen Sie, was mich allein die neue Sekretärin kostet? Und die ist letztendlich auf Ihrem Mist gewachsen. Sie haben mir doch vorgehalten, wie chaotisch mein Büro aussieht!“

Entgeistert sah André ihn an. „Ich habe Sie doch nicht dazu gedrängt, eine Sekretärin einzustellen“, widersprach er entschieden. „Den Bürokram hätte ich mit Ihnen zusammen schon in den Griff gekriegt, wenn wir erst Partner geworden wären ...“

„Und warum sagen Sie das jetzt erst?“, warf Schalupke ein. „Dann hätte ich Ihnen das Geld zugesteckt, das Anita nun von mir kriegt. Das ist doch selbstverständlich.“

Das letzte Wort hatte er so stark betont, dass es in Andrés Ohren schon wieder unglaubwürdig klang. „Sie hätten ja mit mir reden können“, meinte er und kam dann wieder zu seinem eigentlichem Anliegen zurück. „Trotzdem, ich denke, es ist an der Zeit, neue Abmachungen zu treffen, die mich auch am Umsatz beteiligen."

Langsam schüttelte Schalupke den Kopf. „Sie mögen was vom Kochen verstehen, Konopka, aber von Betriebsführung haben Sie entschieden keine Ahnung." Er stieß sich von der Spüle ab und stellte sich aufrecht hin. „Als Kleinunternehmer muss ich täglich ums Überleben kämpfen", sagte er. „Selbst wenn es mal ein paar Tage blendend läuft, heißt das noch lange nicht, dass ich das Geld mit vollen Händen aus dem Fenster werfen kann. Ganz im Gegenteil. Ich muss Rücklagen bilden, für schlechtere Zeiten, damit ich meine Angestellten dann auch noch bezahlen kann. Das werden Sie doch ganz sicher verstehen." Er seufzte. „Wenn erst mal die Sache mit dem Lieferservice läuft, können wir uns gern noch mal unterhalten." Er ging zur Tür, drehte sich aber noch einmal um. „Übrigens, Ihr Hühnchen nach Gärtnerinnenart schmeckt vorzüglich. Weiter so." Damit war er verschwunden.

Ungläubig starrte André auf die Tür, die hinter Schalupke ins Schloss gefallen war. Denn er konnte nicht glauben, was der ihm eben vorgehalten hatte. Schalupke machte ihn dafür verantwortlich, dass er eine Sekretärin eingestellt hatte? Er schob ihm den Schwarzen Peter zu und gab ihm gar zu verstehen, dass er es sich selbst zuzuschreiben hatte, wenn er nicht am Umsatz beteiligt wurde? Dass er seinen Gewinn erst einmal zurücklegen musste, um seine Angestellten auch in schlechten Zeiten bezahlen zu können, klang aus Schalupkes Mund wie ein Hohn. Bei den mageren Gehältern, die er bezahlte, musste er froh sein, dass überhaupt noch jemand bei ihm arbeitete.

André schüttelte wütend den Kopf. Ihm war nun endlich klar geworden, dass Schalupke offenbar nie vorgehabt hatte, ihn am Umsatz zu beteiligen. Vielmehr hatte er ihm nur Honig ums Maul geschmiert, um ihn gefügig zu machen. Wie hatte er nur so naiv sein können? Andererseits war ihm gar nichts anderes übrig geblieben; er brauchte diesen Job, um sich und seinen Sohn zu ernähren. Seit der Wende brauchte er mehr Geld als vorher, denn die Mieten waren gestiegen und auch die Lebensmittel teurer geworden.

Immer noch wütend, aber auch zunehmend frustriert saß er später zu Hause vor dem Fernseher, ohne etwas von dem mitzubekommen, was dort lief. Erst als Simon ihn zum wiederholten Mal fragte, wer seiner Meinung nach nun der Mörder in dem Film sei, den sie anschauten, schreckte er auf. „Der Mörder?“, fragte er verwirrt. „Keine Ahnung.“

Simon schüttelte den Kopf. „Was ist denn los, Papa? Du passt ja überhaupt nicht auf. Dabei siehst du dir doch so gern Krimis an.“

André schwieg eine Weile. Eigentlich wollte er seinen Sohn nicht mit seinen Sorgen belasten. Auf der anderen Seite war Simon mit seinen bald fünfzehn Jahren inzwischen alt genug, um eine ehrliche Antwort erwarten und auch verkraften zu können. „Na ja, es gab ein bisschen Ärger im Schnellimbiss", begann er und erzählte dann, dass Schalupke nicht bereit war, ihm mehr Geld zu zahlen.

„Das ist ja der reinste Ausbeuter", rief Simon aufgebracht. „Das kann er doch nicht mit dir machen. Du hast seinen Laden doch erst so richtig hochgebracht."

Frustriert zuckte André mit den Schultern. Voller Freude hatte er seinem Sohn noch vor ein paar Tagen erzählt, wie gut es in dem Schnellimbiss lief. „Er tut es aber", entgegnete er. „Und ich kann nichts dagegen machen."

Simon war vom Sessel aufgesprungen. „Dann muss ich eben mitarbeiten", rief er und erzählte seinem Vater, dass er auf dem Heimweg von der Schule einen Aushang gesehen hatte. „Die suchen Leute, die morgens Zeitungen austragen", sagte er. „Das kann ich doch vor der Schule machen."

Gerührt sah André seinen Sohn an und schüttelte langsam den Kopf. „Kommt gar nicht infrage, mein Junge, dass du jetzt auch noch arbeiten musst. Bis jetzt sind wir noch nicht verhungert, und das werden wir auch in Zukunft nicht."

Später im Bett konnte André keinen Schlaf finden. Auch wenn es ihn rührte, tat es ihm auch weh, dass Simon angeboten hatte, auch für den Lebensunterhalt sorgen zu wollen. Ob sein Sohn vielleicht glaubte, dass er selbst nicht dazu in der Lage war? Ich muss endlich mehr Geld verdienen, dachte er verzweifelt. Irgendwie musste das doch zu schaffen sein. Einen Moment dachte er an Renates Angebot. Sie hatte ihm ja angeboten, ihm Geld zu leihen. Doch schnell verwarf er den Gedanken wieder. Er musste es aus eigener Kraft schaffen.

André arbeitete weiter im Schnellimbiss, doch er war nur noch mit halbem Herzen bei der Sache, seit er wusste, dass er bei Erich Schalupke nie weiterkommen würde. Trotzdem machte er seine Arbeit so gut wie zuvor, denn er wollte sich von niemandem vorwerfen lassen müssen, nicht sein Bestes zu geben. Mit seinen Gedanken war er jedoch woanders und träumte sich in sein eigenes Restaurant.

Er sah sich in seiner neuen Küche stehen, in der er endlich all das kochen konnte, was ihm vorschwebte: Rehrücken im Blätterteig, Ravioli mit Entenfüllung und Steinpilzen oder Quarksoufflé mit Limettensoße. Obwohl es immer stärker den Anschein hatte, dass er diesen Traum nie würde verwirklichen können, klammerte er sich daran. Denn zumindest halfen ihm diese Bilder, die eintönige Arbeit in der Imbissbude zu ertragen.

Schalupke ging er so weit wie möglich aus dem Weg. Ohnehin ließ der ältere Mann sich kaum noch blicken, seit er seine neue Sekretärin hatte. André war es nur recht, denn er fürchtete, vielleicht sonst seine Beherrschung zu verlieren, sollte Schalupke ihm noch einmal vorhalten, dass er selbst dafür verantwortlich war, immer noch das gleiche Gehalt zu bekommen.

Der einzige Lichtblick in dieser Zeit war das Sommerfest bei Alfred und Christiane am Wochenende. André freute sich sehr darauf, schließlich wollte Ute ihn begleiten. Und auch sie schien sich zu freuen, das las er jedenfalls aus ihrem strahlenden Lächeln heraus, wenn die Sprache darauf kam.

Am frühen Samstagabend holte André sie dann bei ihr zu Hause ab. Simon war schon bei den Freunden. Er hatte darauf bestanden, bei den Vorbereitungen zu helfen: Stühle und Tische draußen im Garten aufstellen und große Sonnenschirme, falls es wider Erwarten doch regnen sollte. André hatte sich Alfreds Wagen ausgeliehen, zum einen weil er all die Speisen, die er zu Hause schon vorbereitet hatte, transportieren musste. Zum anderen wollte er Ute nicht zumuten, mit dem Bus zu fahren und dann noch ein ganzes Stück zu laufen.

Bewundernd sah er Ute an, als sie unten aus der Tür des Mietshauses trat, in dem sie wohnte. Sie trug ein helles, langes Sommerkleid, das ihre Figur weich umspielte, hochhackige Schuhe und ein buntes Tuch, das sie locker um die Schultern geschlungen hatte. Galant hielt André ihr die Beifahrertür auf. „Darf ich bitten, gnädige Frau“, meinte er und lächelte charmant.

Lachend stieg Ute ein. Während der Fahrt fragte sie

neugierig, was Alfred und Christiane machen und wer sonst noch zu dem Sommerfest kommen würde.

„Die erste Frage kann ich dir beantworten“, entgegnete André in bester Laune. Utes anerkennender Blick zu Anfang war ihm nicht entgangen. Das weiße Hemd und die Jeans gefielen ihr offensichtlich an ihm. Die Jeans hatte er sich vor Kurzem gekauft, die erste seit langer Zeit. Vor der Wende hatten diese Hosen zur sogenannten „Bückware“ gehört, die man unter dem Ladentisch verkaufte und nur bekam, wenn man Beziehungen hatte. Das war vorbei. Denn inzwischen wurden Jeans überall angeboten. „Aber wer außer uns beiden und Simon noch da ist, weiß ich leider nicht.“ Von seinem Sohn wusste sie bereits, und sie freute sich darauf, ihn kennenzulernen. André erzählte ihr, dass Alfred in dem Reisebüro, in dem er seit der Wende arbeitete, inzwischen zum Geschäftsführer aufgestiegen war und dass Christiane bis zur Wende als Lehrerin gearbeitet hatte und nun wieder malte. Sie war sogar recht gut und hoffte, bald ein paar ihrer Bilder ausstellen zu können. Er freute sich, dass Ute sich anscheinend so für seine Freunde interessierte.

Als sie vor dem kleinen Haus ankamen, in dem Alfred und Christiane wohnten, parkten schon einige Autos davor. Offensichtlich waren sie nicht die Ersten. Er stellte den Wagen vor der Garage ab, hielt Ute galant die Tür auf, öffnete dann den Kofferraum und nahm die

Plastikbehälter mit dem Essen heraus, das er zu Hause vorbereitet hatte. Ute half ihm beim Tragen. Sie war schon sehr gespannt, was André gekocht hatte.

Freudestrahlend wurden sie von den Freunden im Haus empfangen, wobei Christiane die junge Frau an Andrés Seite verstohlen musterte. Genauso wie Simon, der sie allerdings offen anstarrte. André versuchte in seiner Miene zu lesen, doch er vermochte nicht zu sagen, ob Ute seinem Sohn gefiel oder ob er sie ablehnte. Es blieb auch keine Zeit, sich darüber jetzt Gedanken zu machen, denn er musste noch Soßen zubereiten, das selbst gebackene Brot noch einmal in den Ofen schieben und einiges andere. „Kannst du dich ein bisschen um Ute kümmern, bis ich in der Küche fertig bin?", fragte er Christiane.

„Aber natürlich, sehr gern." Sie nickte Ute zu, und die beiden Frauen gingen hinaus in den Garten zu den anderen, die sich unterhielten oder miteinander lachten.

Zufrieden spazierte André in die Küche. Ute war offensichtlich von seinen Freunden akzeptiert worden, und mit den anderen Gästen würde sie sicher auch zurechtkommen. Was Simon von ihr hielt, war ihm allerdings nicht zu entlocken, als er zwischendurch mal in die Küche kam und sein Vater ihn danach fragte. Zumindest lehnt er sie wohl nicht ab, dachte André, denn das hätte er sicher gespürt. Ab und zu warf er einen Blick aus dem Fenster in den Garten, während er die aufgeschnittenen Brote mit der Knoblauch-Kräuter-Butter bestrich, bevor er sie in den Ofen schob. Ute unterhielt sich gerade mit einem Paar, das er auch vom Sehen kannte. Irgendein Professor von der Universität, an der Alfred bis vor der Wende gearbeitet hatte, und dessen Frau. Jetzt lachten die drei schallend, und André lächelte. Ute hatte anscheinend das Talent, die Menschen gleich auf ihre Seite zu ziehen.

Eine Stunde später war dann alles fertig, und das Büfett draußen war eröffnet. Die Gäste griffen begeistert zu und lobten die ausgefallenen Speisen, die André gezaubert hatte. Still lächelte er in sich hinein und genoss den bewundernden Blick, den Ute ihm zuwarf, während sie sich warmen Kartoffelsalat und gegrillten Fisch auf ihren Teller häufte. André hätte sich gern zu ihr an den Tisch gesetzt, doch er wurde von einer älteren Frau in Beschlag genommen, die unbedingt wissen wollte, wie er die köstliche Senfsoße gemacht hatte. Er warf Ute noch einen entschuldigenden Blick zu, doch sie war schon wieder in ein Gespräch mit einem Mann vertieft, den André nicht kannte.

Als alle gegessen hatten und Alfred eine Kassette mit Musik eingelegt hatte und ein Stück von Bryan Adams erklang, ging André endlich zu Ute und forderte sie mit einer galanten Verbeugung zum Tanzen auf. Mit strahlendem Blick lag sie wenig später in seinen Armen. André spürte ihren warmen, verführerischen Körper an seinem, als sie sich an ihn schmiegte. Am liebsten wäre er jetzt mit ihr allein gewesen. Dann hätte er sie endlich küssen können, hätte ihr langsam das leichte Sommerkleid von den Schultern gestreift …

„Und, gefällt es dir hier?", fragte er abrupt, um sich nicht weiter in seinen schönen Träumereien zu verlieren.

Ute nickte. „Es ist toll hier", schwärmte sie. „Und alle sind so nett." Überschwänglich drückte sie ihm einen Kuss auf die Wange. „Danke, dass du mich mitgenommen hast."

André konnte sein Glück kaum fassen. Ute schien ihn tatsächlich zu mögen.

Es war schon weit nach Mitternacht, als er mit Simon wieder zu Hause war. Ute hatte ihm zum Abschied vor ihrer Haustür nur einen kleinen Kuss auf die Wange gegeben, doch André vermutete, dass sie sich aus Rücksicht auf seinen Sohn so zurückhaltend gegeben hatte. Denn Simon, der hinten im Auto sitzen geblieben war, hatte die beiden neugierig durch das Seitenfenster beobachtet. André wäre zu gern noch mit in Utes Wohnung hinaufgegangen, um endlich mit ihr allein zu sein, doch das musste warten. Vielleicht morgen Abend, nach der Arbeit, dachte er später, als er im Bett lag, die Augen schloss und sich in Utes Arme träumte.

Morgens konnte er es dann kaum erwarten, sie wiederzusehen, doch als er den Schnellimbiss betrat, hatte sie schon alle Hände voll zu tun, um ein paar Gäste zu bedienen, die besonders früh gekommen waren. Und als er später zu ihr in den Gastraum ging, saß gerade ihr Vater mit seiner neuen Sekretärin dort, um mit ihr einen Kaffee zu trinken. André verzog sich wieder in die Küche und hoffte, dass er am Abend, wenn der Imbiss geschlossen war, endlich mit ihr allein sein könnte. Doch als er sie im Gastraum abholen wollte, war sie nicht mehr da. Stattdessen stand Erich Schalupke hinter der Theke und trank ein Bier, das er sich wohl gerade eingeschenkt hatte.

„Wenn Sie meine Tochter suchen, Konopka", meinte er, da er Andrés verwirrte Miene richtig gedeutet hatte, „die ist schon vor einer Stunde abgeholt worden." Er nahm noch einen Schluck von seinem Bier und wischte sich den Schaum von der Oberlippe.

„Sie ist abgeholt worden?", wiederholte André erstaunt.

Erich Schalupke nickte. „Ich kenne den Kerl nicht, aber was geht's mich an. Meine Tochter ist ja alt genug." Er leerte sein Bierglas und stellte es in die Spüle. „Ich frag mich allerdings, was sie an dem findet. Er könnte ihr Vater sein, so wie der ausgesehen hat." Er seufzte. „Aber zumindest scheint er Geld zu haben, nach seinem dicken Wagen zu urteilen." Erst jetzt sah er wieder zu André. „Ist Ihnen nicht gut, Konopka? Sie sehen so blass aus."

Ohne dass es ihm bewusst war, schüttelte André den Kopf und verließ langsam den Gastraum. In der Küche ließ er sich auf einen Stuhl fallen und stützte den Kopf in die Hände. Es dauerte eine ganze Weile, bis er endlich begriff, was Schalupke ihm eben erzählt hatte. Trotzdem schüttelte er immer wieder den Kopf, als könnte er alles auf diese Weise ungeschehen machen. „Das kann nicht sein", murmelte er vor sich hin. Vielleicht hat ihr Vater ja auch was verwechselt, dachte er. Sie könnte mit einem der Gäste mitgefahren sein, um vielleicht noch in der Stadt einzukaufen oder eine Freundin zu besuchen. So etwas hatte sie schon öfter mal gemacht, weil sie kein eigenes Auto hatte.

Bis zum nächsten Morgen klammerte André sich an diesen Gedanken, und als Ute ihn dann mit strahlendem Lächeln begrüßte, war die Welt für ihn wieder in Ordnung – aber nur für einen Augenblick.

Ute hatte sich auf die leere Arbeitsfläche in der Küche gesetzt und die Beine übereinandergeschlagen, während André neben ihr stand und überlegte, ob er die Hand auf ihr Bein legen sollte, das von dem kurzen Rock kaum bedeckt wurde. „Ich bin wirklich froh, dass du mich mit zu deinen Freunden genommen hast", schwärmte Ute strahlend. „Sonst hätte ich Hans-Friedrich nie kennengelernt."

„Hans-Friedrich ...?" André zuckte zusammen, als hätte ihm jemand einen Schlag versetzt.

Mit leuchten Augen sah Ute ihn an und rückte ein Stück näher. „Du erinnerst dich bestimmt an ihn“, sagte sie. „Hans-Friedrich ist der Professor, der mit seiner Frau beim Sommerfest war.“ Sie schüttelte den Kopf. „Ich hab gleich gemerkt, dass die beiden sich nicht mehr verstehen. Und Hans-Friedrich hat es mir gestern Abend bestätigt. Er und seine Frau haben sich schon vor Jahren auseinandergelebt. Er leidet sehr darunter.“ Verträumt starrte sie vor sich hin. „Hans-Friedrich meint, dass er mit mir zusammen endlich den Absprung schafft aus seiner Ehe.“

Doch André hörte schon längst nicht mehr zu. Er hätte sonst irgendwann laut aufgeschrien. Erst später zu Hause wurde ihm allmählich bewusst, dass Ute wohl die ganze Zeit nur mit ihm gespielt hatte. Vermutlich hatte es ihr gefallen, dass ein gut aussehender Mann wie André sie umgarnte und ihr zeigte, wie sehr sie ihm gefiel. Aber ernste Absichten hatte sie offenbar nie gehabt, was vermutlich daran lag, dass er kein Geld hatte – anders als der Herr Professor.

Als Simon spätabends noch in die Küche kam, um sich ein Glas Saft zu holen, sah er sofort, dass mit seinem Vater etwas nicht stimmte. Er bedrängte ihn zu sagen, was vorgefallen war. Nachdem André schließlich verneint hatte, dass es um seine Arbeit ging, schlussfolgerte der Junge: „Dann geht es wahrscheinlich um diese Frau.“

Verwirrt sah André ihn an. „Was meinst du damit?“, fragte er betont gelassen und fühlte sich ertappt. „Ich will nicht …“

„Papa, ich bin doch kein Kind mehr“, unterbrach Simon und zuckte mit den Schultern. „Meinst du etwa, ich hätte nicht gesehen, dass du total in diese Ute verknallt bist?“ Er runzelte die Stirn. „Mir hat die gleich nicht gefallen. Die hat sich sofort an diesen alten Knacker rangeschmissen.“

Damit konnte nur der ältere Professor gemeint sein. Hans-Friedrich.

„Du hast ja nichts mitgekriegt, weil du in der Küche warst“, fuhr Simon fort, „aber ich …“

„Es geht uns nichts an, was zwischen den beiden ist“, unterbrach André seinen Sohn barsch. Er wollte nichts mehr davon hören. Noch einmal würde ihm so etwas nicht passieren, schwor er sich im Stillen. In Zukunft würde er keine Gefühle mehr investieren, wenn es um Frauen ging.

Am nächsten Tag kündigte André im Schnellimbiss. Er hatte endgültig genug von Erich Schalupke, der ihn nur ausgebeutet hatte. Und er hatte mehr als genug von Ute, die ihm nun genauso hinterhältig und verlogen erschien wie ihr Vater.

„Und, was willst du jetzt machen?“, fragte Alfred, als André ihm ein paar Tage später, nachdem er sich wieder einigermaßen gefasst hatte, erzählte, dass er wieder arbeitslos war.

André wusste es selbst nicht. Das bisschen Geld, das er zurückgelegt hatte, würde bald aufgebraucht sein, und auf einen neuen Job konnte er kaum so schnell hoffen. Denn viele seiner Landsleute waren inzwischen ohne Arbeit – trotz oder gerade wegen der Wende –, und alle suchten verzweifelt eine neue Stelle.

Alfred spürte, wie geknickt der Freund war und bot ihm an, ihm Geld zu leihen, bis er etwas Neues gefunden hatte.

„Kommt überhaupt nicht infrage“, wehrte André entschieden ab. „Ich muss das schon allein schaffen.“

Verständnislos schüttelte Alfred den Kopf. „Herrgott, du kannst ein solcher Sturkopf sein manchmal.“ Eindringlich sah er seinen Freund an. „Dann geh wenigstens zur Bank und lass dir einen Kredit geben. Das habe ich auch gemacht, als ich meine Stelle an der Uni verloren habe.“ Mit schief gelegtem Kopf sah er ihn an. „Oder ist das auch unter deiner Würde?“

Später zu Hause dachte André über diesen Vorschlag nach. Dass er nicht schon längst selbst auf die Idee gekommen war, sich Geld bei der Bank zu leihen! Er hatte es allein schaffen wollen, ohne die Hilfe anderer. Aber wenn die anderen ihm nur Steine in den Weg legten, musste er eben umdenken und einen anderen Weg einschlagen und der würde ihn eben zu einer Bank führen.

Zwei Wochen später hatte André so viel Geld wie noch nie zuvor in seinem Leben. Die Bank hatte ihm anstandslos einen Kredit gewährt. „Im Moment schmeißen die uns Ossis das Geld noch hinterher“, hatte Alfred ihm erzählt. „Also nutz die Chance und mach was draus.“

Und jetzt hatte André tatsächlich achtzigtausend Mark zur Verfügung. Er konnte es immer noch nicht fassen, als er draußen vor der Bank in der Sonne saß, um erst einmal wieder zu Atem zu kommen. Achtzigtausend Mark! Damit konnte er sich endlich seinen Traum von einem eigenen Restaurant erfüllen.

Schließlich stand er auf und ging zum nächsten Kiosk, um sich ein paar Zeitungen zu holen. Wenig später saß er dann draußen vor einem Café, nippte an einem Espresso und suchte in den Immobilienseiten der Zeitungen nach einem passenden Objekt.

Es gab einige Angebote, die infrage kamen, und André lief in den nächsten Tagen kreuz und quer durch die Stadt. Er sah sich all die Häuser an. Ein paar gefielen ihm von außen zwar besonders gut, doch die Räume im Innern stellten sich dann als völlig ungeeignet heraus.

Simon, der ganz begeistert war von der Idee, dass sein Vater endlich bald ein eigenes Restaurant haben würde, fragte jeden Abend gespannt, ob er schon etwas gefunden hätte.

„Noch nicht“, antwortete André gelassen, da er merkte, dass der Druck, der jahrelang auf ihm gelastet hatte, endlich von ihm abgefallen war. Früher, vor der Wende, war es die ständige Angst vor der Bespitzelung oder gar Verhaftung gewesen, die ihn oft nicht hatte ruhig schlafen lassen. Nach der Wende war es die Ungewissheit, ob er einen Job finden würde und dann der tägliche Frust, als er im Schnellimbiss arbeitete. Jetzt endlich konnte er aufatmen und in Ruhe seine Pläne schmieden. Das war fast zu schön, um wahr zu sein.

Dann hatte er endlich ein Objekt gefunden, das ihm sehr gut gefiel. Und auch der Vermieter, ein Mann namens Hubert Klimke, der schon weit über siebzig war, freute sich, dass André in seinem Haus ein Restaurant eröffnen wollte. „Ich komme bestimmt öfter bei Ihnen vorbei", sagte Klimke aufgeräumt. „Seit meine Frau vor einem Jahr gestorben ist, koche ich nämlich selbst. Und ehrlich gesagt", er verzog angewidert das Gesicht, „kann ich das Zeug, das ich da zusammenrühre, nicht mehr sehen."

André lächelte. „Na, da habe ich ja in Ihnen schon meinen ersten Stammgast."

Nachdem sie beide den Mietvertrag unterschrieben hatten, holte Hubert Klimke einen Holunderlikör aus dem Schrank, den seine verstorbene Frau noch selbst gemacht hatte, und sie stießen miteinander an. „Ich hoffe, dass wir uns weiterhin so gut verstehen", meinte der alte Mann.

André nickte. „Ja, das hoffe ich auch." Und in diesem Augenblick war er sich sicher, dass nun endlich alles gut werden würde.

Ein paar Tage später begann er dann mit Alfred und einem befreundeten Maurer, die angemieteten Räume unten im Haus umzubauen. Um mehr Platz für den Gastraum zu haben, musste eine Wand herausgerissen werden. André sprach mit dem Vermieter, der sein Einverständnis gab. Auch Simon half nach der Schule fleißig mit. Er war stolz auf seinen Vater, der es endlich schaffen würde, etwas Eigenes aufzubauen. Christiane brachte den Männern selbst gemachten Eintopf und Kaffee in einer Thermoskanne und half später auch beim Streichen der Wände mit.

André hatte inzwischen in der Zeitung nach gebrauchten Gastronomie-Küchen und nach Mobiliar Ausschau gehalten und tatsächlich bald etwas gefunden. Der Vorbesitzer hatte vor einiger Zeit Konkurs anmelden müssen und erklärte sich bereit, André die Küche für zwanzigtausend und das Mobiliar für zehntausend Mark zu verkaufen. André handelte ihn auf achtundzwanzigtausend herunter und unterschrieb den Vertrag. Die Küche und das Mobiliar wollte er dann abholen lassen, wenn sie mit den Umbauten und dem Anstrich fertig waren.

Drei Wochen später war es dann so weit. In der

Küche waren alle Anschlüsse verlegt worden, und die Wände strahlten in einem schlichten Weiß, das André für seine Arbeit am liebsten war. Den Gastraum hatten sie in einem zarten Lindgrün gestrichen, den Stuck oben und unten in cremeweiß. Zusammen mit den dunklen Stühlen und Tischen würde der Raum, der später mit Lampen und Kerzen geschickt ausgeleuchtet werden sollte, eine gemütliche und gleichzeitig erlesene Atmosphäre verströmen. Alle, die mitgeholfen hatten, standen nun mitten in dem noch leeren Gastraum und stießen mit einem Glas Sekt an. Sogar Simon durfte einen Schluck trinken.

André hatte gerade mit den anderen angestoßen, als ein Mann um die vierzig im Gastraum erschien. Er hatte streichholzkurze Haare, trug Jeans und ein dunkles Sakko. André kam der Mann irgendwie bekannt vor, ohne dass er wusste, woher. Er ging zu ihm. „Kann ich Ihnen helfen?", fragte er.

Der Mann lächelte und streckte ihm die Hand hin. „Martin Klimke", stellte er sich vor. „Ich bin der Sohn Ihres Vermieters."

André schüttelte ihm die Hand. Deshalb war ihm dieser Mann bekannt vorgekommen. Er sah seinem Vater sehr ähnlich.

Neugierig schaute Martin Klimke sich um. „Das sieht ja sehr ansprechend aus", meinte er. „Wann wollen Sie denn eröffnen?"

„In drei Wochen", entgegnete André. „Wenn alles so läuft, wie ich es mir vorgestellt habe."

Sein Gegenüber nickte. „Dann noch viel Glück", meinte er und wollte gehen, blieb jedoch noch einmal stehen. „Ach übrigens, falls es irgendwas gibt, wenden Sie sich doch in Zukunft an mich. Mein Vater ... na ja, er ist nicht mehr der Jüngste und versteht so manches falsch." Er erzählte noch, dass er bis vor Kurzem in Südamerika gearbeitet hätte, als Bauleiter bei einem Großprojekt, das inzwischen abgeschlossen sei. Jetzt würde er wieder in Halle wohnen, auch um seinen Vater zu unterstützen.

„Was wollte der denn?", fragte Alfred, nachdem Martin Klimke gegangen war.

„Ach, nichts Besonderes", entgegnete André. „Er ist der Sohn vom alten Klimke und kümmert sich jetzt anscheinend um das Haus." Ihm konnte es nur recht sein, denn dem alten Mann hatte er so manches zweimal erklären müssen, bis er verstanden hatte.

Drei Tage später, als André und Alfred gerade den frisch gelieferten Laminatboden in den Gastraum tragen wollten, um ihn dort zu verlegen, erschien Martin Klimke wieder. Diesmal lag kein Lächeln auf seinem Gesicht, als er zu André trat. „Könnte ich Sie mal einen Augenblick sprechen?", sagte er.

André war sofort alarmiert. Klimkes Miene verhieß

nichts Gutes. „Um was geht's denn?", wollte er wissen und folgte dem Sohn seines Vermieters in den Gastraum. Als der oben zur Decke wies, erstarrte André. Ein großer Riss zog sich über der Öffnung entlang, dort, wo die Wand herausgerissen worden war.

„Bei meinem Vater oben sieht es genauso aus", erklärte Klimke. „Und in den beiden Wohnungen darüber ist es auch nicht viel besser."

„Aber wie kann denn so was passieren?", fragte André entsetzt.

Klimke verschränkte die Arme vor der Brust. „Das ist einfach zu erklären", sagte er. „Sie haben hier eine Wand herausreißen lassen. Das hätten Sie nicht so ohne Weiteres machen dürfen ..."

„Aber Ihr Vater hat das ausdrücklich genehmigt", warf André ein.

Martin Klimke schüttelte den Kopf. „Mein Vater verneint das ausdrücklich."

Entsetzt sah André ihn an. „Das kann nicht sein", sagte er mit gepresster Stimme. „Ich war doch bei ihm und habe ihm genauestens erklärt, was ich machen will und warum ich die Wand herausreißen möchte. Er meinte sogar, das wäre eine ausgezeichnete Idee ..." Seine Stimme verlor sich. Alle Erklärungen schienen zwecklos zu sein.

Mit eindringlichem Blick sah Martin Klimke ihn an. „Wie ich neulich schon sagte, Herr Konopka: Mein Vater ist ein alter Mann, der nicht mehr recht versteht, was man ihm sagt. Das hätte Ihnen doch auffallen müssen." Er hob das Kinn. „Sie hätten einen Statiker beauftragen müssen, um zu prüfen, ob die Wand überhaupt herausgerissen werden darf." Er schwieg einen kurzen Moment. „Und da Sie das versäumt haben, muss ich Sie leider für den Schaden haftbar machen."

Mit wachsendem Entsetzen hatte André zugehört. „Für den Schaden ... haftbar machen", stotterte er. „Was soll das heißen?"

„Ganz einfach", erklärte Klimke. „Hier muss ein Stahlträger eingebaut werden. Das ist keine große Sache."

Erleichtert atmete André auf, doch als Klimke weiterredete, verschlug es ihm erneut die Sprache.

„Die Kosten müssen Sie natürlich übernehmen, Herr Konopka, aber es ja auch in Ihrem Interesse, dass die Sache schnell bereinigt wird. Sie wollen ja bald Ihr Restaurant eröffnen."

„Und was kostet das Ganze?", fragte André.

„So um die zwanzigtausend, schätze ich", entgegnete Klimke. „Aber Sie müssen sowieso einen Statiker kommen lassen, der genau berechnet, wie stark der Stahlunterzug sein muss. Der kann Ihnen dann ganz genaue Zahlen geben."

André war leichenblass geworden. Von seinem Kredit waren noch fünftausend Mark übrig, und davon wollte er Geschirr, Besteck, Gläser und Kochgeschirr für die

Küche kaufen. „So viel Geld hab ich nicht“, sagte er und hatte das Gefühl, als ob ihm jemand den Boden unter den Füßen wegziehen würde. „Ich kann das nicht bezahlen.“

Martin Klimke schob die Hände in die Hosentaschen. „Das tut mir leid. Aber bevor der Schaden hier nicht behoben ist, können Sie Ihr Restaurant nicht eröffnen.“

5. KAPITEL

Noch lange, nachdem Martin Klimke gegangen war, standen André und Alfred im Gastraum. André war wie gelähmt. „Kann Klimke das wirklich verlangen?", fragte er zum wiederholten Mal.

Sein Freund hob die Schultern. „Ich weiß es nicht", entgegnete er. „Am besten, du fragst mal einen Rechtsanwalt. Ich glaube, Christiane kennt noch einen von früher." Er deutete auf den Boden, der immer noch in Schachteln verpackt am Boden lag. „Klär die Sache erst mal, bevor wir hier weitermachen", fügte er hinzu. „Sonst ..." Den Rest verschluckte er.

Doch André wusste auch so, was er hatte sagen wollen. Sonst hätten sie das Laminat vielleicht umsonst verlegt. Dann wäre alles umsonst gewesen.

André bekam kaum etwas mit, als sie wenig später zu Alfred nach Hause fuhren, um Christiane nach dem Rechtsanwalt zu fragen. Er wollte einfach nicht glauben, dass er schon wieder Pech haben sollte – und das kurz vor der Eröffnung seines Restaurants. Kurz bevor sein größter Traum endlich Wirklichkeit werden sollte.

Auch Christiane war entsetzt, als Alfred ihr wenig später erzählte, was vorgefallen war. „Ich rufe sofort Dr. Fischer an", bot sie an. Er war der Vater einer ihrer Schüler und tatsächlich Rechtsanwalt. „Er wird dir bestimmt weiterhelfen können“, sagte sie und sah André aufmunternd an. Nach einem kurzen Gespräch am Telefon kam sie zurück in die Küche, wo die beiden Männer saßen und gespannt warteten. „Du sollst morgen früh zu ihm kommen“, erklärte Christiane und schrieb André die Adresse auf. „Wäre doch gelacht, wenn wir das nicht wieder geradebiegen könnten.“

André wollte ihr nur zu gern glauben, doch er war skeptisch. Zu Recht, wie sich am nächsten Tag herausstellte.

„Haben Sie einen Zeugen, der gehört hat, wie der alte Herr Klimke Ihnen die Genehmigung gegeben hat, die Wand herauszureißen?“, fragte Dr. Fischer.

André schüttelte den Kopf. Ausgerechnet an diesem Tag war Alfred nicht dabei gewesen. Aber wer hätte denn ahnen können, dass so etwas passieren würde? André machte sich die größten Vorwürfe, dass er so nachlässig gewesen war. Warum hatte er seinen Freund zu diesem wichtigen Gespräch nur nicht mitgenommen?

„Dann wird Ihnen nichts anderes übrig bleiben, als einen Gutachter zu beauftragen, der die Sache prüft“, meinte Dr. Fischer. „Möglicherweise haben die Risse ja auch eine andere Ursache. Wenn der Schaden allerdings dadurch entstanden ist, dass Sie die Wand entfernt haben, müssen Sie die Kosten für die Sanierung wohl übernehmen. Es sei denn, der alte Herr Klimke erinnert sich doch noch, dass er Ihnen die Genehmigung erteilt hat."

André schüttelte den Kopf. „Das glaube ich kaum", entgegnete er und runzelte die Stirn. „Und was kostet so ein Gutachten?"

„So um die sechshundert Mark", entgegnete der Rechtsanwalt.

André zuckte zusammen. Noch mehr Geld, das er nicht hatte. „Ich werde es mir überlegen", sagte er frustriert und sah sein Gegenüber an. „Ich kann nur hoffen, dass Ihre Rechnung für dieses Gespräch nicht ähnlich hoch ist."

Der Rechtsanwalt lachte. „Wenigstens haben Sie Ihren Humor nicht verloren." Er stand auf und reichte André die Hand. „Ist schon gut, Herr Konopka. Laden Sie mich einfach mal zum Essen ein, wenn Ihr Restaurant eröffnet ist."

Falls es jemals so weit kommt, dachte André resigniert.

André blieb nichts anderes übrig, als einen Gutachter kommen zu lassen, der den Schaden prüfte. Das Ergebnis war niederschmetternd: André war tatsächlich für den Schaden am Gebäude verantwortlich. „Das werden Sie wohl zahlen müssen", meinte er bedauernd und drückte André gleich seine Rechnung in die Hand.

„Tut mir leid für Sie", meinte Martin Klimke, der ebenfalls bei dem Termin dabei gewesen war. „Aber Sie haben ja gehört, was der Gutachter gesagt hat."

André nickte nur. Klimke schien zwar tatsächlich zu bedauern, dass er in solchen Schwierigkeiten steckte, aber das nützte ihm in diesem Augenblick auch nichts. Denn das Geld, das er für sie Sanierung brauchte, musste er schließlich allein aufbringen – genau wie die fünftausend Mark für den Statiker, der zwei Tage später kam und alles neu berechnete. André blieb nichts anderes übrig, als noch einmal zur Bank zu gehen.

Der Bankbeamte winkte jedoch gleich ab. „Wir können Ihnen nicht noch mehr geben, Herr Konopka", sagte er. „Sie haben Ihren Kreditrahmen schon voll ausgeschöpft. Wir können Ihnen erst wieder entgegenkommen, wenn Sie den Kredit zurückgezahlt haben." Er seufzte, da André ihn entsetzt angesehen hatte. „Sie müssen das verstehen, Herr Konopka. Sie haben keinerlei Sicherheiten ..."

André stand auf, ohne ein Wort zu sagen, und verließ die Bank. Das war's, dachte er. Jetzt kann ich das Restaurant schließen, bevor ich es überhaupt aufgemacht habe. Er lachte bitter. Wie sollte es auch anders sein? Wann hatte er denn zum letzten Mal Glück gehabt im Leben?

Verzweifelt überlegte André hin und her, wie er sein Restaurant doch noch retten könnte. Lange saß er zu Hause am Tisch und rechnete immer wieder alles durch. Er musste die Sanierung des Gebäudes bezahlen, selbst wenn er die Räume nie nutzen würde. Also würde ihm nichts anderes übrig bleiben, als zu versuchen, vom Kaufvertrag für die Küche und das Mobiliar für den Gastraum wieder zurückzutreten – was natürlich auch bedeutete, dass er sein Restaurant nicht so bald würde eröffnen können.

Mit gemischten Gefühlen ging er am nächsten Tag zu dem Mann und bat darum, von dem Vertrag zurücktreten zu dürfen.

Der schüttelte den Kopf und lachte laut auf. „Sonst geht's Ihnen gut, was?" Er stach mit seinem dicken Zeigefinger auf den Vertrag. „Das hier ist Ihre Unterschrift! Sie kaufen mir die Küche und das Mobiliar ab und bezahlen innerhalb von zwei Wochen. Und die sind in ein paar Tagen vorbei." Er kratzte sich am Kopf und schwieg einen Augenblick. „Eine Möglichkeit gäbe es natürlich schon: Sie geben mir die Küche zurück und obendrauf, sagen wir …", er überlegte einen Moment, „… fünftausend Mark, weil Sie vom Vertrag zurücktreten. Ich hätte die Sachen inzwischen nämlich schon längst verkaufen können."

Fünftausend Mark. Für nichts? Kalte Wut stieg in André auf, aber er zwang sich, ruhig zu bleiben, obwohl er den Kaufvertrag am liebsten in der Luft zerrissen hätte. „Ich denke darüber nach", sagte er knapp und ging.

André brauchte einen ganzen Tag, um wieder zur Ruhe zu kommen. Wie sollte es denn jetzt nur weitergehen? Doch sooft er auch nachrechnete: Er bekam das

Geld für den Statiker und die Sanierung nicht zusammen. Spät in der Nacht saß er immer noch am Küchentisch vor seinen Papieren, als ihm plötzlich eine Anzeige einfiel, die er vor Kurzem gesehen hatte. „Günstige Kredite“ hatte dort gestanden, doch er hatte dem keine weitere Beachtung geschenkt.

Mit angehaltenem Atem sah er den Stapel Altpapier durch. Er konnte nur hoffen, dass Simon die Zeitungen noch nicht weggeworfen hatte. Als er sie endlich fand, atmete er erleichtert auf und blätterte sie durch, bis er auf die Anzeige stieß. Vielleicht ist das die Lösung, dachte er. Sicher müsste er bei diesem Kredit höhere Zinsen bezahlen, aber das spielte jetzt auch keine Rolle mehr. Hauptsache, er würde überhaupt Geld bekommen, um die Sanierung zahlen und sein Restaurant doch noch eröffnen zu können. Und wenn alles gut lief, hätte er die Kredite ohnehin bald abbezahlt. Die Vorstellung, doch noch eine Lösung all seiner Probleme in Aussicht zu haben, beruhigte André ein wenig. Man muss was riskieren im Leben, dachte er, bevor er einschlief. Sonst kommt man zu nichts. Schon gar nicht zu einem eigenen Restaurant.

André vereinbarte gleich am nächsten Morgen bei der angegeben Telefonnummer einen Termin. Der Berater würde gegen Mittag bei ihm sein, sagte ihm eine freundliche Dame zu.

Und tatsächlich: Um Punkt zwölf Uhr klingelte ein Mann in grauem Anzug und Aktentasche unter dem Arm an seiner Tür und stellte sich lächelnd als Herr Hallenberg vor. Verstohlen sah André ihn von der Seite an, während der Mann am Wohnzimmertisch saß und seine Unterlagen aus der Aktentasche holte. Er wirkte auf ihn genauso wie der Bankbeamte, der ihm vor einiger Zeit den Kredit gewährt hatte. Trotzdem wusste André, dass hinter der seriösen Fassade auch ein Betrüger stecken konnte, und mahnte sich, vorsichtig zu sein.

Herr Hallenberg hatte inzwischen einige Papiere vor sich ausgebreitet und lächelte André nun freundlich an. „Sie wollen also einen Kredit aufnehmen", sagte er. „Darf ich fragen, wofür Sie das Geld brauchen?" Als André ihn verständnislos ansah, fuhr er fort: „Sie werden sicher verstehen, dass wir vorher wissen müssen, in wen wir investieren, damit wir hinterher nicht auf unseren Forderungen sitzen bleiben."

André nickte schnell. „Ja, sicher", meinte er und erzählte von seinem Restaurant und der Sanierung wegen der Risse.

„Eine üble Geschichte", meinte Herr Hallenberg mit ernstem Gesicht und schüttelte den Kopf. „Da versucht offensichtlich jemand, auf Ihre Kosten an Geld zu kommen. So etwas erlebe ich leider sehr oft." Jetzt lächelte er wieder. „Aber Gott sei Dank haben Sie nicht gleich aufgegeben. Und zusammen werden wir die Sache schon wieder geradebiegen." Dann wollte er wissen, wie viel Geld André brauchte.

„Etwa dreißigtausend", entgegnete André, dem es fast schwindlig wurde bei der Summe, die er sich zusätzlich zu dem anderen Kredit noch leihen musste.

Herr Hallenberg hingegen zuckte nicht einmal mit der Wimper. „Geht in Ordnung", meinte er und breitete ein paar Papiere vor André aus. „Lesen Sie sich das alles bitte in Ruhe durch, Herr Konopka", sagte er und lehnte sich auf seinem Stuhl zurück. „Und wenn Sie Fragen haben, zögern Sie nicht. Mir ist es wichtig, dass alles zu Ihrer Zufriedenheit geregelt wird."

Während Herr Hallenberg genüsslich den Kaffee trank, den André ihm zu Anfang hingestellt hatte, las der sorgfältig alle Papiere durch. „Also gut", sagte er schließlich und setzte seine Unterschrift unter den Vertrag, obwohl die Zinsen, die er würde zahlen müssen, überdurchschnittlich hoch waren. Aber er wollte sich davon jetzt nicht beirren lassen. Schließlich ging es um sein Restaurant. Und irgendwie würde er es schon schaffen, das Geld zurückzuzahlen.

Zufrieden lächelte Herr Hallenberg ihn an. „Jetzt können Sie endlich wieder ruhig schlafen, Herr Konopka."

Und tatsächlich waren zwei Tage später die ersten zehntausend Mark auf dem Konto, das Herr Hallenberg für

André bei einer Bank eröffnet hatte, von der André vorher noch nie etwas gehört hatte. Der Rest des Geldes, weitere zwanzigtausend Mark, würde dann eine Woche später zu seiner Verfügung stehen, hatte er ihm gesagt. André hob die fünftausend Mark für den Statiker ab, damit der seine Berechnungen anstellen konnte und die Handwerker bald mit der Sanierung anfangen könnten.

„Ich bin froh, dass wir die Sache jetzt bereinigen können“, sagte Martin Klimke am darauffolgenden Wochenende, nachdem André ihn über den Stand der Dinge informiert hatte. „Mein Vater hätte es nämlich sehr bedauert, wenn Sie Ihr Restaurant doch nicht eröffnet hätten. Genauso wie ich.“

André nickte wortlos. Seit der alte Herr Klimke abgestritten hatte, seine Genehmigung zum Abriss der Mauer erteilt zu haben, war André nicht mehr gut auf ihn zu sprechen. Einen Moment lang hatte er sogar überlegt, sein ganzes Vorhaben aufzugeben. Doch er hatte schon viel zu viel investiert, um den Kopf jetzt in den Sand zu stecken.

André wartete in den nächsten Wochen vergeblich auf weiteres Geld. Und auch bei der Telefonnummer, unter der er zu Anfang Herrn Hallenberg erreicht hatte, meldete sich jetzt niemand mehr. Stattdessen stand eines Abends ein fremder Mann vor dem Plattenbau, in dem André und Simon wohnten. André war so in Gedanken versunken, dass er den Fremden erst bemerkte, als der ihn ansprach.

„Herr Konopka?“, fragte der Mann, dessen Gesicht kaum zu erkennen war, da er im Schatten stand.

„Ja bitte?“, fragte André, der augenblicklich ein mulmiges Gefühl hatte.

„Sie wissen, dass Sie mit Ihren Zinszahlungen im Rückstand sind“, sagte der Mann. „Ich gebe Ihnen einen Tag, um das Geld aufzutreiben. Morgen Abend sehen wir uns wieder.“ Er schob die Hände in die Manteltaschen. „Und versuchen Sie keine krummen Touren. Da verstehe ich nämlich ganz und gar keinen Spaß.“ Damit verschwand er in der Dunkelheit.

André stand wie erstarrt da und konnte nicht glauben, dass dieser freundliche Herr Hallenberg so eine zwielichtige Gestalt zu ihm schickte, um seine Forderungen einzutreiben. Woher sollte er das Geld bis morgen Abend überhaupt nehmen? Jetzt ärgerte er sich maßlos, dass er in der Woche zuvor doch die Küche und das Mobiliar bezahlt hatte – aber er war ja davon ausgegangen, dass Hallenberg ihm in Kürze noch mehr Geld zur Verfügung stellen würde. Nun hatte er gerade noch zweihundert Mark in der Tasche, die er für Simon und sich selbst zum Leben brauchte. Die hohen Zinsen für den Kredit konnte er unmöglich aufbringen. André hatte plötzlich das Gefühl, alles würde über ihm zusammenbrechen. Nicht einmal die Miete für die Räume bei

Klimke könnte er für den nächsten Monat zahlen. Bei seiner Bank war er hoch verschuldet, und nun kamen auch noch die hohen Zinsen für den zweiten Kredit dazu, die er auch nicht zahlen konnte.

In dieser Nacht wälzte André sich schlaflos in seinem Bett hin und her und überlegte fieberhaft, wie er der ausweglosen Situation noch entkommen könnte. Dass er sich Geld von seinem Freund Alfred lieh, war für ihn ausgeschlossen, zum einen weil er wusste, dass der selbst nicht sehr viel hatte, zum anderen weil er nicht wusste, wann er es ihm überhaupt zurückgeben könnte. Und er wollte auf keinen Fall riskieren, dass seine Freundschaft darüber zerbrach. Also konnte er nur versuchen, noch einmal mit dem Mann zu reden, der am nächsten Abend wiederkommen wollte, und ihn bitten, ihm einen Aufschub einzuräumen.

Es war schon lange dunkel geworden am nächsten Abend, als es bei André an der Tür klingelte. Er öffnete, doch als niemand vor der Wohnungstür stand, ging er schnell nach unten. Die Haustür klemmte wohl mal wieder. Kaum war André aus dem Haus getreten, lösten sich zwei dunkle Gestalten aus dem Schatten.

„Und, haben Sie das Geld?“, fragte der finstere Typ vom Vorabend.

André schüttelte den Kopf. „Könnten wir nicht noch mal drüber reden?“ Weiter kam er nicht.

Blitzschnell war der andere Mann aus dem Schatten getreten, packte André oben am Hemd, zog ihn unter der erleuchteten Tür weg mit sich in die Dunkelheit und schlug auf ihn ein, immer wieder, bis André kraftlos zu Boden sackte.

„Das ist erst der Anfang“, zischte er. „Wenn du nicht bald zahlst, kommen wir wieder. Und dann zeig ich dir, was ich noch so draufhabe.“ Damit verschwanden beide Männer, so schnell, als wären sie nie da gewesen.

André kauerte noch eine ganze Zeit am Boden. Er merkte nicht, dass Blut über seine Wangen lief, spürte auch nicht den Schmerz überall dort, wo der Mann mit wuchtigen Schlägen auf ihn eingeprügelt hatte. Seine Gedanken kreisten immer nur um eines: Er musste sich vor diesen Schlägern in Sicherheit bringen, die ihm deutlich zu verstehen gegeben hatten, dass sie noch ganz andere Seiten aufziehen würden, sollte er nicht zahlen. Und dann fiel ihm plötzlich Simon ein. Würden sie ihm auch etwas antun? Oder hatten sie es vielleicht schon getan? Mühsam rappelte er sich auf und schleppte sich hinauf in seine Wohnung. Die Tür war noch immer angelehnt. Er stieß in Panik auf, hastete zu dem kleinen Zimmer seines Sohnes und riss die Tür auf.

Simon lag friedlich in seinem Bett und blinzelte verschlafen. „Was ist denn, Papa?“, fragte er müde. „Warum machst du denn so einen Krach?“

Unendlich erleichtert atmete André auf. Seinem Sohn

war nichts passiert. „Schlaf weiter", sagte er und zog die Tür leise wieder hinter sich zu.

Als er sich dann im Badezimmerspiegel sah, schreckte er zusammen. Über dem linken Auge, das zugeschwollen war, klaffte eine Platzwunde, aus der Blut über sein Gesicht floss. Über die rechte Wange zog sich eine lange Schramme. Er säuberte und verarztete sein Gesicht, so gut er konnte, wobei er immer wieder vor Schmerzen aufstöhnte. Später im Bett schreckte er immer wieder hoch, da es kaum eine Stelle an seinem Körper gab, die nicht schmerzte.

Mit leerem Blick starrte er an die dunkle Decke. Noch nie in seinem Leben hatte er sich so hilflos gefühlt. Lange kämpfte er mit sich, bis er endlich einen Entschluss gefasst hatte. Und den würde er noch morgen in die Tat umsetzen. Denn sonst wäre es vielleicht zu spät.

André stand am nächsten Morgen sehr früh auf, schlich leise durch die Wohnung und rief bei seinen Freunden an. Alfred war am Apparat. André erklärte ihm in kurzen Worten, was geschehen war. „Ich muss für eine Weile verschwinden von hier", sagte er. „Könnt ihr euch bitte solange um Simon kümmern?" Lange hatte er in der Nacht hin und her überlegt, ob er seinen Sohn mitnehmen sollte, sich dann aber dagegen entschieden. Er wollte ihn nicht aus der Schule herausreißen, aber der

Hauptgrund war, dass er selbst nicht wusste, wo er hinsollte. Und er wollte und konnte seinem Sohn ein Leben in Ungewissheit nicht zumuten.

Erleichtert atmete er auf, als sich Alfred selbstverständlich bereit erklärte, Simon zu sich zu nehmen. Dann ging er zu seinem Sohn, ohne noch zu wissen, wie er ihm all das beibringen sollte. Sanft rüttelte er an seinem Arm, bis Simon aufwachte. „Komm bitte mit in die Küche“, sagte André. „Ich muss was Wichtiges mit dir besprechen.“

Müde stand Simon auf und folgte seinem Vater in die Küche. Als er ihn dann im hellen Licht sah, zuckte er zusammen. „Was ist denn mit dir passiert?“, rief er entgeistert.

André bat ihn, sich zu setzen, dann erzählte er ihm, was geschehen war. „Ich werde für eine Weile weggehen von hier“, schloss er.

Simon war aufgesprungen. „Ich komm mit, Papa, ist doch klar. Einer muss ja auf dich aufpassen.“

Gerührt sah André seinen Sohn an. Dann schüttelte er langsam den Kopf. „Das geht leider nicht, Simon, so gern ich dich auch mitnehmen würde. Aber ich weiß ja selbst noch nicht, wohin.“ Er schwieg einen Moment, da er den traurigen Blick seines Sohnes kaum ertragen konnte. „Wenn ich irgendwo Fuß gefasst habe, hol ich dich nach“, fuhr er schließlich fort, auch wenn er nicht wusste, wann das sein würde. „In der Zwischenzeit bleibst du bei Alfred und Christiane.“ Er legte seine Hand auf die Schulter seines Sohnes. „Und jetzt pack bitte deine Sachen, wir müssen gleich los.“

Doch Simon rührte sich nicht von der Stelle. „Versprichst du, dass du mich nachholst?“, fragte er und sah seinen Vater mit flehendem Blick an.

André nickte, ohne dass er sich dessen bewusst war. „Ja, ich verspreche es“, entgegnete er und hoffte im Stillen, dass er dieses Versprechen eines Tages tatsächlich einlösen könnte. Denn im Moment wusste er ja noch nicht einmal, wie es mit ihm überhaupt weitergehen sollte.

Zwei Stunden später brachten Simon, Alfred und Christiane ihn zum Zug. Sie hatten darauf bestanden, ihn zu begleiten.

Jetzt stand er in seinem Abteil und schaute aus dem geöffneten Fenster. Es gab so vieles, das er seinem Sohn noch sagen wollte, doch kein Wort kam über seine Lippen. Stumm schaute er Simon an, der zwischen Alfred und Christiane stand und ihn mit großen Augen ansah.

„Wird schon schiefgehen, Papa“, sagte er.

André hatte gemerkt, wie belegt die Stimme seines Sohnes geklungen hatte. Simon versuchte, tapfer zu sein. In diesem Augenblick fuhr der Zug ruckend an. André sah, wie Simon ihm zuwinkte. Noch lange stand er am Fenster und starrte hinaus, obwohl seine Augen längst in Tränen schwammen und er nichts mehr sehen konnte. „Bis bald, mein Sohn", sagte er leise. „Bis bald."

Am späteren Nachmittag kam André in Stralsund an. Von dort wollte er weiter auf die Insel Rügen. „Seit der Wende boomt es auf der Insel", hatte Alfred ihm erzählt. Er musste es wissen – er war schließlich Geschäftsführer eines Reisebüro und vor einiger Zeit selbst dort gewesen. Er hatte ihm versprochen, einen der Hoteldirektoren anzurufen, den er sehr gut kannte, und ihn zu fragen, ob er einen Job für André hätte. „Da lässt sich bestimmt was machen. Der ist mir sowieso noch einen Gefallen schuldig, weil ich ihm ziemlich viele Gäste zugeschanzt habe damals, als er eröffnet hat." André wusste nicht, ob sein Freund tatsächlich etwas bei diesem Hoteldirektor ausrichten konnte oder ob er ihn damit nur beruhigen wollte. Aber es war ihm auch egal. In Halle konnte er jedenfalls nicht einen Tag länger bleiben.

Am Abend war er dann endlich auf Rügen. Tief atmete André die salzige Seeluft ein und machte sich auf den Weg zu dem Hotel, das Alfred ihm genannt hatte. Von der Insel sah er kaum noch etwas, da es schon dunkel war. Doch auch wenn es noch hell gewesen wäre, hätte er keinen Blick für die wunderschöne Landschaft gehabt. Er war in Gedanken viel zu sehr zu Hause bei seinem Sohn. Wie mochte es ihm jetzt gehen?

Dann fiel ihm ein, dass die beiden Schläger bald wieder vor dem Haus stehen würden, das er und Simon an diesem Morgen Hals über Kopf verlassen hatten. Was sie wohl tun würden, wenn sie merkten, dass er sich aus dem Staub gemacht hatte? Vermutlich die Nachbarn nach seinem Verbleib fragen. Doch die wussten natürlich nichts. Jetzt war André froh, dass er sich – außer bei der Feier im Partykeller vor einigen Jahren – nie näher auf die anderen Hausbewohner eingelassen hatte.

Müde kam André schließlich beim Hotel Seeblick an, betrat die elegant eingerichtete Lobby, ging zur Rezeption und stellte seinen großen Seesack, in dem er seine Sachen verstaut hatte, auf dem Boden ab.

Der junge Mann hinter dem Empfang begrüßte ihn freundlich. „Haben Sie ein Zimmer bestellt?", fragte er.

André schüttelte den Kopf. „Nicht direkt", entgegnete er und erzählte dann, dass sein Freund Alfred Franticek inzwischen wohl den Hoteldirektor angerufen und ihn gebeten hatte, für eine Unterkunft zu sorgen.

Jetzt nickte der junge Mann bestätigend. „Herr Direktor hat mir Bescheid gegeben", sagte er, nahm einen Zettel aus einem der Fächer hinter ihm und reichte ihn André. „Bei uns war leider kein Zimmer mehr frei, aber Herr Direktor hat Ihnen etwas anderes besorgt." Er deutete auf den Zettel. „Die Adresse habe ich Ihnen notiert." Ausführlich beschrieb er André den Weg, damit er seinen

Zielort in der Dunkelheit nicht verfehlen konnte.

Trotzdem dauerte es mehr als eine Stunde, bis André endlich vor der kleinen Pension stand, die gerade mal eine Viertelstunde von dem Hotel entfernt lag. Doch er war so in Gedanken gewesen, dass er sich mehrmals verlaufen hatte.

Obwohl es schon spät war, wurde er von der Pensionswirtin, einer kleinen, rundlichen Frau um die sechzig, sehr freundlich empfangen. „Ich habe mir schon Sorgen gemacht, wo Sie bleiben", sagte sie und stellte sich als Rosa Carstensen vor. „Sie haben bestimmt noch Hunger", fuhr sie fort und schob André in die Küche, ohne dass er überhaupt die Möglichkeit hatte, zu widersprechen. Und er wollte es auch gar nicht. Denn die herzliche Art der Pensionswirtin war in diesem Moment genau das Richtige für ihn und lenkte ihn ab von seinen trüben Gedanken, die ihm den ganzen Tag durch den Kopf gespukt waren.

In der Küche wollte Rosa ihn auf einen Stuhl drücken, doch André winkte entschieden ab. „Kommt gar nicht infrage, Frau Carstensen, dass Sie so spät noch für mich kochen. Wenn schon, dann mache ich das." Als die ältere Frau ihn erstaunt und auch ein bisschen misstrauisch ansah, fügte er schnell hinzu: „Keine Angst. Ich bin Koch."

Rosa klatschte in die Hände. „Da muss man sechzig werden, bis man einen Mann findet, der endlich mal für einen kocht", rief sie begeistert und setzte dann eine strafende Miene auf. „Aber ich lasse Sie nur an den Herd, wenn Sie Rosa zu mir sagen."

Lachend stimmte André zu und machte sich an die Arbeit. Schnell schnitt er die gekochten Kartoffeln, die vermutlich vom Mittag übrig geblieben waren, die roten Rüben, Gurken, Zwiebeln und die Heringe in kleine Würfel, bereitete eine Mayonnaise zu und mischte alles unter.

Eine halbe Stunde später saßen sie dann an dem hellen Küchentisch und ließen sich den Heringssalat schmecken.

„So gut habe ich schon lange nicht mehr gegessen", schwärmte Rosa und strich sich über den Bauch. Dann erzählte sie ein wenig über die Insel, die sich zum Touristenmekka entwickelt hatte.

André war ihr dankbar, dass sie ihn mit keinem Wort fragte, warum er bei Nacht und Nebel bei ihr aufgetaucht war. Er wusste, dass er sich bei der älteren Frau wohlfühlen würde, ganz egal, was die Zukunft auch bringen mochte.

Am nächsten Morgen sprach er dann bei Hoteldirektor Arnold Tiefenbach vor, der ihm das Zimmer bei Rosa besorgt hatte, und bedankte sich dafür.

„Keine Ursache", meinte Tiefenbach, der hinter seinem wuchtigen Schreibtisch aus blank poliertem Mahagoni thronte. „Sie suchen also eine Stelle als Koch", fuhr er fort und legte die gespreizten Fingerspitzen gegeneinander. „Nun, Sie haben Glück. Wir können jemanden brauchen. Vorausgesetzt, Sie sind wirklich so gut, wie Alfred Franticek mir sagte."

„Ich denke, Sie werden nicht enttäuscht sein", entgegnete André. Denn wenn er sich einer Sache sicher war, dann der, dass er sehr gut kochen konnte. Im Stillen dankte er Alfred, der sich so für ihn eingesetzt hatte. Am Morgen hatte er gleich bei ihm zu Hause angerufen, ihm berichtet, dass er gut angekommen war und sich nach Simon erkundigt, der jedoch schon auf dem Weg zur Schule gewesen war. Erleichtert hatte er erfahren, dass es seinem Sohn gut ging.

Der Hoteldirektor erhob sich. „Dann werde ich Sie jetzt mal unserem Chefkoch Robert Klaasen vorstellen." Er ging zur Tür, dann drehte er sich noch einmal um. „Übrigens sehen wir es in unserem Hause ganz und gar nicht gern, wenn die Angestellten sich mit Hotelgästen einlassen. Das Gleiche gilt selbstverständlich auch für das Personal untereinander. In der Vergangenheit hat es da leider einige Male Probleme gegeben. Ich denke, wir verstehen uns."

„Natürlich." Das Letzte, was André im Moment wollte, war neuer Ärger. Und auf eine Frau wollte er sich ohnehin nicht mehr einlassen, das hatte er sich geschworen, und daran wollte er sich auch halten.

Der Hoteldirektor führte André in die Küche, stellte ihn dem Chefkoch vor und verschwand dann wieder.

Neugierig schaute André sich in der Küche um. Es gefiel ihm hier. Alles hatte seinen Platz in dem großen hellen Raum mit Arbeitsflächen aus blitzendem Edelstahl. Aus den Töpfen, die auf dem Herd standen, duftete es verführerisch, und emsig liefen Köche und Lehrlinge hin und her. Er konnte noch gar nicht glauben, dass er so viel Glück haben sollte. Mit der Pensionswirtin, bei der er nun wohnte, verstand er sich sehr gut, und er hatte ohne Probleme einen neuen Job bekommen. Auch Robert Klaasen, der Chefkoch, schien recht nett zu sein.

„Wir kochen hier nach der Neuen Deutschen Küche", erklärte Klaasen nun. „Ich nehme an, Sie kennen sich damit aus."

André nickte. „Selbstverständlich." Eckart Witzigmann, einer der besten Köche der Welt, war ihm seit Langem ein Begriff, und er wusste, dass er die Nouvelle Cuisine in den deutschsprachigen Raum gebracht hatte. Wie jeder Koch, der etwas auf sich hielt, schätzte auch er Witzigmanns Kochkunst sehr.

„Für heute Mittag haben wir Hummer mit schwarzen Ravioli vorgesehen", erklärte Klaasen. „Wenn Sie sich das zutrauen, können Sie gern die Füllung für die Ravioli machen." Er deutete auf eine der polierten Arbeitsflächen. „Die Zutaten liegen dort."

Glücklich machte André sich an die Arbeit, denn er freute sich sehr, endlich einmal wieder richtig kochen zu können. Zunächst schnitt er das gekühlte Zanderfilet in Stücke, salzte es leicht, pürierte es dann im Mixer und fügte nach und nach kalte Sahne hinzu. Die Masse strich er schließlich durch ein Sieb und schmeckte sie mit Salz und einem Spritzer französischem Wermut ab. Danach hackte er die Hummerscheren in feine Streifen und hob sie zusammen mit dem fein geschnittenen Estragon unter die Fischfarce. Während er die Masse in den Spritzbeutel füllte und kleine Tupfer auf eine Hälfte der Ravioli-Teigplatten verteilte, sah er aus einem Augenwinkel, dass Klaasen bei einer jungen Frau stand, die sich ihm zu Anfang als Yvonne vorgestellt hatte und hier eine Lehre als Köchin machte. Lässig lehnte er an der Arbeitsplatte und redete auf sie ein. Yvonnes Miene nach zu schließen war ihr die Aufmerksamkeit des Küchenchefs nicht sehr recht. Ob die beiden vielleicht ein Problem miteinander haben?, dachte André und zuckte dann mit den Schultern. Es war nicht seine Sache, und er würde sich ganz bestimmt nicht einmischen.

Als Klaasen später Andrés Füllung probierte, war er sehr zufrieden. „Sie haben ja tatsächlich einiges drauf", meinte er anerkennend.

André freute sich über das aufrichtige Lob, in dem keine Spur von Neid mitschwang. Er war froh darum, denn so musste er nicht mit dem Chefkoch konkurrieren, was unweigerlich irgendwann zu Problemen führen würde.

Abends in der Pension rief er noch einmal zu Hause in Halle an. Er bedankte sich bei Alfred, der sich für ihn eingesetzt hatte, und erzählte, dass alles gut gelaufen sei. „Warum konnte das vorher nicht so sein?“, meinte er wehmütig. „Dann hätte ich gar nicht erst von zu Hause weggemusst.“

„Du kommst ja irgendwann wieder, wenn sich die Wogen hier geglättet haben“, entgegnete Alfred zuversichtlich. „Und dann wirst du auch hier endlich Glück haben.“ Danach gab er den Hörer an Simon weiter, der schon ungeduldig darauf gewartet hatte, mit seinem Vater reden zu können. Er versicherte ihm, dass er bei Christiane und Alfred sehr gut zurechtkommen würde.

Ein wenig beruhigter als am Tag zuvor ging André schließlich ins Bett. Vielleicht wird ja doch noch alles gut, dachte er voller Hoffnung.

André war nun schon seit einer Woche auf Rügen und hatte sich in seinem neuen Job sehr gut eingefunden. Der Chefkoch, der schnell erkannt hatte, was in seinem neuen Mitarbeiter steckte, ließ ihm freie Hand. André war begeistert, zumal es ihm in der modernen und bestens ausgestatteten Küche noch einmal so viel Spaß machte zu kochen. Schon am dritten Tag übernahm er die Verantwortung für das Abendessen: gefüllte Taubenbrust mit Kartoffel-Crêpe. Nachdem das Dessert, Topfenknödel mit Backpflaumen, serviert worden war, kam Robert Klaasen zu André.

„Könnten Sie sich vielleicht vorstellen, für länger hierzubleiben?“, fragte er und grinste. „Auch wenn ich mir mit Ihnen eine Konkurrenz ins Haus hole, macht es Spaß, mit Ihnen zu arbeiten.“

André machte dieses Lob fast ein wenig verlegen. Zum letzten Mal hatte er ähnliche Worte von seinem Lehrherrn gehört – und das war inzwischen mehr als zwanzig Jahre her. „Ich werd’s mir überlegen“, meinte André, der in diesem Moment an sein halb fertiges Restaurant in Halle dachte. Alfred hatte sich, trotz des Protests seines Freundes, dazu bereit erklärt, zunächst die monatliche Miete zu zahlen. Die Sanierung ging ihren Gang, und André war froh, dass er sich dazu entschlossen hatte. Er wollte den beiden Klimkes gegenüber ein reines Gewissen haben. Er konnte nur hoffen, dass die Schläger des Kredithais, auf den er hereingefallen war, eines Tages das Interesse an ihm verlieren würden, damit er nach Hause zurückkehren könnte.

An seinem ersten freien Nachmittag zwei Wochen später lieh André sich ein Fahrrad von Robert Klaasen aus, um die Insel zu erkunden. Denn bis jetzt hatte er kaum etwas von Deutschlands größter Ostseeinsel gesehen, die mit ihren hohen weißen Kreidefelsen und den endlosen Sandstränden viele Dichter und Maler inspiriert hatte. Andrés Pensionswirtin hatte ihm geraten, sich Kap Arkona im Norden der Insel anzusehen, und nun stand er an der fast fünfzig Meter hohen Steilküste und schaute auf das tiefblaue Meer hinaus, auf dessen Wellen weiße Schaumkronen tanzten. Hinter ihm ragten die beiden Leuchttürme auf und der Peilturm, der früher als Seefunkfeuer diente. Lange blieb André oben auf dem Kreidefelsen und streckte sein Gesicht der kalten Brise entgegen, die vom Meer unten heraufwehte. Außer ihm waren nur ein paar Touristen da, die trotz der Kälte die Schönheit der Insel genießen wollten.

Völlig durchgefroren kehrte André am frühen Abend in einem Café am Kap Arkona ein und bestellte sich einen heißen Tee mit Rum. Er hatte einen Tisch am Fenster gewählt, um den wunderschönen Ausblick noch eine Weile genießen zu können. Plötzlich hörte er, wie hinter ihm jemand laut aufseufzte. Als er sich umdrehte, sah er, dass eine Frau an dem Tisch neben ihm Platz genommen hatte. Er musste sie wohl ein wenig verwirrt und erschrocken angesehen haben, denn sie warf ihm einen beruhigenden Blick zu und lächelte.

„Keine Sorge, mir fehlt nichts“, sagte sie mit weicher Stimme. „Aber bei dem Anblick musste ich einfach vor Entzücken aufseufzen.“

André nickte. „Ja, es ist wunderschön hier“, bestätigte er. „Ein Paradies.“

Jetzt lachte die Frau. „Ein Paradies, aus dem wir bald vertrieben werden“, meinte sie und deutete verstohlen auf den Kellner, der schon dabei war, diskret die anderen Tische abzuräumen und die Stühle zusammenzustellen.

Auch André lachte und sah auf seine Armbanduhr. „Kein Wunder. Hier ist eigentlich schon seit einer halben Stunde geschlossen.“ Als er gekommen war, hatte er das Schild mit den Öffnungszeiten bemerkt. Er hob die Schultern. „Schade. Gerade jetzt ist das Licht hier einzigartig.“

Die Frau runzelte die Stirn und sah ihn interessiert an. „Sind Sie vielleicht Maler?“, wollte sie wissen und bezahlte bei dem Ober, der lautlos an ihren Tisch getreten war, ihren Kaffee.

Auch André bezahlte, dann stand er auf, um der Frau, die sich ebenfalls erhoben hatte, in den Mantel zu helfen. „Nein, Maler bin ich nicht. Aber dieses Abendlicht fasziniert mich trotzdem immer wieder aufs Neue.“

„Dann haben wir ja schon zwei Dinge gemeinsam“, sagte die Frau und lächelte verschmitzt.

„Und was ist das zweite?“, fragte André augenzwinkernd, da ihm das Gespräch mit dieser Frau zunehmend Spaß machte.

„Dass wir beide jetzt jeder für sich den restlichen Abend verbringen müssen“, gab sie zurück, ohne den geringsten Anflug von Wehmut in der Stimme. „Habe ich recht?“

André schwieg einen Moment. Es war offensichtlich, dass die Frau mit ihm flirtete, und er zögerte, sich noch weiter darauf einzulassen, da die Kränkung, die Ute ihm zugefügt hatte, noch immer schmerzte. Auf der anderen Seite war gegen einen harmlosen Flirt mit einer Fremden nichts einzuwenden. In wenigen Minuten würde jeder seiner Wege gehen, und er hätte diese Frau wieder vergessen. Ohne auf ihre Frage einzugehen, meinte er lächelnd: „Sie werden ganz sicher nicht oft allein sein.“ Ihm war nicht entgangen, dass die Frau, die etwa zehn Jahre älter war als er, attraktiv war mit ihren halblangen dunklen Locken und der schlanken Figur. Und ihrem Schmuck nach zu urteilen, der im Farbton genau zu ihrem rosenholzfarbenen, schmal geschnittenen, eleganten Wollkleid passte, schien sie nicht arm zu sein.

Die Frau schüttelte den Kopf, und zum ersten Mal lag ein Anflug von Trauer auf ihrem Gesicht. „Da irren Sie sich“, entgegnete sie, knöpfte ihren Mantel zu und schlang einen Schal um ihren Hals.

Gemeinsam verließen sie das Café. Draußen war es inzwischen dunkel, und der Wind hatte merklich aufgefrischt. Ein paar Regentropfen fielen. André deutete auf sein Fahrrad, das er sich von seinem Chefkoch ausgeliehen hatte und das seitlich an der Hauswand lehnte.

„Dann werde ich mich mal wieder zurückkämpfen", meinte er und lächelte.

„Mit dem Fahrrad? Bei dem Wetter?", fragte die Frau erstaunt. „Wo müssen Sie denn hin? Vielleicht kann ich Sie ein Stück mitnehmen." Sie zeigte auf einen großen dunkelblauen Geländewagen. „Ihr Fahrrad könnten wir hinten verstauen."

André überlegte einen Moment. Das Wetter machte ihm nichts aus, aber er hatte auch nichts dagegen, noch ein bisschen mit der Frau zu plaudern. „Ich muss ins Hotel Seeblick", erklärte er, da er Klaasens Fahrrad dort abstellen wollte. Danach würde er zu Fuß zur Pension gehen.

Erstaunt sah die Frau ihn an. „Was für ein Zufall", meinte sie lächelnd. „Dann haben Sie ja den gleichen Weg wie ich."

André nahm das Fahrrad und hievte es hinten in den Geländewagen, den die Frau inzwischen geöffnet hatte. Dann setzte er sich neben sie auf den Beifahrersitz. „Wenn Sie schon einen wildfremden Mann wie mich nachts über eine einsame Insel kutschieren, sollte ich mich wenigstens vorstellen", sagte er verschmitzt. „André Konopka."

Die Frau ließ den Wagen an. „Wildfremd und einsam? Das hört sich ja sehr abenteuerlich an, André", entgegnete sie mit leuchtenden Augen und nannte ihn wie selbstverständlich bei seinem Vornamen. „Evelyn Schönfeldt. Aber bitte nennen Sie mich Evelyn." Während der Fahrt erzählte sie, dass sie in der Nähe von Freiburg lebte und zum ersten Mal auf Rügen Urlaub machte. „Und was hat Sie mitten im Winter hierher verschlagen?“, fragte sie neugierig.

„Die Arbeit“, antwortete André. „Ich bin Koch im Hotel Seeblick“, fügte er nicht ohne Stolz hinzu, da dieses exklusive Hotel einen sehr guten Namen hatte.

Evelyn lachte. „Dann habe ich es also Ihnen zu verdanken, dass ich schon zwei Pfund zugenommen habe“, gab sie verschmitzt zurück. „Ihre Küche ist nämlich exzellent. Wie könnte man da widerstehen“, fügte sie mit einem schnellen Blick auf André hinzu.

Der lächelte. „Ich werde mich bemühen, Sie auch in Zukunft zufriedenzustellen“, meinte er.

„Tun Sie das“, sagte Evelyn, die jetzt in die Auffahrt zum Hotel einbog. Nachdem er sein Fahrrad ausgeladen hatte, reichte sie ihm die Hand. „Ich hoffe, wir sehen uns bald wieder, André. Vielleicht verraten Sie mir ja dann ein paar Ihrer Geheimnisse.“

André sah ihr nach, als sie im Hotel verschwand. Die zwei Stunden mit dieser Frau waren wie im Flug vergangen, ohne dass er sich eine Sekunde gelangweilt hätte. Und er hatte das Gespräch mit ihr genossen. Es hatte nichts von verkrampfter Angestrengtheit gehabt, sondern eine Leichtigkeit, als würden sie sich schon länger kennen. Warum also sollte er sie nicht einmal wiedersehen? Es verpflichtete ihn zu nichts. Er würde ein paar angenehme Stunden verbringen und müsste nicht allein abends in seinem kleinen Zimmer in der Pension sitzen und wie so oft über die Zukunft brüten.

Zwei Tage später brach der sonst so gelassen wirkende Chefkoch Robert Klaasen plötzlich einen Streit vom Zaun. André bereitete gerade ein Räucherlachsgelee mit Spargelmousse vor, und der Lehrling Yvonne half ihm und schnitt die Gemüse in feine Würfel.

„Auch wenn Sie ausgezeichnet kochen, Herr Konopka, können Sie noch lange nicht nach Lust und Laune über mein Küchenpersonal verfügen", herrschte der Chefkoch André an.

Der sah ihn erstaunt an. „Yvonne hatte mich gebeten, helfen zu dürfen", entgegnete er ruhig. „Sie will etwas lernen."

„Lernen? Pah!", rief Klaasen. „So nennt man das also heute!" Er schüttelte den Kopf und sah die junge Frau an. „Ich bin hier für deine Ausbildung verantwortlich, niemand sonst, haben wir uns verstanden?"

Yvonne nickte und folgte dem aufgebrachten Chefkoch auf die andere Seite der Küche, wo die Zutaten für das Hauptgericht standen.

Was ist denn in den gefahren?, fragte André sich stirnrunzelnd. Bisher war er mit Robert Klaasen immer bestens ausgekommen. Doch jetzt musste er sich auf seine Arbeit konzentrieren, damit das Räucherlachsgelee, das er an diesem Tag zum ersten Mal ausprobierte, auch zu seiner vollsten Zufriedenheit ausfallen würde. Dass er dabei auch daran dachte, wie es wohl Evelyn Schönfeldt später schmecken würde, verdrängte er. Denn er hatte sich ja geschworen, keine Gefühle mehr zu investieren.

6. KAPITEL

Als es am nächsten Tag in der Küche ein wenig ruhiger wurde, kam der Chefkoch zu André. „Können wir uns mal einen Moment unterhalten?“, fragte er und deutete mit dem Kopf auf die Hintertür, die in den kleinen Innenhof führte, der hinter der Küche lag.

André folgt ihm und wappnete sich gegen das, was gleich kommen würde. Dass es nichts Angenehmes sein konnte, lag für ihn auf der Hand, denn Klaasens Miene war sehr ernst.

Draußen zog der Küchenchef eine Packung Zigaretten aus seiner Hosentasche und hielt sie André hin. Der schüttelte den Kopf. „Danke. Ich hab's mir vor ein paar Jahren abgewöhnt.“

Klaasen zündete sich eine Zigarette an und sog tief den Rauch ein. „Sehr vernünftig“, meinte er und nahm noch einen Zug. Schließlich sah er André an. „Ich wollte mich bei Ihnen entschuldigen, wegen gestern“, erklärte er. „War nicht so gemeint.“

André hatte mit allem gerechnet, nur nicht damit. Er hatte geglaubt, Klaasen würde ihm nahelegen, zu kündigen. Jetzt machte er sich bewusst, dass er automatisch immer vom Schlimmsten ausging – bedingt durch all die Tiefschläge, die er in den letzten Jahren hatte einstecken müssen. Deshalb war er nun umso erleichterter, dass er sich geirrt hatte. „Ist schon in Ordnung“, meinte er. „Das kann ja mal passieren.“

Entschieden schüttelte der Küchenchef den Kopf. „Sollte es aber nicht“, entgegnete er. „Vor allem deshalb nicht, weil ich mehr als zufrieden mit Ihnen bin. Und dass ich meinen Frust an Ihnen auslasse …“ Wieder zog er an seiner Zigarette und starrte vor sich hin.

„Und um was geht es tatsächlich?“

Klaasen ging eine Weile im Innenhof auf und ab, während er den Rest seiner Zigarette rauchte. „Ich sollte mir die Sache aus dem Kopf schlagen“, murmelte er schließlich vor sich hin. „Es bringt doch nichts …“ Er verstummte, ging wieder auf und ab und blieb schließlich vor André stehen. „Frauen“, sagte er und hob die Schultern. „Wer soll aus denen schlau werden.“

Endlich begriff André. Klaasen hatte offensichtlich ein Auge auf Yvonne geworfen, und als die junge Frau ihm gestern bei den Vorbereitungen für das Mittagessen geholfen hatte, hatte Klaasen vermutlich in seiner Eifersucht etwas ganz anderes dahinter vermutet. André konnte diese Gefühle nur zu gut nachvollziehen. Er hatte nicht vergessen, wie es ihm mit Ute ergangen war. Sie hatte ihn an der Nase herumgeführt. Ob Yvonne das Gleiche mit dem Küchenchef machte, vermochte er nicht zu sagen, allerdings hatte er eher den Eindruck, dass sie Angst vor ihm hatte. Klaasen war zwar freundlich, achtete aber streng darauf, dass alles reibungslos lief und zu seiner vollsten Zufriedenheit erledigt wurde.

„Sie ist erst fünfundzwanzig", warf der Chefkoch jetzt ein, als wüsste André ganz genau, um wen es ging. „Ich könnte ihr Vater sein."

André wusste, dass Klaasen Mitte vierzig war. Und Yvonne war schon achtundzwanzig, wie sie ihm vor einiger Zeit erzählt hatte. Zunächst hatte sie Germanistik studiert, dann jedoch gemerkt, dass sie viel lieber Köchin werden wollte. Ihren Eltern zuliebe hatte sie erst das Studium beendet und sich dann im Hotel Seeblick beworben. „Na und?", sagte André jetzt. „Das Alter ist doch unwichtig." Er räusperte sich und überlegte, ob er Klaasen erzählen sollte, welchen Eindruck er von Yvonne hatte. Aber eigentlich wollte er sich nicht einmischen. Auf der anderen Seite mochte er Klaasen und konnte ihm vielleicht helfen. „Ich glaube, Yvonne hat viel zu großen Respekt vor Ihnen, als dass sie auf die Idee kommen könnte, Ihre Aufmerksamkeit könnte auf etwas anderem beruhen als auf dem Interesse an ihrer Arbeit."

Erstaunt sah Klaasen ihn an. „Meinen Sie wirklich? Dann ist ja vielleicht doch noch nicht alles verloren." Spielerisch boxte er André gegen den Arm. „Sollten Sie recht haben, ist eine Runde fällig, auf meine Kosten natürlich." Damit verschwand er wieder in der Küche.

André blieb noch einen Augenblick draußen im Innenhof stehen und musste über sich selbst den Kopf schütteln. Wann würde er endlich sein Misstrauen allem und jedem gegenüber ablegen? Auch bei diesem Gespräch war er wieder vom Schlimmsten ausgegangen, nur um dann festzustellen, dass es überhaupt nicht um ihn ging. In diesem Moment fiel ihm Evelyn Schönfeldt ein. Sie wirkte auf ihn wie eine Frau mit Erfahrung und Scharfblick. Sie hatte ganz sicher eine Antwort auf seine Frage. Aber er konnte sie schlecht fragen. Er kannte sie doch nur flüchtig. Und außerdem hatte er sie seit dem Gespräch vor drei Tagen nicht mehr gesehen, obwohl sie hier im Hotel wohnte. Vermutlich war ihr Interesse an ihm sehr schnell wieder erloschen.

Am nächsten Morgen sollte er jedoch erfahren, dass er sich auch in diesem Punkt getäuscht hatte. Er ging gerade frühmorgens die Auffahrt zum Hotel entlang, als Evelyn Schönfeldt ihm in einem schicken Jogginganzug entgegenkam.

Mit strahlendem Lächeln sah sie ihn an. „Wie schön, dass ich Sie so früh treffe“, sagte sie. „Dann stehen Sie also auch mit den Hühnern auf, so wie ich.“

André lachte. „Mir bleibt gar nichts anderes übrig. Die Hotelgäste wollen schließlich pünktlich ihr Frühstück auf dem Tisch haben.“ Er hob die Schultern. „Davon abgesehen stehe ich aber sehr gern früh auf, dann hat man doch mehr vom Tag.“

Evelyn nickte. „Ich war übrigens in den letzten Tagen

in Freiburg." Sie seufzte. „Es gab Probleme in meiner Firma, um die ich mich kümmern musste."

Neugierig sah André sie an. „Und, konnten Sie alles zu Ihrer Zufriedenheit regeln?"

Evelyn zupfte an ihrem Stirnband, das sie um die dunklen Haare geschlungen hatte. „Ich hoffe", entgegnete sie. „Wenn es Sie interessiert, kann ich Ihnen gern mehr erzählen ... bei einem Glas Wein vielleicht?"

„Warum nicht." Plötzlich schien André die Aussicht, einen angenehmen Abend mit dieser Frau zu verbringen, sehr verlockend, denn er hatte die erste Begegnung mit ihr noch in sehr angenehmer Erinnerung.

In bester Laune machte André sich wenig später an die Arbeit. Robert Klaasen, der Chefkoch, hatte ihm verschwörerisch zugezwinkert, als André gekommen war. Wahrscheinlich hat er endlich mit Yvonne geredet, dachte er. Und falls es tatsächlich so sein sollte, war dieses Gespräch offenbar sehr zu seiner Zufriedenheit ausgefallen, seinem Lächeln nach zu urteilen. Auch Yvonne, die gerade mithalf, das Frühstück für die Gäste herzurichten, schien viel entspannter als sonst. Ab und zu warf sie sogar einen Blick zum Küchenchef und lächelte ihn an. André freute sich für Robert Klaasen. Also konnte der Küchenchef doch noch hoffen, die junge Frau näher kennenzulernen.

Abends nach der Arbeit ging André zurück zur Pension, um sich umzuziehen. Als er dann wenig später in Jeans, Rollkragenpullover und dunklem Sakko die Treppe hinunterkam und seiner Pensionswirtin begegnete, sah sie ihn mit großen Augen an.

„Ich glaube kaum, dass Sie sich für mich so in Schale geworfen haben“, meinte sie augenzwinkernd. „Wer auch immer diejenige sein mag, sie kann sich glücklich schätzen.“

Lachend winkte André ab. „Sie übertreiben mal wieder maßlos, Rosa.“

Entschieden schüttelte die Pensionswirtin den Kopf. „Falls die Dame, die Sie heute Abend treffen, nicht nach Ihrer Kragenweite ist, wissen Sie ja, wo Sie mich finden. Aber lassen Sie sich ruhig ein bisschen Zeit. Ich muss vorher noch schnell zur Kosmetikerin, zum Friseur … und was Nettes zum Anziehen brauche ich auch noch.“ Sie zwinkerte André zu. „Einen schönen Abend für Sie!“

Ohne weiter nachzudenken gab André der älteren Frau einen Kuss auf die Wange. Er mochte Rosa, die fast wie eine Mutter darauf achtgab, dass es ihm gut ging.

So wie sie es am Morgen vereinbart hatten, wartete Evelyn draußen vor dem Hotel bei ihrem Geländewagen. Sie hatte vorgeschlagen, nach Sassnitz zu fahren, einem kleinen Ort auf der Halbinsel Jasmund. Dort hatte sie eine nette, kleine Bar entdeckt, in der sie zusammen einen Drink nehmen wollten. André war es nur recht, da er sich in der hauseigenen Hotelbar nur beobachtet fühlen würde. Außerdem hatte der Hoteldirektor ihm ja zu Anfang gesagt, dass es überhaupt nicht gern gesehen würde, wenn Angestellte sich mit den Gästen privat trafen. Auch wenn er dies ein wenig übertrieben fand – er wollte keinen Ärger heraufbeschwören.

Eine halbe Stunde später saßen sie in der Bar aus rötlichem Kirschholz an einem kleinen Fenstertisch, von dem aus sie einen wunderschönen Ausblick auf die Ostsee hatten. Ruhig und dunkel glänzend lag sie unter ihnen, während sich der helle Mond in dem Wasser spiegelte. André hatte Rotwein für sie beide bestellt und hörte seiner Begleiterin aufmerksam zu, die ihm von ihrem Unternehmen, einem Baustoffgroßhandel, erzählte. „Zu Anfang war es nicht leicht für mich, als Frau da zurechtzukommen", meinte sie. „Die Angestellten, alles nur Männer, haben mich nicht ganz ernst genommen, bis ich mich endlich durchgesetzt hatte."

Neugierig sah André sie an. In ihrem dunklen Hosenanzug mit den dezenten Nadelstreifen sah Evelyn einfach umwerfend aus. Und das, was sie erzählte, interessierte ihn, weil sie sich anscheinend auch hatte durchkämpfen müssen. „Wer hat den Betrieb denn vorher geführt?", fragte er.

Ein Schatten legte sich über Evelyns Gesicht. „Mein Mann … bis vor zwei Jahren." Sie schwieg eine Weile und starrte geistesabwesend auf ihr Cocktailglas. „Er ist gestorben, bei einem Verkehrsunfall", sagte sie schließlich. „Er hatte mir immer alles abgenommen und sich allein um die Geschäfte gekümmert, weil er meinte, ich solle mich nicht damit belasten.“ Sie seufzte. „Ein großer Fehler, wie sich im Nachhinein herausstellte.“ Endlich lächelte sie wieder. „Aber inzwischen habe ich den Betrieb ziemlich gut im Griff, zusammen mit meinem Geschäftsführer. Nun kann ich endlich auch mal wieder ausgiebig Urlaub machen.“ Sie nahm ein paar von den Pistazien, die in einem Schälchen vor ihr standen. „Und Sie, André? Jetzt habe ich mein halbes Leben vor Ihnen ausgebreitet und weiß von Ihnen so gut wie gar nichts. Außer dass Sie ein exzellenter Koch sind.“

André deutete eine leichte Verbeugung an. „Freut mich, dass es Ihnen schmeckt.“ Er hob sein Glas und stieß mit Evelyn an. Denn er wollte Zeit gewinnen und überlegen, was er ihr erzählen sollte. Er wusste selbst nicht, warum er ihr nicht einfach die Wahrheit sagte. Doch ein unbestimmbares Gefühl sagte ihm, dass es besser wäre, nicht zu viel über sich zu verraten. Vielleicht war er auch nicht zuletzt deshalb so vorsichtig, weil er seit der Wende mitbekommen hatte, dass die Menschen aus Ostdeutschland immer wieder von einigen abfällig behandelt oder mitleidig belächelt wurden. Er vermochte es nicht zu sagen, warum er ihr nun eine ganz andere Biografie auftischte und ihr erzählte, dass er in Westberlin geboren und aufgewachsen sei und dort auch seine Lehre bei einem bekannten Meisterkoch gemacht habe. Zumindest das war nicht ganz gelogen.

„Dann müssten Sie doch schon längst Chefkoch sein", meinte Evelyn und lächelte ihn entschuldigend an. „Ich weiß zufällig, dass Robert Klaasen hier der Küchenchef ist, weil ich im Frühjahr schon einmal hier war."

André zögerte einen Moment, da er nicht wusste, was er sagen sollte. Natürlich müsste er mit seinen siebenunddreißig Jahren inzwischen irgendwo Chefkoch sein – wäre sein Leben in normalen Bahnen verlaufen. Ärger stieg in ihm hoch, da er wieder an seinen Bruder erinnert wurde, der die Schuld daran trug, dass er immer noch nicht weitergekommen war. Doch all das wollte er dieser Frau nicht erzählen, zumal er sie ja kaum kannte. „Ich bin viele Jahre im Ausland gewesen", meinte er schließlich, da ihm keine bessere Ausrede einfiel, warum er noch nicht Chefkoch war. „Es ist einfach wichtig, dass man über den Tellerrand hinausschaut", fuhr er fort, angestachelt von Evelyns interessiertem Blick. „Und ich habe natürlich sehr viele interessante Rezepte aus dem Ausland mitgebracht", fügte er hinzu und war froh, dass er sich in all den Jahren, die er in der Großküche und später im Schnellimbiss gearbeitet hatte, immer weitergebildet hatte. Und sein großes Interesse an fremden Ländern, das er mangels anderer Möglichkeiten durch Bücher und Filme gestillt hatte, würde ihm jetzt auch zugutekommen, sollte Evelyn näher nachfragen, wo er genau gewesen sei.

„Sie scheinen ein sehr abenteuerlustiger und risikofreudiger Mann zu sein“, meinte Evelyn bewundernd. „Das gefällt mir. Ich bin nämlich der reinste Stubenhocker.“ Sie zuckte mit den Schultern. „Früher, als mein Mann noch gelebt hat, wollte er mit mir immer eine Weltreise machen. Aber ich habe schreckliche Angst vor dem Fliegen. Deshalb bin ich auch noch nicht viel herumgekommen. Ein paarmal Italien, Schweiz oder Österreich, das ist schon alles. Schrecklich, nicht wahr? Jetzt halten Sie mich bestimmt für eine Langweilerin“, schloss sie mit kokettem Augenaufschlag.

André schüttelte den Kopf. Auch wenn er gern die Welt gesehen hätte, war er, bedingt durch die politischen Verhältnisse, kaum aus Deutschland herausgekommen – abgesehen von ein paar kurzen Aufenthalten in Polen. „Es ist überhaupt nicht schrecklich“, entgegnete er, froh darum, dass Evelyn ihm so zumindest keine verfänglichen Fragen nach fremden Ländern stellen konnte, die sie selbst schon bereist hatte. „Und ich bin überzeugt, dass Sie genug Interessantes zu bieten haben.“

Evelyn lächelte. „Dann haben wir ja schon wieder etwas gemeinsam“, sagte sie und sah André herausfordernd an. „Jetzt haben Sie mir über Ihren Beruf erzählt“, meinte sie. „Aber was Sie sonst so machen, weiß ich immer noch nicht.“

André wusste genau, was sie wissen wollte – ob er verheiratet war oder wie es bei ihm mit den Frauen stand. Und ihr Blick hatte ihm mehr als deutlich gezeigt, dass er ihr gefiel. Er wusste zwar, dass er gut aussah und auf Frauen wirkte, aber das hatte ihn weder überheblich noch selbstbezogen gemacht. Vielleicht war es ja auch gerade diese Mischung aus Attraktivität, Männlichkeit und seinem trotz alledem zurückhaltendem Charme, den die Frauen so an ihm mochten. „Nun ja, ich war schon einmal verheiratet“, begann er gedehnt, da er immer noch überlegte, was er am besten sagen sollte. „Aber es sollte wohl nicht für die Ewigkeit sein“, fügte er schließlich hinzu.

Evelyn strich sich eine widerspenstige Haarsträhne aus der Stirn. „Man hört ja oft, dass es beim zweiten Mal viel besser klappt“, entgegnete sie mit hintergründigem Lächeln. „Und ein Mann wie Sie wird doch bestimmt nicht lange allein bleiben.“

Jetzt lachte André auf, ohne die Spur von Bitterkeit, die darin mitschwang, unterdrücken zu können. „Ein Mann wie ich ist vor allem daran interessiert, endlich Chefkoch zu werden … vielleicht sogar in einem eigenen Restaurant“, fügte er mit verklärtem Blick hinzu.

Begeistert klatschte Evelyn in die Hände. „Bravo“, rief sie überschwänglich. „Ich mag es, wenn ein Mann seine Träume verwirklicht.“ Vertrauensvoll legte sie ihre Hand auf Andrés Arm. „Und ich bin sicher, dass Sie es schaffen werden.“ Verspielt zupfte sie an seinem Sakko und lächelte schelmisch. „Wenn Sie Ihr eigenes Restaurant haben, müssen Sie mich unbedingt einladen, sonst bin ich beleidigt."

„Es wird mir eine Ehre sein", gab André zurück. „Ich weiß auch schon, was ich Ihnen dann kochen werde." Er strich mit einem Finger an seinem Cocktailglas auf und ab. „Als Vorspeise Trüffel-Ei auf Cremespinat, danach Langustinen auf Avocado-Mango-Carpaccio und zum Dessert ...", er hielt inne und überlegte, „Pfirsich mit Campari-Schaum."

„Ich schmelze jetzt schon dahin", schwärmte Evelyn und sah ihn verträumt an.

Sie blieben, bis der Barkeeper sie höflich darauf hinwies, dass eigentlich schon seit einer halben Stunde geschlossen sei. Als André aufstand, merkte er, dass er leicht schwankte. Und auch Evelyn stand nicht mehr sicher auf den Beinen.

„Wir sollten ein Taxi nehmen", meinte André, denn fahrtüchtig waren sie mit Sicherheit nicht mehr.

Evelyn nickte und hängte sich bei ihm ein, als sie nach draußen gingen, um auf den Wagen zu warten, den der Barkeeper ihnen bestellt hatte. Eine halbe Stunde später hielten sie vor dem Hotel Seeblick. André stieg mit aus, da er den Rest bis zu seiner Pension zu Fuß gehen wollte, auch, um wieder einen klaren Kopf zu bekommen. Als er sich von Evelyn verabschiedete, spürte er ihre Enttäuschung. Sie hätte ihn gern mitgenommen in ihre Suite, das wusste er. Doch er wollte nichts überstürzen – auch wenn er nicht abgeneigt war, mit ihr die Nacht zu verbringen. Vielleicht beim nächsten Mal, dachte er und machte sich auf den Weg durch die dunkle Nacht.

In seinem Pensionszimmer fand er dann einen Zettel von seiner Wirtin, auf dem stand, dass sein Sohn angerufen hätte. Sofort meldete sich Andrés schlechtes Gewissen. Schon seit Tagen hatte er Simon anrufen wollen, doch bei all der Hektik hatte er es völlig vergessen. Er nahm sich fest vor, ihn gleich am nächsten Abend nach der Arbeit anzurufen, denn Simon sollte nicht das Gefühl haben, dass er mit einem Mal unwichtig geworden war für ihn.

In den nächsten Tagen hatte André noch mehr als sonst zu tun, weil zwei Mitarbeiter des Küchenpersonals krank geworden waren. Ihm machte die Mehrarbeit nichts aus, zumal es ihm immer mehr Spaß machte, zusammen mit Robert Klaasen und den anderen zu kochen. Allerdings wurde es abends sehr spät – so spät, dass ihm keine Zeit blieb, sich mit Evelyn zu treffen, und nur wenig, um an sie zu denken. Immerhin merkte er, dass er sie gern wiedersehen würde, und da er nicht einmal wusste, wie lange sie noch bleiben würde, war er froh, als das Küchenpersonal endlich wieder vollzählig war. Endlich kam er wieder früher aus der Küche.

Als André das Hotel durch den Hintereingang verließ und noch überlegte, wie er Evelyn Bescheid geben könnte, dass er an diesem Abend Zeit für sie hätte, lief sie ihm plötzlich über den Weg. Erfreut lachte er sie an. „Was für ein Zufall", rief er, „dass wir uns gerade jetzt über den Weg laufen. Die letzten Tage bin ich erst so spät aus der Küche gekommen, aber heute …"

Evelyn lächelte verschmitzt. „Glauben Sie wirklich an Zufälle? Tatsächlich habe ich einen Spion in die Küche geschmuggelt, der mich auf dem Laufenden gehalten hat."

André war bei ihren Worten zusammengezuckt, er wischte den Gedanken an die Zeit vor der Wende schnell beiseite. Evelyn wollte ihn schließlich nur auf den Arm nehmen. „Dann hat Ihr Spion Ihnen wahrscheinlich auch verraten, dass wir beide den Abend heute gemeinsam verbringen, nicht wahr?", antwortete er grinsend.

Evelyn nickte. „Selbstverständlich. Deswegen bin ich ja hier." Sie hängte sich bei ihm ein. „Aber diesmal lade ich Sie ein." Sie zog ihn mit sich. „Kommen Sie, ich möchte Ihnen etwas zeigen."

Diesmal fuhren sie in ihrem Geländewagen nach Lohme am nördlichen Rand der Halbinsel Jasmund. Aufgeregt sah Evelyn André an, als sie die steile Treppe zu dem kleinen Fischer- und Seglerhafen hinuntergingen. „Sie werden begeistert sein", sagte sie.

Wenig später saßen sie in einem elegant eingerichteten Restaurant mit angenehm gedämpftem Licht. Die

Stühle waren bezogen mit weinrotem Veloursleder, in die dunklen Holztische waren Platten aus rosa Marmor eingelassen, der im Farbton eine Nuance heller war als der rosa Granitboden. Überall standen große Glasvasen mit verschiedenen Hölzern darin. Das große Panoramafenster bot einen wunderschönen Ausblick auf Kap Arkona im Hintergrund.

„Sie haben doch sicher einen Grund, warum Sie mich gerade hierher geführt haben“, meinte André und sah seine Begleiterin neugierig an.

Evelyn deutete auf den Gastraum. „Als Sie mir neulich erzählten, Sie würden vielleicht sogar ein eigenes Restaurant aufmachen, habe ich sofort an dieses hier gedacht“, begann sie. „Ich finde, es würde wunderbar zu Ihnen passen.“

Verwirrt starrte André sie an. „Aber so etwas kann ich mir doch gar nicht leisten“, platzte er heraus. „Und selbst wenn, würde der Eigentümer wohl kaum mitspielen.“

„Das sehe ich genauso“, bestätigte Evelyn. „Wer gibt schon freiwillig ein bestens eingeführtes Restaurant auf?“ Sie atmete tief durch. „Ich wollte Ihnen all das hier nur gern zeigen, um zu erfahren, ob es Ihnen gefällt.“

„Und ob!“, entgegnete André, dem die zurückhaltende Eleganz des Gastraumes sofort sehr zugesagt hatte.

In diesem Moment trat ein Ober in blütenweißem

Hemd und schwarzer Hose an ihren Tisch, um die Bestellung aufzunehmen. Beide entschieden sich für Fisch und einen trockenen Weißwein.

„Ich habe in den letzten Tagen immer mal wieder über Ihr Restaurant nachgedacht", sagte Evelyn, nachdem der Ober gegangen war. „Die Idee gefällt mir nämlich sehr gut. Und ich dachte ... na ja, vielleicht könnten wir so etwas wie Geschäftspartner werden ..."

„Geschäftspartner?", fragte André erstaunt. „Wie meinen Sie das?"

Gelassen zuckte Evelyn mit den Schultern. „Nun ja, ich habe durch ein paar geschickte Investitionen in den letzten Jahren einiges an Geld gemacht, das ich gern gewinnbringend anlegen würde. Und deshalb habe ich überlegt ..." Sie verstummte und sah ihr Gegenüber fragend an.

André hatte es für einen Moment die Sprache verschlagen. Seit er sein Zuhause in Halle verlassen hatte, hatte er nicht mehr daran geglaubt, dass er sich seinen Traum vom eigenen Restaurant noch jemals würde erfüllen können. Bei der Bank war er hoch verschuldet, das Geld des Kredithais musste auch noch zurückgezahlt werden, und seinem Freund Alfred, der die Miete bei Klimke weiterbezahlte, musste er dieses Geld auch irgendwann zurückgeben. Evelyns Angebot, ihn finanziell zu unterstützen, war deshalb mehr als verlockend. Und trotzdem fühlte er sich unbehaglich bei dem Gedanken, sich wieder in eine weitere Abhängigkeit zu begeben. War er denn nicht in der Lage, es allein zu schaffen? André räusperte sich umständlich.

„Es freut mich sehr, dass Sie so viel Vertrauen in meine Kochkunst haben", begann er. „Aber Sie kennen mich doch zu wenig, um so ein Risiko einzugehen …"

„Dann wird es höchste Zeit, dass ich Sie besser kennenlerne", unterbrach Evelyn ihn mit leuchtenden Augen. „Außerdem … warum soll ich nicht auch mal etwas riskieren", fügte sie in bester Laune hinzu. „Das Leben, das ich führe, wird mir nämlich allmählich zu langweilig." Sie hob ihr Weinglas. „Auf das Risiko", sagte sie aufgeregt und lachte.

Auch André hob sein Glas und stieß mit ihr an. „Na schön! Auf das Risiko."

In bester Laune verspeisten sie ihre Rotbarben auf Weißweinsoße und unterhielten sich angeregt. Nach dem Essen fuhr Evelyn wie selbstverständlich zurück zum Hotel, ohne André zu fragen, ob sie ihn zu seiner Pension bringen solle. Es war eine eisig kalte Nacht, und der Wind blies heftig von der See herauf. „Jetzt könnten wir beide noch einen Grog vertragen, was meinst du?", fragte Evelyn. Sie waren beim Essen zum Du übergegangen.

André zögerte einen Moment, als er daran dachte, was der Hoteldirektor ihm beim Vorstellungsgespräch gesagt hatte: kein Verhältnis mit Gästen oder Angestellten. Aber gegen ein Glas Grog könnte er sicher nichts einwenden. Außerdem hatte André keine Lust, sich jetzt davonzuschleichen. „Eine gute Idee", entgegnete er daher und folgte Evelyn ins Hotel. Trotzdem war er froh, dass der Nachtportier an der Rezeption ihn nicht erkannte. Er hatte erst heute nach einem längeren Urlaub den Dienst wieder angetreten und wusste noch nichts von dem neuen Koch.

Oben in Evelyns Suite kamen sie jedoch nicht mehr dazu, einen Grog zu bestellen. André wusste hinterher nicht mehr, wer die Initiative ergriffen hatte. Und es war ihm auch egal. Evelyn war eine erfahrene Frau, die sich ihm leidenschaftlich hingab und ihn schnell alles vergessen ließ. Und André hatte sich schon lange nicht mehr so wohlgefühlt.

Er blieb die ganze Nacht bei ihr, stand jedoch am nächsten Morgen sehr früh auf, damit niemand mitbekam, wie er die Suite verließ. Für Evelyn, die noch schlief, schrieb er einen Zettel, dass er sie sehr gern am Abend wiedersehen würde, dann verließ er leise das Zimmer. Es war noch dunkel draußen und zu früh, um schon in die Küche zu gehen. Deshalb beschloss André, noch einen Spaziergang zu machen, auch, um wieder einen klaren Kopf zu bekommen. Sicher, er hatte sich in dieser Nacht auf sie eingelassen. Aber nicht deshalb, weil er sich in sie verliebt hatte. Vielmehr hatte er sich in die Idee verliebt, mit Evelyns Hilfe seinen Traum von einem eigenen Restaurant verwirklichen zu können. Und dass sie ganz nebenbei auch noch attraktiv war, erleichterte ihm vieles. Außerdem schien sie so ganz anders als die Frauen, die er bisher gekannt hatte. Sie war erfahren, hatte Humor und Charme – und ganz nebenbei war sie auch noch sehr vermögend. Wenn ich sie doch nur früher kennengelernt hätte, dachte André wehmütig.

Eine Stunde später betrat er die Küche. Robert Klaasen, der Küchenchef, war schon da und sprach mit ihm die Speisenfolge für diesen Tag durch. „Können Sie die Hauptspeise übernehmen – Rinderfilet in Rotweinsoße mit grünem Gemüse?“, meinte er. „Ich bereite dann mit Yvonne die Vorspeisen zu, damit sie das auch lernt.“ Für diesen Tag waren Spinaträllchen mit Loup de Mer an Zitronensoße und Wirsing-Ravioli mit Hechtmusfüllung vorgesehen.

André nickte und hatte sich gerade an die Arbeit gemacht, als der Hoteldirektor plötzlich neben ihm stand.

„Könnte ich Sie einen Augenblick sprechen, Herr Konopka?“, fragte er freundlich.

André legte das große Messer zur Seite und folgte ihm in sein Büro. Was mochte Tiefenbach wohl von ihm wollen?

„Setzen Sie sich doch bitte“, meinte der Hoteldirektor und nahm selbst hinter seinem großen Schreibtisch Platz. Dann sah er André, der ihm gegenübersaß, einen langen Augenblick an. „Wie lange sind Sie jetzt bei uns, Herr Konopka?“, fragte er.

André musste nicht lange überlegen. Denn den Tag, an dem er aus Halle fast hatte fliehen und seinen Sohn zurücklassen müssen, würde er so schnell nicht vergessen. „Genau drei Wochen“, erklärte er.

„Drei Wochen also“, wiederholte Tiefenbach und lehnte sich in seinem Sessel zurück. „Anscheinend funktioniert Ihr Gedächtnis also doch.“ Sein Ton war jetzt nicht mehr so freundlich wie zu Anfang.

Verständnislos sah André ihn an. „Ich verstehe nicht ganz ...“

„Dann werde ich Ihnen ein bisschen auf die Sprünge helfen“, meinte der Hoteldirektor. „Ich habe Ihnen bei unserem ersten Gespräch gesagt, dass ich weder ein Verhältnis zwischen dem Personal und erst recht nicht zu Hotelgästen wünsche. Und wie ich höre, haben Sie sich nicht daran gehalten.“

André fluchte im Stillen. Offensichtlich war er doch gesehen worden. Vielleicht hatte der Nachtportier ihn doch schon mal gesehen und ihn bei Tiefenbach angeschwärzt, oder der Hoteldirektor selbst hatte ihn gesehen. Aber das war jetzt auch schon egal. „Ich kann es nicht ungeschehen machen“, entgegnete André mit fester Stimme, da er nicht vorhatte, sich wie ein reuiger Sünder zu geben. Schließlich war er ein erwachsener Mann und wollte sich nicht wie ein unreifer Junge behandeln lassen. „Und es tut mir leid, dass ich die hauseigenen Vorschriften verletzt habe", fügte er hinzu.

Offenbar machte es Eindruck auf Tiefenbach, dass André sich nicht kleinlaut gab, sondern wie ein Mann benahm, der wusste, dass er einen Fehler gemacht hatte und dazu stand. „Nun, ich will kein Drama daraus machen, zumal außer uns beiden niemand von dem ... von diesem Vorfall weiß, außer der betreffenden Dame natürlich. Und ich nehme an, dass sich die Sache nicht wiederholen wird." Er stand langsam auf. „Ich würde es nämlich bedauern, Sie zu verlieren. Ich habe von unserem Küchenchef nur Gutes über Sie gehört."

André lächelte. „Ich arbeite sehr gern in Ihrem Haus", sagte er und sah den Hoteldirektor offen an. „Und ich danke Ihnen für das Vertrauen, das Sie in mich setzen."

Das Gespräch mit Tiefenbach ging André den ganzen Tag während der Arbeit nicht aus dem Kopf. Er wusste, dass er noch einmal mit einem blauen Auge davongekommen war, und dies nicht zuletzt deswegen, weil der Chefkoch ihn wohl in den höchsten Tönen gelobt hatte. Trotzdem konnte er sich nicht noch so einen Ausrutscher erlauben, das wusste er. Jetzt fiel ihm ein, dass er Evelyn morgens einen Zettel geschrieben hatte, auf dem stand, dass er sie an diesem Abend gern wiedersehen würde. Ein weiteres Treffen war nach dem Gespräch mit dem Hoteldirektor nun ausgeschlossen. Er überlegte hin und her, wie er ihr Bescheid geben könnte. Selbst zu ihr gehen wollte er nicht, denn dann würde Tiefenbach ihn noch heute Abend vor die Tür setzen. Also musste er jemanden finden, der ihm den Gefallen tun würde. Robert Klaasen, der Chefkoch, war der Einzige, den er sich vorstellen konnte, da er vollstes Vertrauen zu ihm hatte.

Am frühen Nachmittag, als es ein wenig ruhiger wurde in der Küche, ging André zu dem Küchenchef. „Könnte ich Sie mal einen Augenblick sprechen?“, sagte er.

Erschrocken sah ihn Klaasen an. „Sie wollen doch nicht etwa kündigen, oder?“

Schnell schüttelte André den Kopf und ging voraus in den Innenhof. Nachdem Klaasen sich seine übliche Zigarette angezündet hatte, erzählte André ihm in kurzen Worten, was vorgefallen war.

Der Chefkoch nickte versonnen, nachdem André geendet hatte. „Eine dumme Geschichte“, meinte er und zog ein letztes Mal an der Zigarette, bevor er sie in dem Aschenbecher, der draußen auf der Fensterbank stand, ausdrückte. „Ich habe ja ein ähnliches Problem wegen Yvonne. Es ist ausgeschlossen, dass ich was mit ihr anfange, außer ich heirate sie.“

Erstaunt sah André den Küchenchef an und vergaß für einen Moment sein Anliegen. „Besteht denn die Aussicht, dass aus Ihnen beiden ein Paar wird?“, fragte er neugierig.

Klaasen hob die Schultern. „Ich weiß es nicht. Yvonne

ist zugänglicher geworden, was ihre Arbeit betrifft. Alles andere wird sich ergeben ... oder auch nicht." Er nahm noch eine Zigarette aus der Packung und zündete sie an. „Aber jetzt zu Ihnen. Wie soll es denn jetzt weitergehen?"

„Gar nicht", entgegnete André. „Und deshalb wollte ich Sie bitten, Frau Schönfeldt eine Nachricht zukommen zu lassen. Ich will nämlich auf keinen Fall noch irgendeinen Schritt tun, der meinen Job gefährden könnte. Dafür gefällt es mir hier zu sehr."

Der Chefkoch nickte. „Freut mich, zu hören. Ich würde Sie nämlich auch nur ungern verlieren." Er nahm den Brief, den André in der Mittagspause geschrieben hatte, schob ihn in seine weiße Jacke und klopfte auf die Tasche. „Wird erledigt", versprach er.

Beruhigt atmete André auf, als er mit Klaasen zurück in die Küche ging. Er konnte nur hoffen, dass Evelyn sein Problem verstehen würde. Am Abend ging es dann jedoch in der Küche so hektisch zu, dass er Evelyn völlig vergaß. Überraschend waren Gäste eingetroffen – eine kleine Hochzeitsgesellschaft, die eigentlich in einem anderen Restaurant auf der Insel hatten essen wollen, doch mit dem Service dort sehr unzufrieden gewesen war. „Dann müssen wir eben ran", sagte Robert Klaasen und nickte André zu. Anderthalb Stunden später hatten sie ein exzellentes Menü gezaubert.

Müde, aber sehr zufrieden zog André sich um, schlüpfte in seine Winterjacke und wollte gerade das Hotel verlassen, als Evelyn plötzlich vor ihm stand. „Ich habe uns schon einen Tisch bestellt", sagte sie. „Diesmal in Granitz, damit du wenigstens auch etwas von der Insel siehst, wenn du schon so lange arbeiten musst."

André war zusammengezuckt und warf schnell einen Blick über die Schulter. Von dem Hoteldirektor war nichts zu sehen. „Hast du meinen Brief denn nicht bekommen?", fragte er im Flüsterton.

„Deinen Brief?" Verständnislos schüttelte Evelyn den Kopf. „Ich weiß von keinem Brief."

Natürlich nicht, wurde André jetzt klar. Robert Klaasen war ja auch die ganze Zeit in der Küche beschäftigt gewesen. Wie hätte er Evelyn da den Brief geben sollen? Er winkte ab, nahm schnell ihre Hand, zog Evelyn mit sich nach draußen und erzählte ihr in kurzen Worten von seinem Gespräch mit dem Hoteldirektor.

Als er geendet hatte, schüttelte Evelyn den Kopf. „Das ist doch lächerlich", meinte sie entschieden. „Wir beide sind erwachsen, du und ich. Und wir haben doch wohl das Recht, zu tun und zu lassen, was wir wollen." Sie lächelte ihn verführerisch an. „Vor allem wenn es so viel Spaß macht."

Für einen kurzen Augenblick dachte André an die vergangene Nacht mit ihr. Es war wie ein leidenschaftlicher Rausch gewesen, ohne jedes Gefühl und deshalb umso leichter und vergnüglicher für ihn. Und er hätte nichts dagegen, dieses Vergnügen noch einmal zu wiederholen. „Natürlich, du hast ja recht", räumte er nur zu gern ein. „Aber es geht nicht, sonst verliere ich meinen Job."

Evelyn hob die Schultern. „Wäre das denn so schlimm?" Sie schüttelte den Kopf. „Auf die Dauer wirst du dich mit dem zweiten Platz in der Küche ohnehin nicht zufriedengeben. Du gehörst ganz nach oben, und das weißt du auch."

André schwieg eine ganze Weile. Offenbar kannte diese Frau ihn schon besser, als er gedacht hatte. Sie hatte tatsächlich recht. Er würde nicht noch jahrelang unter Robert Klaasen arbeiten können, auch wenn er sich mit dem Küchenchef bestens verstand. Aber irgendwann wollte er selbst der Erste sein. Ob das in diesem Hotel allerdings möglich war, bezweifelte er. Denn Klaasen hatte ihm kürzlich noch gesagt, dass er nie von Rügen und seiner Küche hier weggehen würde. Auf der anderen Seite hatte André hier zum ersten Mal seit vielen Jahren endlich wieder Anerkennung gefunden. Und ob er so schnell irgendwo anders Fuß fassen könnte, bezweifelte er – nach all den Erfahrungen, die er in den letzten Jahren gemacht hatte. Es sei denn, er würde es eines Tages doch noch schaffen, sein Restaurant aufzumachen. Vielleicht sogar mit Evelyns Unterstützung …

„Komm, lass uns reingehen", bat Evelyn und schmiegte

sich an ihn. „Mir ist eiskalt."

Ohne weiter zu überlegen, schlang André seine Arme um sie. Erst jetzt merkte er, dass sie nur einen leichten Rock und eine Bluse trug. Ergeben seufzte er auf. Hatten sie nicht erst neulich Abend auf das Risiko getrunken? Außerdem war er jahrzehntelang gegängelt worden und hatte sich nach dem richten müssen, was andere gefordert hatten – auch wenn es noch so unsinnig gewesen war. Als die Mauer dann endlich gefallen war, hatte er sich geschworen, endlich nach seinen eigenen Vorstellungen zu leben. Doch es gab auch noch einen anderen Grund, warum André die hoteleigenen Regeln im Geiste einfach über Bord warf. Er wollte tatsächlich nicht immer der Zweite sein, da hatte Evelyn völlig recht. Stattdessen hatte sie ihm in Aussicht gestellt, ihm bei seinem eigenen Restaurant finanziell unter die Arme zu greifen. Und diese Aussicht war zu verlockend, um sie wegen eines unsinnigen Verbots einfach in den Wind zu schlagen. Dafür träumte er schon viel zu lange von diesem Restaurant. Er begleitete Evelyn zu ihrem Zimmer. Würde der Hoteldirektor ihm deshalb kündigen, nun gut, dann sollte es eben so sein. Damit würde er ihm so die Entscheidung abnehmen, wie es in Zukunft weitergehen sollte.

Es dauerte jedoch noch fast eine Woche, bis der Hoteldirektor ihn erneut zu sich bat. „Jetzt haben Sie den Bogen eindeutig überspannt, Herr Konopka", sagte er und legte die Fingerspitzen gegeneinander. „Ich habe Sie gewarnt. Aber Sie ziehen es ja offensichtlich vor, nach Ihren eigenen Maßstäben zu leben, die sich jedoch nicht mit den Regeln, die in unserem Hause herrschen, vertragen."

André sah Tiefenbach nur an, ohne etwas zu sagen. Sein Schweigen versetzte den Hoteldirektor offenbar noch mehr in Rage.

„Nun, vielleicht ist ja von Ihnen auch nichts anderes zu erwarten", sagte er mit Spott in der Stimme. „Jedenfalls hat Ihr sozialistischer Staat sich früher ja so manche Peinlichkeit erlaubt, die es bei uns im Westen nie gegeben hätte ..."

Als hätte ihm jemand einen Schlag versetzt, war André aufgesprungen. „Das reicht", presste er zwischen zusammengebissenen Zähnen hervor. „Sie müssen meine Peinlichkeiten nicht länger ertragen." Er straffte sich. „Aber eines möchte ich Ihnen doch noch mit auf den Weg geben: Arroganz ist die Perücke der geistigen Kahlheit." Damit drehte er sich auf dem Absatz um und verließ hoch erhobenen Hauptes das Büro des Hoteldirektors.

Danach ging er gleich in die Küche zu Robert Klaasen, um ihm mitzuteilen, dass er eben gekündigt hatte. Der Chefkoch schüttelte immer wieder den Kopf. „Das können Sie mir doch nicht antun", rief er. „So jemanden wie Sie kriege ich doch nie mehr wieder!" Fragend sah er sein Gegenüber an. „Und was wollen Sie jetzt machen?“

André zuckte mit den Schultern. „Ich weiß es noch nicht“, entgegnete er. Zurück nach Halle konnte er nicht, da der ominöse Herr Hallenberg, der ihm den Kredit mit den Wucherzinsen gegeben hatte, ganz sicher noch nicht aufgeben hatte und seine Schläger wieder zu ihm schicken würde. „Ich werde mir wohl woanders was suchen“, erklärte er.

Mit traurigem Gesicht klopfte der Chefkoch André auf die Schulter. „Sehr schade“, sagte er. „Hat mich aber trotzdem sehr gefreut, dass wir eine Zeit lang zusammenarbeiten durften.“

Schnell schluckte André den Kloß hinunter, der plötzlich in seinem Hals steckte. Das aufrichtige Lob dieses Küchenchefs, der mit zu den besten seiner Zunft gehörte, entschädigte ihn für so vieles, was er in den letzten Jahren erlebt hatte. „Danke“, sagte er mit gepresster Stimme und lächelte. „Ich hoffe sehr, dass wir uns eines Tages wiedersehen … vielleicht sogar am gleichen Herd“, fügte er mit schiefem Grinsen hinzu.

Nach dem Gespräch mit Robert Klaasen ging André eine ganze Weile am Strand entlang. Der kalte Wind vom Meer fuhr in seine Kleider, doch er merkte nichts davon, da er viel zu sehr in Gedanken war. Wieder einmal stand er vor dem Nichts und wusste nicht, wie es weitergehen sollte. In den paar Wochen, die er hier im Hotel gearbeitet hatte, hatte er ein bisschen Geld zurücklegen können. Aber das würde gerade mal für ein oder zwei Wochen reichen, wenn er sich sehr einschränkte. Danach stünde er mit leeren Taschen da. War es tatsächlich richtig gewesen zu kündigen? Sicher, Tiefenbach hatte ihn mit seiner Bemerkung über die ehemalige DDR verletzt, aber schließlich hatte er sich auch über seine Anweisungen hinweggesetzt. Entschieden schüttelte er den Kopf. Vielleicht hatte es so kommen müssen, damit er endlich seinen Traum von einem eigenen Restaurant verwirklichte. Und mit Evelyns Hilfe war dies zumindest nicht mehr ganz ausgeschlossen. Also, Mut zum Risiko, sagte er sich selbst. Sonst wird nie etwas draus.

Schließlich ging er wieder zurück zum Hotel. Gerade als er die Stufen hochging, kam Evelyn ihm entgegen.

„André“, sagte sie freudestrahlend. Als sie seine ernste Miene sah, schaute sie ihn fragend an. „Was ist denn?“ Da er schwieg, bedeutete sie ihm, ihr in ihre Suite zu folgen. Als André ihr dort schließlich erzählte, dass er gekündigt hatte, blieb ihr vor Erstaunen der Mund offen stehen. Dann nahm sie seine Hand. „Es ist besser so, glaub mir“, sagte sie langsam. „Auch wenn es dir jetzt vielleicht nicht so erscheinen mag. Aber auf die Dauer wärst du hier nicht glücklich geworden.“

André nickte und berichtete weiter, dass der Hoteldirektor ihn erwischt und ihn deshalb zur Rede gestellt hatte. „Es ist wirklich besser, wenn ich endlich meinen eigenen Weg gehen und nach meinen Vorstellungen leben kann“, schloss er.

„Aber nicht ohne mich“, rief Evelyn und klatschte in die Hände. Dann lief sie zu dem großen Kleiderschrank, öffnete die Türen, nahm die Kleider heraus und warf sie aufs Bett.

„Was machst du denn da?“, fragte André entgeistert.

„Na, was wohl?“, rief Evelyn über die Schulter. „Packen natürlich.“ Sie nahm einen Stapel Pullover aus dem Seitenfach und drehte sich kurz um. „Wenn du nicht gewesen wärest, wäre ich schon vor einer Woche abgereist.“ Sie zuckte mit den Schultern. „Also wird es höchste Zeit für mich, dass ich auch verschwinde … zusammen mit dir.“ Sie strahlte ihn an. „Wir könnten uns die schönsten Flecken in Deutschland heraussuchen und sie gemeinsam erkunden. Nur für ein oder zwei Wochen. Eine kleine Verschnaufpause kann dir doch sicher nicht schaden, nach all der Arbeit hier … und dem Ärger.“ Sie legte die Pullover aufs Bett und griff nach einem ihrer großen Koffer.

„Ich kann mir eine Verschnaufpause leider nicht leisten“, warf André ein. „Ich muss so bald wie möglich wieder einen Job finden …“ Bewusst hier er inne, um Evelyn Zeit zum Nachdenken zu geben, was er ihr damit hatte andeuten wollen. Denn noch mehr als zuvor war er nun an ihrem Angebot interessiert, dass sie ihn bei seinem Restaurant finanziell unterstützen würde.

Schnell war Evelyn zu ihm getreten und legte ihm einen Finger auf die Lippen. „Nicht doch“, sagte sie. „Ich habe doch genug für uns beide.“ Sie küsste ihn auf die Wange.

„Aber das kann ich nicht annehmen“, widersprach André.

Evelyn schlang die Arme um seine Schultern. „Doch, du kannst. Sieh es einfach als Vorschuss deiner künftigen Geschäftspartnerin. Oder hast du schon vergessen, was du mir erzählt hast? Dass du eines Tages dein eigenes Restaurant aufmachen willst?“

Langsam schüttelte André den Kopf und atmete im Stillen auf. Also stand Evelyn noch zu ihrem Angebot. Also würde er ihr den Gefallen tun und mit ihr reisen. Außerdem würde es auch für ihn ein Vergnügen sein – eine attraktive Frau an seiner Seite, teure Hotels, wer würde da Nein sagen.

Das Wichtigste jedoch war, dass er damit seinem Traum von einem eigenen Restaurant noch einen Schritt näher rücken könnte, wenn er bei Evelyn blieb. Sein Traum, der ihn vorwärtstrieb – und der ihn letztendlich am Leben hielt.

7. KAPITEL

André und Evelyn hatten beschlossen, am nächsten Morgen schon früh loszufahren. André konnte diesen Ort, an dem er endlich Anerkennung und auch Zuneigung erfahren hatte, nicht schnell genug hinter sich lassen.

Der Abschied von seiner Pensionswirtin fiel ihm trotzdem schwer. Und obwohl er seine überstürzte Abreise zunächst mit einem Notfall in der Familie erklären wollte, entschied er sich dann doch für die Wahrheit. Rosa hatte ihn sehr freundlich aufgenommen und stets umsorgt. Sie verdiente es nicht, angelogen zu werden.

Schweigend hörte die ältere Frau sich an, was er zu sagen hatte. Schließlich nickte sie. „Auch wenn ich Sie sehr ungern gehen lasse, tun Sie doch das Richtige." Aufmunternd lächelte sie ihn an. „Gehen Sie weiter Ihren Weg, André. Und lassen Sie sich durch niemanden davon abbringen." Kurz zog sie ihn an sich, löste sich aber schnell wieder von ihm. „Und jetzt verschwinden Sie endlich, bevor ich noch sentimental werde."

„Danke für alles, Rosa", sagte André in der Tür, dann ging er.

Und jetzt saß er neben Evelyn in deren Geländewagen und schaute stumm aus dem Fenster. Plötzlich quälten ihn Zweifel. Tat er tatsächlich das Richtige? Alfred, den er am Abend zuvor noch über seine Pläne informiert hatte, war gar nicht begeistert gewesen und hatte ihn eindringlich gewarnt, sich nicht zu abhängig zu machen.

Simon hingegen war Feuer und Flamme gewesen – bis sein Vater ihm sagte, dass er ihn leider nicht mitnehmen könne, weil Evelyn nur mit ihm reisen wollte. „Dann frag ich sie eben noch mal", hatte Simon vorgeschlagen. Er wollte auch endlich einmal etwas anderes sehen als immer nur seine Heimatstadt.

André hatte ihm auch diese Bitte verwehrt, denn tatsächlich wusste Evelyn ja nichts von seinem Sohn. Sein schlechtes Gewissen darüber, dass er den Jungen einfach verleugnet hatte, versuchte André zu verdrängen. Wenn die Zeit gekommen ist, werde ich ihn Evelyn schon vorstellen, dachte er. Trotzdem überlegte er nun, ob er vielleicht doch vorschnell gehandelt hatte. Er wusste ja nicht einmal, ob diese Frau tatsächlich zu ihrem Wort stehen würde. Und wenn nicht, stünde er wieder ohne Geld und ohne Job da. Dann wiederum mahnte er sich, nicht so kleinmütig zu sein. Irgendwie wird es schon weitergehen, dachte er. Bis jetzt ist es doch immer weitergegangen.

Evelyn schien zu spüren, dass er nicht reden wollte, und André war froh darüber. Inzwischen fuhren sie durch die alte Hansestadt Rostock. Er war als Kind einmal hier gewesen. Die astronomische Uhr, die man im Kapellenkranz der Marienkirche aufgestellt hatte, hatte ihn besonders fasziniert. Das Chronometer zeigte fast alle auf der Erde messbaren Zeiteinheiten. Damit die Menschen sich auch in der Nacht zurechtfanden, war das äußere Zifferblatt in vierundzwanzig Stunden aufgeteilt. Die Monate erschienen als Tierkreiszeichen, und kreisrunde Fenster offenbarten die Mondphase. Damals hatte er sich gewünscht, auch einmal um die ganze Welt segeln zu können. Jetzt lächelte er bei dieser Erinnerung in sich hinein. Er segelte mit Evelyn zwar nicht um die Welt, aber zumindest würden sie sich ein paar interessante Orte in Deutschland ansehen, die er jahrzehntelang nicht hatte besuchen dürfen.

Am späteren Nachmittag kamen sie in Eutin an. Zwischendurch hatte Evelyn ab und zu angehalten, um etwas zu essen, einen Kaffee zu trinken oder einfach nur die Landschaft um die Lübecker Bucht zu genießen.

Wie selbstverständlich verlangte Evelyn in einem der teuersten Hotels der Stadt – einem rustikal wirkenden Bau aus rotem Klinkerstein – ein Doppelzimmer, ohne André zu fragen, ob er damit einverstanden war. Ihm wäre es allerdings lieber gewesen, sie hätte sich vorher mit ihm abgestimmt, dann hätte er sich nicht so abhängig gefühlt. Trotzdem sagte er kein Wort. Was konnte er schon für Ansprüche stellen? Er hatte kaum Geld in der Tasche und könnte sich kaum ein Zimmer in diesem Hotel leisten. Schnell verdrängte er die trüben

Gedanken. Nimm es einfach als Geschenk, dachte er. Genieß endlich mal dein Leben.

Nachdem sie ihr Gepäck im Zimmer abgestellt hatten, gingen sie hinunter ins Restaurant – ein modern eingerichteter Raum mit hellen Möbeln und Grünpflanzen.

„Mal sehen, ob die hier auch so gut kochen können wie du“, meinte Evelyn in bester Laune und studierte die Speisekarte. Dann schüttelte sie den Kopf. „Ich lasse lieber dich wählen, André, wenn ich schon einen angehenden Chefkoch an meiner Seite habe.“

André lächelte. Er wusste es zu schätzen, dass sie ihn über die Auswahl des Menüs entscheiden ließ. Er bestellte Garnelen mit Mangodip, als Hauptspeise marinierte Hirschsteaks mit Brokkoli und Schupfnudeln an gemischten Pilzen und als Dessert Feigenmus an Marzipan-Schokoladen-Eis mit Sahne und Zimt. Das Essen war hervorragend. Und obwohl er neidlos anerkannte, dass dieses Hotel über eine exzellente Küche verfügte, spürte er einen Anflug von Wehmut. Warum konnten all die anderen zeigen, was in ihnen steckte – nur er nicht?

Sanft legte Evelyn ihre Hand auf seinen Arm. „Bald bist du auch da, wo du hingehörst – an der Spitze“, meinte sie aufmunternd. Offenbar hatte sie gespürt, dass er bedrückt war, auch wenn er versucht hatte, sich nichts anmerken zu lassen.

Später schlenderten sie durch den alten Kern von Eutin mit der mittelalterlichen Michaeliskirche, dann weiter durch den Schlosspark zum Großen Eutiner See. „Ich habe mich schon lange nicht mehr so wohlgefühlt wie mit dir“, sagte Evelyn und schaute André verträumt an.

Spontan hauchte André ihr einen Kuss auf die Wange. Ihm gefiel die Reise auch. Endlich konnte er einmal ein bisschen unbeschwerter sein und das Leben genießen. So lange hatte er darauf verzichten müssen. Vielleicht ging es mit Evelyn ja tatsächlich endlich aufwärts.

Am nächsten Morgen fuhren sie weiter nach Lüneburg. Nachdem sie sich ein Hotel gesucht hatten, gingen sie durch die Stadt, in der mächtige Kaufmannshäuser vom großen Reichtum der Salzhändler zeugten. „Die Lüneburger haben im Mittelalter mit dem weißen Gold ein Vermögen gemacht“, sagte André, als sie vor einem der imposanten Gebäude stehen blieben. „Salz war nämlich das einzige Konservierungsmittel, das in der Natur vorkam.“ Er hätte sich zu gern noch das Heine-Haus in der Nähe des Rathauses angesehen, in dem die Eltern des berühmten Dichters Heinrich Heine einige Jahre gelebt hatten, doch Evelyn drängte weiter. Sie wollte sich unbedingt ein paar neue Kleider kaufen. André fügte sich ihrem Wunsch, obwohl er nicht wusste, was sie mit noch mehr Kleidern machen wollte. Sie besaß doch schon mehr als genug.

Trotzdem genoss er den Einkaufsbummel mit Evelyn.

Einige Frauen warfen ihm interessierte Blicke zu, fast so, als würden auch sie gern an seinem Arm durch die teure Einkaufsstraße bummeln. André wusste, dass es nicht nur sein gutes Aussehen war, das diese Frauen anzog, sondern auch der Hauch von Luxus, den Evelyn an seiner Seite ausstrahlte. Er konnte nicht leugnen, dass ihm die Aufmerksamkeit, die man ihm nun schenkte, sehr gefiel.

Wenig später saß er in einer Boutique, in der Evelyn einkaufen wollte, und sah zu, wie sie sich mit Begeisterung mehrere Kleider zeigen ließ.

„Wenn Sie mögen, bringe ich Ihnen gern ein Glas Champagner", sagte eine Frau zu ihm.

André drehte sich um und blickte in ein hübsches junges Gesicht, das ihn freundlich ansah. „Sehr gern", entgegnete er lächelnd. An Evelyns etwas indigniertem Blick merkte er, dass er die junge Frau wohl einen Moment zu lange angesehen hatte. Er zuckte nur mit den Schultern. Er war schließlich nicht ihr Eigentum – und er würde es nie sein, selbst wenn sie sich an seinem Restaurant beteiligte.

Geschlagene zwei Stunden saß er dann auf dem bequemen Chintzsofa, nippte an seinem zweiten Glas Champagner und gab nichtssagende Kommentare zu den verschiedenen Kleidern ab, die Evelyn anprobierte. Als sie sich endlich für zwei Hosenanzüge und ein schlichtes, aber sehr elegantes schwarzes Abendkleid entschieden hatte, atmete André erleichtert auf. Dass er von dem, was sie bezahlte, zwei Monate hätte leben können, daran wollte er lieber nicht denken.

Zufrieden trug Evelyn ihre Einkäufe ins Hotel und ließ sich erschöpft auf das große Bett fallen. „Leg dich doch zu mir", rief sie André zu, der am Fenster stand und hinaus zu dem prachtvollen Patrizierhaus gegenüber schaute.

Doch André hatte nicht die geringste Lust, sich jetzt zu Evelyn ins Bett zu legen. Er wollte mehr von dieser Stadt sehen, wollte sich noch das Salzmuseum anschauen und den alten Hafen an der Ilmenau. Es dürstete ihn danach, so viel wie möglich von der Welt zu sehen, die ihm zu lange versperrt gewesen war. Evelyn hingegen schien sich kaum dafür zu interessieren. „Ich würde lieber noch ein bisschen draußen herumstreifen", sagte er. Dass er auch ein wenig allein sein wollte, verschwieg er lieber. Er brauchte auch dieses Gefühl von Freiheit, das ihm die Gewissheit gab, doch noch sein eigener Herr zu sein und nicht nur abhängig von dieser Frau, die ihm die Reise finanzierte.

Evelyn richtete sich auf dem Bett auf. „Aber wir sind doch schon stundenlang draußen gewesen", meinte sie.

André trat vom Fenster und drehte sich um. Wir sind stundenlang durch Boutiquen gestreift, wollte er fast sagen, verkniff sich die Bemerkung jedoch, da er keinen Ärger heraufbeschwören wollte. Er ging zum

Bett und setzte sich. „Ruh dich ein wenig aus“, schlug er vor. „Und ich schau mich noch ein bisschen in der Stadt um.“ Obwohl er merkte, dass Evelyn von seinem Vorschlag gar nicht begeistert war, verließ er kurz darauf das Zimmer.

Draußen vor dem Hotel atmete er tief durch. Auch wenn Evelyn die Reise bezahlte, wollte er seine Freiheit nicht aufgeben, indem er sich widerspruchslos ihren Wünschen fügte. Allerdings durfte er sie auch nicht verärgern. Sie war im Augenblick die Einzige, mit deren Hilfe er seinen Traum vom eigenen Restaurant in die Tat umsetzen konnte.

Als André abends zurück ins Hotel kam, fand er Evelyn völlig aufgelöst vor. Mehrere Taschen lagen auf dem Bett neben den Sachen, die sie gekauft hatte. „Was ist denn los?“, fragte er, da er sich ihre Aufregung nicht erklären konnte.

„Mein Portemonnaie … es ist verschwunden“, rief sie verzweifelt. „Irgendjemand muss es mir gestohlen haben!“ Mit flackerndem Blick sah sie André an.

Schnell ging er zu ihr und umfasste ihre Schultern. „Jetzt beruhig dich erst mal. Wir werden es schon finden.“ Sanft drückte er sie auf einen Stuhl. „Hast du hier schon nachgesehen?“ Er deutete fragend auf eine der Handtaschen, die auf dem Bett lagen.

Evelyn schüttelte den Kopf. „Da habe ich schon gesucht, aber da ist es nicht.“ Sie hob die Schultern. „Bitte, sieh du noch mal nach."

André kramte in den Taschen und Tüten, doch ihre schwarze Ledergeldbörse war nicht aufzufinden. „Und was ist mit dem Mantel, den du anhattest? Ist es vielleicht dort?" Als sie nur mit den Schultern zuckte, ging er zu dem Stuhl, auf dem der Mantel lag, und fuhr in die Taschen. Lächelnd zog er die Geldbörse heraus. „Na siehst du, da ist sie ja. Die ganze Aufregung war völlig umsonst."

Evelyn war aufgesprungen und fiel ihm um den Hals. „Ich bin so froh, dass ich dich habe", sagte sie seufzend und küsste ihn mitten auf den Mund. Dann lächelte sie ihn verschmitzt an. „In Zukunft überlasse ich das lieber dir. Dann weiß ich wenigstens, dass mein Geld in sicheren Händen ist." Als André den Kopf schüttelte, winkte sie ab. „Wir sind doch sowieso bald Geschäftspartner. Warum sollen wir also nicht gleich damit anfangen?" Sie fuhr mit einem Finger über seine Brust. „Außerdem bin ich einfach viel zu chaotisch in diesen Dingen, das hat mein verstorbener Mann auch immer gesagt." Mit strahlendem Lächeln sah sie ihn an. „Und jetzt habe ich einen Bärenhunger."

André wusste, dass sie ihn mit dieser Geste auch stärker an sich binden wollte, aber das war ihm in diesem Moment egal. Auch wenn es nicht sein Geld war, mit dem er in Zukunft bezahlen würde, so hätte er zumindest das Gefühl, nicht gänzlich abhängig von Evelyn zu sein – auch wenn er genau wusste, dass es ein trügerisches Gefühl war.

Wenig später saßen sie in einem kleinen Fischrestaurant. Der Küchenchef war persönlich an ihren Tisch gekommen und hatte ihnen das Zanderfilet mit gebratenem Speck und Petersilienkartoffeln empfohlen.

„Als du in der Stadt unterwegs warst, habe ich kurz mit meinem Geschäftsführer telefoniert", erzählte Evelyn. „Er hat wieder einige neue Aufträge hereingeholt, diesmal in der Nähe von Leipzig und Dessau."

Fragend sah André sie an. „Ich wusste ja gar nicht, dass du dort auch Betriebe hast." Eine seltsame Unruhe war in ihm aufgestiegen, vielleicht deshalb, weil die beiden Städte nicht weit von Halle entfernt lagen. Er fühlte sich immer stärker eingeengt, und zum ersten Mal wurde ihm deutlich bewusst, dass sie ihm, ohne es zu wissen oder zu wollen, immer mehr Freiheiten nehmen würde. Er aber brauchte Freiheit – die Freiheit, tun und lassen zu können, was er wollte. Einen Mann wie ihn konnte man nicht einfangen und festbinden.

„Wir haben sofort nach der Wende im Osten investiert", erklärte sie nun. „Damals hat mein verstorbener Mann gleich erkannt, dass dort viel Geld zu machen ist." Sie nippte an ihrem Wein. „Bei Leipzig soll jetzt eine große Spedition gebaut werden und in der Nähe von Dessau ein neues Verwaltungsgebäude." Sie strich mit der Hand über die weiße Tischdecke. „Mit dem Geld, das ich dabei verdiene, können wir eine ganze Kette von Restaurants aufmachen."

Bei ihren Worten hatte André mehrmals schlucken müssen. Nicht nur weil Evelyn offenbar noch mehr Geld hatte, als er bisher glaubte. Auch die Art, wie sie über den Osten sprach, hatte ihm zu denken gegeben. Nicht dass ihr Ton herablassend gewesen wäre. Aber in ihrer Stimme hatte etwas mitgeschwungen, das ihm nicht gefallen hatte, auch wenn er nicht genau zu sagen vermochte, was es war. Vielleicht die Selbstverständlichkeit, mit der sie glaubte, in den neuen Bundesländern Geld machen zu können? Hatte sie sich auch nur ein Mal Gedanken gemacht über die Menschen, die dort lebten und jahrzehntelang hatten leiden müssen?

Da er immer noch nicht auf die Neuigkeiten reagiert hatte, sah Evelyn ihn ein wenig verwirrt an. „Was ist denn? Freust du dich nicht, dass es so gut läuft?" Sie schob ihre Hand unter seinen Arm. „Für mich allein ist es doch sowieso viel zu viel." Verliebt lächelte sie ihn an. „Du könntest doch zu mir ..."

Schnell verschloss André ihren Mund mit einem Kuss. Er wusste genau, was sie hatte sagen wollen. Dass er zu ihr nach Freiburg ziehen sollte. Sicher, es war verlockend. Dann hätte er endlich keine Geldsorgen mehr. Und mit Evelyns Unterstützung könnte er dort auch ein eigenes Restaurant eröffnen. Ob sie jedoch seinen Sohn Simon akzeptieren würde – und umgekehrt –, das wusste er nicht. Deshalb lächelte er nur. Er wusste nicht, was er antworten sollte.

Doch Evelyn kam nicht mehr darauf zu sprechen. Vermutlich hatte sie bemerkt, dass ihm das Thema Unbehagen bereitete. Wie selbstverständlich schob sie ihm dann später, als die Rechnung auf dem Tisch lag, ihre Geldbörse zu.

André nahm die Börse und zuckte kaum merklich zusammen, als er all die Scheine darin bemerkte, zusammen mit verschiedenen Kreditkarten, auf die Evelyn nun mit dem Finger tippte.

„Nimm eine von denen", sagte sie, „sonst muss ich morgen wieder zur Bank und Geld abheben."

André verkniff sich die Bemerkung, dass sie mit all den Scheinen, die noch in der Geldbörse steckten, noch eine ganze Zeit lang gut leben könnten. Stattdessen zog er eine der Kreditkarten heraus und legte sie auf das silberne Tablett zu der Rechnung. Daran könnte ich mich gewöhnen, dachte André. Endlich einmal so viel Geld zu haben, dass er es, ohne einen Gedanken darüber zu verschwenden, einfach ausgeben konnte. Doch nicht für irgendetwas. Das Einzige, was ihn interessierte, war sein eigenes Restaurant.

In Düsseldorf blieben sie ein paar Tage länger, weil Evelyn sich nicht von der Königsallee trennen wollte, dem Prachtboulevard, der hier liebevoll Kö genannt wurde und an dem die teuersten Geschäfte angesiedelt waren. Immer wieder fand sie dort etwas, das sie, wie sie sagte, unbedingt noch brauchte. André konnte nur den Kopf schütteln über ihren Kaufrausch. Anscheinend wusste sie nicht einmal, wie viel Geld sie überhaupt ausgegeben hatte.

„Jetzt kauf dir doch auch mal was", sagte Evelyn, als sie, beladen mit ihrem Einkauf, aus einem Lederwarengeschäft trat. „Wie wär's mit einem Smoking? Dann könnten wir heute Abend mal in die Oper gehen, falls wir noch Karten bekommen."

André zuckte mit den Schultern. „Warum nicht", sagte er. Denn inzwischen hatte er sich schon längst daran gewöhnt, dass Geld für Evelyn keine Rolle spielte. Sie hatte mehr als genug, um sich Gedanken darüber machen zu müssen.

Sie bekamen tatsächlich noch Karten für Wolfgang Amadeus Mozarts „Cosi fan tutte". Gegen Abend nahmen sie sich ein Taxi, um zum Opernhaus zu fahren. Es regnete in Strömen, und der Taxifahrer fluchte ein ums andere Mal, während er sich durch den dichten Verkehr schlängelte. Als sie schließlich vor der Oper hielten und bezahlen wollten, merkte André, dass kein Bargeld mehr in Evelyns Börse war. „Sei so gut und lauf schnell zum Geldautomaten", bat sie ihn, deutete durch das Seitenfenster auf die Bank, die auf der anderen Straßenseite lag, und flüsterte ihm die Geheimnummer ins Ohr.

Wenig später stand André draußen vor dem Geldautomaten. Er spürte nicht, wie ihm der Regen in den Nacken tropfte, als er die Geheimnummer eingab. Er sah nur noch die Geldbeträge, die vor ihm aufleuchteten und unter denen er nur auswählen musste. Einen kurzen Augenblick schwankte er noch. Doch dann fiel ihm wieder ein, was sie eben über ihre Geschäfte im Osten gesagt hatte. War es nicht so, dass sie einen Teil ihres Reichtums auch den Verhältnissen dort zu verdanken hatte, die sie – wie viele andere – geschickt auszunutzen wusste? War es nicht eigentlich nur so etwas wie eine Wiedergutmachung, wenn er jetzt von ihrem Geld lebte?

Entschieden drückte er nicht auf die Taste, auf der hundert Mark standen und die völlig ausreichend gewesen wären, um den Taxifahrer zu bezahlen, sondern auf tausend Mark. Ein kalter Schauer lief ihm über den Rücken, als der Automat die Scheine ausspuckte. Es war wie ein Rausch, das Geld plötzlich in den Händen zu haben und zu wissen, dass er es einfach nehmen konnte, ohne dass Evelyn auch nur den geringsten Verdacht schöpfen würde. Denn sie hatte kaum einen Überblick über ihre Finanzen, zumal sie ja immer nur aus dem Vollen schöpfte. Deshalb verdrängte André das schlechte Gewissen, das sich bei ihm meldete, sah sich schnell zu dem Taxi um, das auf der anderen Straßenseite stand, dessen Scheiben jedoch vom Regen nass waren, dann schob er neunhundert Mark in seine Hosentasche und steckte den verbliebenen Hundertmarkschein in die Geldbörse.

Während er eine halbe Stunde später neben Evelyn in der Loge saß und der wunderschönen Musik von Mozart lauschte, hatte André das Gefühl, als ob das Geld in seiner Hosentasche wie Feuer brennen würde. Es war wie ein Rausch, ein Gefühl von uneingeschränkter Macht und Sorglosigkeit. Das Leben war plötzlich so viel leichter.

André kostete dieses Gefühl in vollen Zügen aus. Von dem, was sich auf der Bühne abspielte, bekam er kaum etwas mit. Denn in Gedanken stand er in seinem eigenen Restaurant. Er sah sich in der Tür zum Gastraum stehen, der bis auf den letzten Platz besetzt war. Die Gäste plauderten fröhlich miteinander, lachten und ließen sich das Essen schmecken, das er mit Liebe zubereitet hatte. Und alle waren begeistert von seiner Kochkunst, das konnte er an den zufriedenen Gesichtern ablesen.

In Frankfurt verband Evelyn das Vergnügen gleich noch mit dem Geschäftlichen. „Wir sind bei Graf von Bernstein eingeladen“, verkündete sie, als sie auf die Autobahnausfahrt fuhr. „Dietrich ist ein Freund meines verstorbenen Mannes, und die beiden haben auch geschäftlich sehr viel miteinander zu tun gehabt.“ Sie erzählte weiter, dass Graf von Bernstein der Spross einer alteingesessenen Bankiersfamilie aus Frankfurt sei und dem Unternehmen, das sie nun führte, einige sehr lukrative Geschäfte zugeschustert hatte. „Dietrich will nun ein neues Hochhaus bauen lassen, für das wir den Baustoff liefern sollen“, fügte sie hinzu. „Ich muss nur noch kurz die Konditionen mit ihm aushandeln.“ Sie zwinkerte André zu. „Er plant auch ein Restaurant im obersten Stockwerk. Vielleicht wäre das ja was für dich.“

Interessiert sah André sie an. „Nun ja, ich kann ja mal mit ihm reden.“

Abends wurden sie dann von einem Butler in dem kleinen Schloss empfangen, das etwas außerhalb der Stadt lag. Er führte sie in einen großen Salon voller schwerer alter Möbel. André fühlte sich sofort eingeengt. Der lange Tisch in der Mitte war festlich gedeckt, mit erlesenem Geschirr, Silberbesteck und bunten Blumengestecken.

Jetzt betrat ein groß gewachsener, sehr schlanker Mann von etwa sechzig Jahren den Salon. Als er Evelyn sah, ging er mit ausgestreckten Armen auf sie zu, nahm eine ihrer Hände und deutete einen Handkuss an. „Du wirst immer schöner, meine Liebe“, sagte er. Dann warf er einen leicht indignierten Blick auf André. „Hast du einen deiner Angestellten mitgebracht, damit ich dir nicht zu nahetrete?“

André gefiel die herablassende Art des Grafen, mit

der er über ihn gesprochen hatte, ohne ihn selbst anzureden, ganz und gar nicht.

„Du bist unverbesserlich, Dietrich", rief Evelyn, die anscheinend gemerkt hatte, was in André vorging. Sie nahm den Arm, den Graf Bernstein ihr anbot. „Ich habe André aus einem ganz bestimmten Grund mitgebracht. Aber lass uns vorher das Geschäftliche abwickeln."

Wenig später wurde das Essen serviert. Während André den Rehrücken in Blätterteig kostete, der ausgezeichnet schmeckte, sprach Evelyn mit dem Grafen die Termine für die Lieferung ab. Bei den Summen, die sie ihm nannte, wurde es André fast schwindlig. Jetzt erst wurde ihm richtig bewusst, über welches Vermögen sie verfügen musste. Wenn er nur einen Bruchteil davon gehabt hätte, müsste er sich keine Sorgen mehr machen, bis zum Ende seines Lebens.

Beim Dessert, einer gebrannten Vanillecreme mit Zitrusfrüchten, kam Evelyn dann auf das geplante Restaurant zu sprechen. „André ist ein begnadeter Koch", sagte sie zu Graf Bernstein. „Er möchte sich neu orientieren, und da dachte ich, dass du vielleicht Interesse haben könntest."

Graf Bernstein sah André mit eindringlichem Blick an, bevor er sich wieder an Evelyn wandte. „Du weißt, dass ich nur die Besten in meinen Häusern dulde", sagte er. „Dein … nun ja, dein Begleiter müsste erst einmal zeigen, dass er tatsächlich dazugehört."

André glaubte, nicht richtig gehört zu haben, und an Evelyns verwirrter Miene merkte er, dass sie peinlich berührt war. Er kam sich fast vor wie ein kleiner Schuljunge, der beweisen sollte, dass er das Einmaleins auch richtig beherrschte. Er straffte sich und sah Graf Bernstein mit kühlem Blick an.

„Sollten Sie mich mit diesem … wie nannten Sie es … Begleiter meinen, verlangt es wohl der Anstand, dass Sie mich persönlich ansprechen." Er hielt kurz inne. „Da Sie das jedoch bis jetzt immer noch nicht für nötig hielten, gehe ich davon aus, dass Ihnen der nötige Anstand fehlt. Und damit kommen Sie für mich als Geschäftspartner auf keinen Fall infrage." Er nickte Evelyn zu. „Entschuldige, unter diesen Umständen halte ich es für besser, jetzt zu gehen." Er wusste, dass er sie damit in eine peinliche Situation brachte, aber er schaffte es einfach nicht, noch länger mit diesem arroganten und selbstherrlichen Grafen in einem Raum zu sein. Deshalb war er froh, als Evelyn ebenfalls aufstand.

Als sie schließlich draußen waren, atmete André tief durch. Er war lang genug gedemütigt worden, als dass er sich ein solches Verhalten bieten lassen wollte.

Evelyn sah ihn entschuldigend an. „Ich hätte wissen müssen, dass Dietrich nicht gut auf dich zu sprechen sein wird", sagte sie. „Seit mein Mann tot ist, glaubt er, dass ich eines Tages ihn heiraten werde." Entschieden schüttelte sie den Kopf. „Er versteht einfach nicht, dass ich nur daran interessiert bin, Geschäfte mit ihm zu machen ..."

„Die du jetzt vermutlich vergessen kannst", unterbrach André.

Gelassen zuckte Evelyn mit den Schultern. „Und wenn schon." Sie nahm seine Hand. „Du bist mir wichtiger als noch eine Million auf dem Konto."

André hatte es gefallen, dass sie zu ihm hielt, aber er war auch alarmiert. Denn er spürte wieder einmal deutlich, dass sie vieles tun würde, um ihn nicht zu verlieren. Sie riskierte selbst ein so lukratives Geschäft wie mit Graf Bernstein. Und damit nahm sie ihm immer mehr die Luft zum Atmen. Als er Evelyn kennengelernt hatte, hatte ihm ihre leichte, fröhliche Art gefallen, und er hatte geglaubt, in ihr eine selbstbewusste und auch selbstständige Frau gefunden zu haben, die ihm seine Freiheit lassen würde. Und jetzt sah es ganz so aus, als ob er immer abhängiger von ihr werden sollte. Und das gefiel ihm nicht, zumal die Welt dieser Frau nicht seine Welt war.

Trotz des misslungenen Abends bei Graf Bernstein blieben sie noch ein paar Tage in Frankfurt, gingen in die Alte Oper, saßen später in einer schicken Bar mit roten Ledersesseln. Auch hier spürte André die Blicke so mancher Frau, deren Schmuck ausgereicht hätte, um ihm die Hälfte seines Restaurants zu finanzieren. Sie plauderten über Belanglosigkeiten, und Evelyn schien es zu genießen, an seiner Seite zu sein. Später im Hotel vergaß André dann, dass er eigentlich ein wenig mehr Abstand von dieser Frau wollte. Er liebte sie mit einer Leidenschaft, die er nicht für sie fühlte. Vielleicht war es auch nur das Gefühl von Macht, das er in diesem Augenblick über sie verspürte und das ihn anspornte. Er wusste es nicht, und es war ihm auch egal. Evelyn lag glücklich in seinen Armen. Warum sollte er sich weiter Gedanken machen?

Schließlich fuhren sie weiter nach Nürnberg, weil Evelyn dort noch nie gewesen war und sich unbedingt eine Aufführung im Schauspielhaus ansehen wollte, von der sie kürzlich in der Zeitung gelesen hatte. Als André sie fragte, was denn gespielt würde, zuckte sie mit den Achseln. „Ich hab's vergessen", gab sie zu. „Lassen wir uns doch einfach überraschen."

Den ausgiebigen Einkaufsbummel am Nachmittag nahm André mit stoischer Gelassenheit hin. Doch war das wirklich das Leben, das er sich wünschte? Irgendwann musst du dich entscheiden, mahnte er sich. Er war ständig hin und her gerissen. Evelyn hatte schon angedeutet, dass sie immer wieder zusammen solche Reisen unternehmen würden, wenn sie erst Geschäftspartner waren – und vielleicht noch mehr. „Man muss sich doch weiterbilden", hatte sie gesagt.

Doch André hatte immer stärker das Gefühl, dass es

ihr um etwas ganz anderes ging. Er hatte den Eindruck gewonnen, dass sie sich leer fühlte und sich langweilte. Und mit all ihren Aktivitäten wollte sie vermutlich diese Leere füllen. Er hatte sogar Mitleid mit ihr. Er wusste, dass sie nicht glücklich war, auch wenn sie sich fröhlich und oft sogar ausgelassen gab. Zu Anfang hatte ihn gerade diese Unbeschwertheit angezogen, doch inzwischen hatte er bemerkt, dass sie oft nur aufgesetzt war. Trotzdem blieb er noch bei ihr. Was blieb ihm im Augenblick auch anderes übrig? Sie hatte versprochen, ihn bei seinem Restaurant finanziell zu unterstützen. Und für die Verwirklichung seines Traums würde er fast alles tun – außer vor einem Mann wie Dietrich von Bernstein zu Kreuze zu kriechen.

André und Evelyn waren zur Deutschen Weinstraße, die in der schönsten Gegend der Pfalz lag, weitergefahren. Sie blieben ein paar Tage länger als geplant. Evelyn bestand darauf, all die köstlichen Weine zu probieren, die André irgendwann in seinem Restaurant anbieten könnte. Schließlich war der Geländewagen hinten mit einigen Kartons erlesenen Tropfen beladen – und Andrés Taschen zusätzlich mit einigen Tausendern von Evelyns Konten. Als er vor ein paar Tagen in Düsseldorf zum ersten Mal Geld von ihrem Konto für sich abgezweigt hatte, hatte er in der Nacht überlegt, es ihr doch noch zurückzugeben. Doch dann hatte er am nächsten Tag etwas erfahren, das ihn sofort wieder umdenken ließ.

Er hatte endlich wieder bei seinen Freunden zu Hause in Halle angerufen, um zu erfahren, wie es ihnen und vor allem Simon ging. Zunächst wunderte er sich nicht, dass Alfred am Apparat war. Erst als der erzählte, dass es Simon gut gehen würde, er aber gerade in der Schule sei, wurde André stutzig. „Müsstest du um diese Zeit nicht längst im Reisebüro sein?“, fragte er verwundert.

Eine Zeit lang war es still am anderen Ende. „Die haben mir vor ein paar Wochen einen aus dem Westen vor die Nase gesetzt“, erklärte Alfred schließlich. „Und der meinte dann irgendwann, dass ich für den Job nicht geeignet sei.“

André schluckte. „Willst du damit sagen, dass du ... Haben sie dir gekündigt?“ Er konnte es nicht glauben. Gerade sein Freund Alfred, der sich bis jetzt immer gut durchgeschlagen hatte. Nun sollte auch er plötzlich auf der Straße stehen?

„So ist es“, bestätigte Alfred. „Aber ich finde bestimmt bald wieder eine Stelle.“

André spürte genau, dass sein Freund sich zuversichtlich geben wollte, vielleicht, um ihn nicht zu beunruhigen. Aber auch Alfred wusste, dass es viel zu viele gab, die inzwischen ihre Arbeit verloren hatten und etwas Neues suchten, als dass seine Zuversicht begründet sein konnte.

Und dann fiel André noch etwas anderes ein: die

Miete für die Räume, die er in Halle für sein Restaurant angemietet hatte! Alfred hatte sie bisher weiter für ihn bezahlt. Er konnte ihm unmöglich zumuten, das Geld noch weiter für ihn vorzustrecken. Und doch schwankte er. Mit einem Mal rückte sein Traum von einem eigenen Restaurant wieder in weite Ferne. Denn bisher war er davon ausgegangen, dass er nur Anschaffungen wie Küchengeräte, Geschirr, Dekoration oder Lampen finanzieren musste. „Ich bin sicher, dass du bald was anderes findest", sagte er, um seinem Freund den Mut nicht zu nehmen. „Aber … du brauchst dein Geld jetzt für dich selbst und kannst nicht weiter die Miete für mich übernehmen."

Er hatte erwartet, dass sein Freund protestieren würde, wie er es sonst immer getan hatte, wenn die Sprache auf dieses Geld gekommen war. Doch diesmal erhob er keinen Einspruch, ganz im Gegenteil. „Ich bin froh, dass du das sagst", meinte Alfred. „Um ehrlich zu sein, habe ich schon für die letzten beiden Monate nicht mehr zahlen können." Er schluckte. „Ich habe es dir nicht sagen wollen, weil ich dachte, dass ich schneller wieder eine neue Arbeit finde", fügte er hinzu.

André fühlte sich elend nach dem Gespräch mit seinem Freund. Nicht nur, weil er die Räume in Halle, die er für teures Geld hatte renovieren lassen, nun vermutlich vergessen konnte, sondern auch deshalb, weil sein Freund schon länger in Schwierigkeiten steckte, ohne dass er etwas davon gewusst hatte. Aber wie hätte ich ihm denn helfen sollen?, versuchte er sein schlechtes Gewissen zu beruhigen. Er hatte ja selbst nichts als Schulden – bei der Bank und bei dem Kredithai –, die er irgendwann abbezahlen müsste. Wieder einmal haderte er mit dem Schicksal, das offenbar nicht erlaubte, dass auch er endlich einmal Glück hatte.

Ein Blick auf Evelyns Kreditkarten genügte daher, um ihm klarzumachen, dass es im Moment nur eine Möglichkeit für ihn gab, dieser Misere endlich ein Ende zu machen. Und Evelyns Sorglosigkeit in Bezug auf ihr Geld tat noch ein Übriges, um den letzten Rest von schlechtem Gewissen, der sich bei ihm meldete, in Luft aufzulösen.

Bei einem Abstecher nach Salzburg, den sie einige Zeit später unternahmen, hatte André inzwischen mehr als dreißigtausend Mark von Evelyns Konten unterschlagen. Es beruhigte ihn sehr, das Geld in seiner Tasche zu wissen. Als sie bei München die Autobahn in Richtung Salzburg nahmen, dachte er einen Moment an seinen Bruder Werner, der irgendwo auf dem Weg Richtung Süden in Bayern lebte. Der residiert in seinem Fürstenhof, der ihm eigentlich auch nicht gehört, dachte er verbittert. Sein Bruder hatte immer seinen Vorteil zu nutzen gewusst, ohne sich auch nur im Geringsten darum zu kümmern, was er anderen damit antat. Dass er selbst sich Evelyn gegenüber genauso verhielt, vergaß er in diesem Augenblick.

Als sie dann am nächsten Tag durch die weltbekannte Getreidegasse schlenderten, wurde André endgültig bewusst, dass er sein Intermezzo mit Evelyn bald beenden musste. Denn irgendwann musste es ihr auffallen, wie viel Geld auf ihren Konten fehlte. Und wenn nicht ihr, dann vielleicht ihrem Buchhalter. Als sie an diesem Abend festlich gekleidet im Schloss saßen und einem Streichquartett lauschten, gab André sich Evelyn gegenüber von seiner charmantesten Seite. Ein letztes Mal wollte er mit ihr einen Abend in Unbeschwertheit und Luxus genießen. Denn am nächsten Morgen, wenn sie die Augen aufschlug, stand ihr ein ganz schöner Schrecken bevor.

Diesmal deutete Evelyn seinen inneren Aufruhr völlig falsch. „Ich glaube, du bist genauso glücklich wie ich“, hauchte sie ihm verliebt ins Ohr und drückte seine Hand. „So wird es jetzt immer sein … wenn du willst.“

André nickte nur. In diesem Augenblick bereute er es zutiefst, ihr so wehtun zu müssen. Aber jetzt gab es kein Zurück mehr.

Es war stockdunkel, als André am frühen Morgen zum Bahnhof hastete. Die Fahrkarte nach Halle hatte er schon am Vortag gekauft, als Evelyn im Hotel beim Friseur gewesen war, um sich für den Abend zurechtmachen zu lassen. Es würde sicher noch eine Weile dauern, bis sie aufwachte und feststellen würde, dass er nicht mehr da war – und nie mehr zu ihr zurückkehren würde. „Leb wohl, Evelyn", sagte er leise, als er auf dem menschenleeren Bahnhof stand und auf seinen Zug wartete. „Behalte mich trotzdem in guter Erinnerung." Er war sicher, dass er sie nie mehr wiedersehen würde. Wie auch? Sie wusste ja nicht einmal, wo er tatsächlich zu Hause war. Jetzt war er mehr als froh, dass er zu Anfang seinem seltsamen Gefühl nachgegeben hatte, das ihm geraten hatte, ihr eine falsche Biografie vorzusetzen.

Einen großen Teil der Fahrt verschlief André. Er hatte in der Nacht keinen Schlaf finden können, vor lauter Sorge, am Morgen seinen Zug zu verpassen. Zudem plagte ihn das schlechte Gewissen Evelyn gegenüber. Als er jedoch nur noch zwei Stunden von Halle entfernt war, war er hellwach vor Aufregung. Seinem Freund Alfred hatte er noch am Tag zuvor Bescheid gegeben, wann er ankommen würde, und der hatte versprochen, ihn am Bahnhof abzuholen.

Und dann war André endlich wieder zu Hause. Während der Zug in den Bahnhof von Halle einfuhr, dachte er daran, wie er vor einigen Monaten diese Stadt Hals über Kopf verlassen hatte, auf der Flucht vor den brutalen Schlägern des Kredithais. Auch jetzt hatte er das Gefühl, auf der Flucht zu sein – vor Evelyn, auch wenn sie ihn nie im Leben finden würde. Doch als er dann seine Freunde und seinen Sohn Simon am Bahnhof entdeckte, vergaß er die Frau, mit der er statt der geplanten ein bis zwei Wochen fast einen ganzen Monat in Deutschland unterwegs gewesen war.

Noch lange saßen sie am Abend bei Alfred und Christiane in der Küche und unterhielten sich. Simon war irgendwann völlig übermüdet ins Bett gegangen, mehr als glücklich in dem Wissen, dass sein Vater endlich wieder zu Hause war. Und Alfred hatte zumindest eine gute Nachricht für seinen Freund.

„Letzte Woche stand in der Zeitung, dass dieser Hallenberg, von dem du den Kredit mit den Wucherzinsen gekriegt hast, aufgeflogen ist und jetzt in Untersuchungshaft sitzt, zusammen mit seinen beiden Schlägern."

Erleichtert atmete André auf. „Dann habe ich ja von denen nichts mehr zu befürchten", sagte er. Denn dies war seine größte Sorge gewesen, als er beschlossen hatte, nach Hause zurückzukehren. Mit ernstem Gesicht sah er seine Freunde an. „Ich weiß es sehr zu schätzen, was ihr in den letzten Monaten für mich getan habt", begann er. „Ihr habt euch um Simon gekümmert und seid für die Miete bei Klimke aufgekommen." Er zog sein Portemonnaie aus der Hosentasche und nahm zwei Fünfhundertmarkscheine heraus. Die restlichen neunundvierzigtausend, die er von Evelyns Konto abgezweigt hatte, lagen wohlverwahrt unten in seinem Seesack. Denn er wollte auf keinen Fall, dass Alfred und Christiane etwas davon mitbekamen. Nicht dass sie ihm das Geld nicht gegönnt hätten – aber sie hätten mit Sicherheit etwas dagegen einzuwenden, wenn sie erfahren hätten, woher sein plötzlicher Reichtum stammte.

Wenn er erst sein eigenes Restaurant aufgemacht hatte und endlich durch seine Arbeit zu Geld gekommen war, dann sollten auch seine Freunde davon profitieren. Aber im Augenblick konnte er ihnen nicht mehr geben. „Das ist für die Miete, die du mir vorgelegt hast, und dafür, dass ihr euch um Simon gekümmert habt", sagte er und legte die beiden Scheine auf den Küchentisch.

Alfred schob das Geld zu ihm zurück. „Kommt gar nicht infrage", wehrte er ab. „Du brauchst es doch selbst." Er warf einen Blick zu seiner Frau. „Christiane und ich kommen schon zurecht."

André musste sich abwenden und stand auf, um seine Freunde nicht ansehen zu müssen. Er fühlte sich elend, weil sie ihn auch weiterhin unterstützen wollten, während er so viel Geld in seinem Seesack versteckt hatte. So weit bist du schon gekommen, André Konopka?, dachte er. Ist es das tatsächlich wert? Er musste nicht lange überlegen, um eine Antwort zu finden. Ja, das war es wert. Er wollte sein eigenes Restaurant, um seine Selbstachtung nicht zu verlieren und um seinem Leben endlich einen Sinn zu geben.

Und es gab noch einen Grund, der ihn antrieb: Er

wollte seinem Bruder zeigen, dass er in der Lage war, sich etwas Eigenes aufzubauen. Dann würde er endlich über ihn triumphieren. Wie hatte sein Bruder bei seinem Besuch vor einigen Jahren zu ihm gesagt: „Sieh selbst zu, wie du was auf die Beine stellst, so wie viele andere aus diesem Land, die es auch schaffen." André würde es ihm schon zeigen!

8. KAPITEL

Gleich am nächsten Morgen ging André zum Haus der Klimkes, um ihnen die noch ausstehende Miete für die letzten zwei Monate zu geben, die sein Freund Alfred nicht mehr hatte zahlen können. Außerdem wollte er seinem Vermieter sagen, dass er nun endlich sein Restaurant eröffnen würde.

Er drückte auf die Klingel, doch es dauerte eine ganze Weile, bis der Summer ertönte und er die Tür unten öffnen konnte. Zu seiner Überraschung kam ihm der Sohn des Vermieters unten im Flur entgegen. Die Tür zu den Räumen im Erdgeschoss, die André angemietet hatte, stand halb offen.

Erstaunt sah Martin Klimke ihn an. „Mit Ihnen hätte ich jetzt am allerwenigsten gerechnet“, meinte er. „Gibt es etwas Dringendes?“ Er räusperte sich. „Sonst würde ich jetzt nämlich gern weiterarbeiten.“

André atmete tief durch. Dieser Mann tat ja geradeso, als ob er nichts mehr mit ihm zu tun haben wollte. „Wenn Sie so viel zu tun haben, kann ich meine Angelegenheit auch mit Ihrem Vater besprechen“, schlug er vor.

Klimke hob die Augenbrauen. „Erstens ist mein Vater seit mehr als einem Monat im Altersheim, und zweitens …“, er machte eine Pause, „habe ich Ihnen vor Monaten schon einmal gesagt, dass ich hier in allen Dingen der Ansprechpartner bin. Wenn Sie also gekommen sind, um Ihre Mietschulden zu begleichen, können Sie das bei mir erledigen." Er deutete auf die halb geöffnete Tür unten. „Kommen Sie doch kurz mit in mein Büro."

André glaubte, sich verhört zu haben, als Martin Klimke die Tür aufstieß, die zu den Räumen führte, die er selbst hatte renovieren lassen, um dort sein Restaurant einzurichten. Und als er dann den Gastraum sah, traute er seinen Augen nicht. Klimke hatte sich dort ein Büro eingerichtet, mit großen Zeichentischen, an denen er wohl seine Entwürfe als Architekt erarbeitete. Ein jüngerer Mann, vermutlich sein Mitarbeiter, saß an der hinteren Wand an einem Schreibtisch, auf dem sich einige Aktenordner stapelten. Vielleicht hat Klimke den Raum ja nur genutzt, bis ich wieder da bin, überlegte André nach dem ersten Schreck. Er sah, wie der Architekt sich hinter seinen großen Schreibtisch setzte, ohne ihm einen Platz anzubieten. André griff in seine Tasche und zog einen Briefumschlag heraus.

„Eigentlich bin ich hier, um Ihnen die ausstehende Miete für die letzten beiden Monate zu geben", begann er und achtete nicht auf die ausgestreckte Hand seines Gegenübers, der offensichtlich den Umschlag gleich entgegennehmen wollte. „Außerdem wollte ich Ihnen an dieser Stelle mitteilen, dass ich wieder in Halle bin und hier bald mein Restaurant eröffnen möchte, wie wir es seinerzeit abgesprochen hatten."

Klimke lehnte sich zurück und verschränkte die Hände hinter dem Kopf. „Ach ja?“, meinte er mit spöttischem Unterton. „Da kommen Sie leider zu spät.“ Er deutete mit einer umfassenden Handbewegung auf den Raum. „Wie Sie sehen, nutze ich die Räumlichkeiten jetzt selbst.“

Entgeistert schnappte André nach Luft. „Aber das können Sie nicht machen. Ich habe hier alles renovieren lassen und …“

„Und Sie schulden mir die Miete für fast drei Monate“, unterbrach Klimke ihn kalt. „Vielleicht sollten Sie erst einmal in Ihren Briefkasten sehen, bevor sie weitersprechen. Vor ein paar Tagen habe ich Sie schriftlich aufgefordert, die ausstehende Miete zu begleichen, und da Sie meiner Forderung nicht nachgekommen sind, ist es nur recht und billig, dass ich nun selbst über das Erdgeschoss verfüge.“

André musste an sich halten. Am liebsten hätte er Klimke am Kragen gepackt und durchgeschüttelt. „Sie werden noch von mir hören“, presste er zwischen zusammengebissenen Zähnen hervor, dann drehte er sich auf dem Absatz um und verschwand. Die Tür fiel laut hinter ihm ins Schloss. Draußen lief er ziellos durch die Straßen, bis er sich wieder ein wenig beruhigt hatte. Das Geld, das er Klimke hatte geben wollen, steckte noch in seiner Tasche.

Schließlich ging er auf direktem Weg nach Hause,

um nachzusehen, ob tatsächlich ein Brief von Klimke im Briefkasten steckte. Am Abend zuvor waren er und Simon nicht mehr nach Hause gefahren und hatten bei den Freunden übernachtet. Und Alfred, der ab und zu bei der Wohnung vorbeigeschaut hatte, hatte auch nichts von einem Brief des Vermieters erwähnt. Doch als André eine halbe Stunde später unten in dem Plattenbau den Briefkasten öffnete, steckte tatsächlich ein Umschlag mit dem Absender von Klimke darin. Hastig riss er ihn auf. Auf dem Papier stand schwarz auf weiß genau das, was Klimke ihm eben gesagt hatte.

Mit einem Mal unendlich erschöpft, lehnte André sich gegen die Mauer. All die Monate, die er von Halle weg gewesen war, hatte er immer wieder an sein Restaurant in Klimkes Haus gedacht, hatte es in Gedanken weiter eingerichtet und sich gewünscht, diesen Traum eines Tages tatsächlich in die Tat umzusetzen. Und als ihm eines Tages Evelyn begegnete … plötzlich war sein Traum zum Greifen nah. Eine Zeit lang hatte er sich sogar vorstellen können, sie nicht nur als Geschäftspartnerin an seiner Seite zu haben. Und doch konnte er nicht zu ihr zurück, und er wollte es auch nicht.

Bedrückt ging André zurück zu seinen Freunden. Christiane, die ihm die Tür öffnete, nachdem er geklingelt hatte, sah sofort, dass etwas nicht stimmte. „Komm erst mal rein“, sagte sie, ging voraus in die Küche und schenkte ihm eine Tasse Kaffee ein. „Was ist passiert?“

André setzte sich an den Küchentisch und nippte an der heißen braunen Flüssigkeit. Dann berichtete er in kurzen Worten, was vorgefallen war.

„Das kann er doch nicht machen", rief Christiane aufgebracht. „Du musst zum Rechtsanwalt, so schnell wie möglich."

Langsam zog André den Brief von Klimke aus seiner Jackentasche und legte ihn auf den Tisch. „Der steckte bei mir im Briefkasten", erklärte er und sah zu, wie Christiane ihn durchlas.

Ein wenig schuldbewusst sah sie ihn schließlich an. „Tut mir leid, aber Alfred war seit ein paar Tagen nicht mehr bei dir zu Hause, weil er auf Arbeitssuche war. Sonst hätte er deinen Briefkasten früher geleert und mit diesem Klimke reden können."

André winkte ab. „Mach dir bitte keine Vorwürfe. Ich bin derjenige, der sich darum kümmern muss. Ihr beide habt sowieso schon so viel für mich getan."

„Aber du musst zum Rechtsanwalt gehen! Er kann dir bestimmt weiterhelfen", bat Christiane.

„Ja, vielleicht." André faltete den Brief zusammen, steckte ihn zurück in den Umschlag und schob ihn wieder in seine Tasche – zu dem Umschlag, in dem immer noch das Geld steckte, das er Klimke eigentlich hatte geben wollen. Jetzt war er froh, dass er es nicht getan hatte, denn er war sicher, dass dieser Mann die Räume unten in seinem Haus schon seit einiger Zeit selbst nutzte. Warum also sollte er noch dafür bezahlen? André trank seinen Kaffee aus und erkundigte sich bei Christiane, wie es um die Jobsuche ihres Mannes bestellt war. Schließlich war er nicht der Einzige, der in Schwierigkeiten steckte. Und es tat ihm sehr leid, dass sein Freund wieder einmal auf der Straße stand.

Christiane lächelte verhalten. „Alfred kann vielleicht wieder an der Uni arbeiten“, erklärte sie. „Offensichtlich haben seine Arbeiten, die er veröffentlicht hat, einem der neuen Professoren sehr gut gefallen. Man darf nie aufgeben!“, fügte sie mit ernster Miene hinzu. „Irgendwie geht es immer weiter.“

André war froh, dass zumindest Alfred Glück haben könnte. Er gönnte es ihm von Herzen. „Du hast recht. Ich werde auch nicht aufgeben“, sagte er mit fester Stimme, obwohl er sich dazu zwingen musste. Irgendeine Lösung würde er schon finden.

Simon, der mittags von der Schule kam, konnte ihn auch nicht aufheitern. Sein Sohn hatte sich zwar gefreut, dass sein Vater wieder da war, aber er schien sich in sich selbst zurückgezogen zu haben. „Simon hat sich im Stich gelassen gefühlt, als du mit dieser Frau losgezogen bist“, hatte Christiane ihm abends nach seiner Ankunft noch gesagt. „Du musst ihm ein bisschen Zeit geben, dann findet ihr sicher wieder zusammen.“ André konnte nur hoffen, dass sie recht behalten würde.

Spätabends lag André dann wieder nach langer Zeit

in seinem eigenen Bett. Er warf nun doch froh, endlich wieder zu Hause zu sein – trotz der bösen Überraschung, die bei Klimke auf ihn gewartet hatte. Aber zumindest hatte er Geld. Vielleicht konnte er damit etwas Neues aufbauen.

André hatte sich vorgenommen, zunächst zu dem Mann zu gehen, der ihm die Küche und das Mobiliar für den Gastraum verkauft hatte. Innerlich wappnete er sich gegen die nächste Schreckensmeldung, doch zu seiner großen Erleichterung stellte er fest, dass die Einrichtung, die er schon bezahlt hatte, noch da war. Allerdings wollte der Mann plötzlich mehr Miete dafür haben, dass er die Sachen bei sich eingestellt hatte, sodass André nichts anderes übrig blieb, als ihn zu bezahlen.

Danach ging er zu dem Rechtsanwalt, bei dem er vor Monaten schon einmal gewesen war. Dr. Fischer schüttelte den Kopf, als André ihm von seinen neuesten Schwierigkeiten mit seinem Vermieter berichtete. „Als Sie das erste Mal zu mir kamen, habe ich gleich gewusst, dass da noch was nachkommt“, meinte er. „Ich kenne solche Typen wie den jungen Klimke. Die sind nur auf ihren eigenen Vorteil bedacht, koste es, was es wolle.“

„Aber man muss doch etwas dagegen tun können, dass er einfach meine Räume nutzt!“, warf André ein. „Schließlich habe ich eine Menge Geld hereingesteckt.“

Dr. Fischer lehnte sich in seinem Stuhl zurück und las

Klimkes Schreiben mit gerunzelter Stirn durch. Schließlich sah er auf. „So leid es mir tut, Herr Konopka: Rein rechtlich ist Klimke abgesichert."

André war aufgesprungen. „Ich bin sicher, dass er die Räume schon viel länger als Büro nutzt! Und dazu hatte er kein Recht!"

Der Rechtsanwalt nickte. „Wenn es tatsächlich so ist. Aber können Sie es beweisen? Wir brauchen Zeugen, die das bestätigen können. Finden Sie einen, dann gehen wir gegen diesen Kerl vor."

André überlegte hin und her. Bestimmt hatte einer der anderen Mieter im Haus der Klimkes mitbekommen, wann Martin Klimke sein Büro unten im Erdgeschoss eingerichtet hatte. Doch dann fiel ihm ein, was Dr. Fischer noch gesagt hatte: „Solche Typen wie Klimke kennen alle Tricks. Und sollte sich ihnen einer in die Quere stellen, kämpfen sie mit den härtesten Bandagen." Frustriert ließ André die Schultern sinken. Wenn Klimke zu sehr in Andrés Leben herumstocherte, würde er vielleicht herausbekommen, wie großzügig er sich von Evelyns Konten bedient hatte ... Klimke würde ganz sicher nicht davor zurückschrecken, ihn anzuzeigen, und er würde im Gefängnis landen. Und dann könnte er seinen Traum von einem eigenen Restaurant endgültig vergessen.

Wut stieg in ihm auf, als ihm endgültig klar wurde, dass er all das Geld, das er in die Renovierung gesteckt hatte, nun abschreiben konnte. Genauso gut hätte ich

Zehntausende von Mark in den Müll werfen können, dachte er voller Zorn. Trotzdem: Er würde nicht aufgeben. Jetzt erst recht nicht.

Am nächsten Tag ging André zum Kiosk, kaufte sich ein paar Zeitungen, setzte sich damit zu Hause an den Küchentisch und sah die Immobilienseiten durch. Es gab einige sehr interessante Objekte, doch bei den meisten war die Miete zu hoch. Schließlich stieß er auf ein Angebot, das für ihn erschwinglich und zudem gut gelegen war. Sofort rief er die Vermieterin an und machte noch für den Nachmittag einen Termin mit ihr aus.

Er fuhr ein bisschen früher zu der angegeben Adresse, um sich das Haus und die Umgebung in Ruhe ansehen zu können. Denn es gab einige Faktoren, die er berücksichtigen musste – wie zum Beispiel ob die Lage ansprechend war und das Umfeld einen guten Eindruck machte. Denn es gab einige Straßenzüge in der Stadt, in denen nur leere Häuser standen, in denen schon die Fensterscheiben eingeschlagen worden waren. Dort wollte niemand mehr wohnen, und ein Restaurant in so einer Straße wäre von Anfang an ein großes Verlustgeschäft. Doch alles stimmte. Das Haus war renoviert, und auch die angrenzenden Gebäude machten einen ansprechenden Eindruck. Gegenüber befand sich ein großes Bürogebäude und weiter vorn eine Passage mit kleineren Geschäften. Hier könnte er wirklich Glück haben, sollte er die Räume bekommen. Denn in dieser Gegend würde es ihm an Gästen nicht mangeln, wenn sich erst einmal herumgesprochen hatte, wie gut seine Küche war. Im Stillen wünschte André sich selbst Glück, bevor er bei der Vermieterin klingelte.

Eine jüngere Frau im dunkelblauen Kostüm öffnete ihm die Tür und begrüßte ihn freundlich. „Sie müssen Herr Konopka sein, nicht wahr?“ Als er nickte, stellte sie sich als Gerda Schellenberg vor und bat ihn einzutreten. „Könnten Sie bitte noch einen Moment warten?“, meinte sie und deutete auf ein kleines Büro. „Wenn Sie dort solange Platz nehmen wollen?“

Erst jetzt bemerkte André den Mann, der im Flur stand. Sein Äußeres zeigte mehr als deutlich, dass er über Geld verfügte. Offensichtlich interessierte er sich ebenfalls für die Räume. André zwang sich zu einem Lächeln. „Gern“, sagte er, nahm in dem Büro Platz und bedankte sich für den Espresso, den Gerda Schellenberg ihm hinstellte, bevor sie mit dem anderen Interessenten verschwand. Der wird ihr sicher mehr Geld bieten, wenn er die Räume unbedingt haben will, dachte André verärgert, während er an seinem Espresso nippte. Wenn dem so war, müsste er sie mit seinem Charme einwickeln, denn etwas anderes konnte er der Vermieterin im Moment nicht bieten. Doch so wie er sie einschätzte, würde sie dafür wohl empfänglich sein. Gerda Schellenberg hatte zwar eine Figur wie ein Model, war aber sonst von der Natur nicht gerade verwöhnt worden. Der breite Mund wurde noch von ihren vorstehenden Zähnen betont, die Nase war gebogen und die Augen zu klein. Auch das sorgfältige Make-up konnte kaum etwas daran ändern. Und wenn schon, dachte André. Ich bin ja nicht gekommen, um sie zu heiraten, sondern um den Gastraum zu mieten.

Als sie dann nach einer Weile zurückkam und ihn freundlich bat, ihm nach unten zu folgen, setzte er sein charmantestes Lächeln auf. „Ich muss Ihnen ein Geständnis machen, Frau Schellenberg“, sagte er und zwinkerte ihr verschmitzt zu. Als er sah, dass ihre Augen sich weiteten und sie ihn interessiert ansah, fuhr er fort: „Ich habe mir Ihr Haus schon eingehend von draußen angesehen, und ich … ich habe mich auf den ersten Blick verliebt …“

Gerda Schellenberg lächelte. „Nun, dann schauen wir uns die Sache doch einmal näher an. Mal sehen, ob Ihre Begeisterung dann immer noch anhält.“ Sie ging voraus, um ihm das Erdgeschoss zu zeigen. „Der Vormieter hat hier ein Restaurant mit asiatischen Spezialitäten betrieben“, erklärte sie. „Aber er hat sich offenbar zu wenig um seine Gäste gekümmert und musste schon nach einem halben Jahr schließen.“

André war er sofort begeistert. Die Küche war weiß gekachelt und frisch gestrichen. Sämtliche Anschlüsse waren vorhanden. Der große Gastraum, der durch breite

Säulen geschickt unterteilt wurde, war mit dunkelrotem Teppichboden ausgelegt, der aussah wie neu. Auch hier wirkten die Wände wie frisch gestrichen. Also müsste er die Räume nur noch einrichten und könnte dann eröffnen – spätestens in drei Wochen. Er spürte, dass sein Herz vor Begeisterung schneller schlug. Trotzdem wandte er sich betont ruhig an die Vermieterin und sah ihr tief in die Augen. „Ich habe mich nicht getäuscht, Frau Schellenberg. Jetzt, da ich mehr gesehen habe, kann ich meine Worte von vorhin nur noch mal unterstreichen."

Gerda Schellenberg winkte mit verlegenem Lächeln ab. „Die Räumlichkeiten gefallen Ihnen also, Herr Konopka?"

André nickte, wobei er ihren Blick festhielt. „Ja, sie gefallen mir ... ausnehmend gut sogar." Sein Lächeln, mit dem er sie bedachte, hatte jetzt etwas Verführerisches. „Sollten wir uns einig werden, hoffe ich, dass ich Sie oft als meinen Gast begrüßen darf – natürlich auf meine Kosten."

„Ein verlockendes Angebot", meinte Gerda Schellenberg, und ihre strahlende Miene zeigte deutlich, dass ihre zustimmenden Worte nicht nur auf seine Einladung zum Essen bezogen waren. „Wie könnte ich da Nein sagen." Sie führte André noch einmal durch alle Räume und beantwortete bestens gelaunt all seine Fragen.

„Ich würde mich wirklich freuen, wenn wir uns einigen könnten“, sagte Gerda Schellenberg.

„Von meiner Seite steht dem nichts im Weg“, meinte André. Die Räume waren wie geschaffen für ihn, die Lage war ideal, und die Miete war für ihn erschwinglich. Jetzt musste er nur noch den Vertrag durchlesen und unterschreiben.

Doch als er die Vermieterin darum bat, sich den Vertrag anschauen zu dürfen, sah sie ihn ein wenig verlegen an. „Sie werden sicher verstehen, dass ich Ihnen nicht gleich eine Zusage geben kann“, meinte sie. „Der andere Interessent ...“ Den Rest des Satzes verschluckte sie.

Er hat Ihnen mehr Geld geboten, wollte André fast sagen, hielt sich jedoch zurück. „Sicher“, entgegnete er betont freundlich. „Das verstehe ich sehr gut. Sie wollen nichts überstürzen.“ Er nahm ihre Hand und hielt sie einen Moment fest. „Ich bin sicher, dass Sie die richtige Entscheidung treffen, Frau Schellenberg“, sagte er, während er ihr tief in die Augen blickte.

Gerda Schellenberg nickte. „Ich gebe Ihnen dann in den nächsten Tagen Bescheid.“

Als André wieder draußen war, atmete er tief durch. Noch ist nichts verloren, beruhigte er sich, und doch ahnte er, dass Gerda Schellenberg gegen seinen Charme und für das Geld seines Konkurrenten entscheiden würde.

Er sollte recht behalten. Drei Tage später kam die Absage. Wut und Enttäuschung erfüllten André, als er den Brief in der Luft zerriss.

Mit jedem Tiefschlag, den er erlitt, fiel es André schwerer, weiterzusuchen und sich selbst wieder Mut zuzusprechen. In dieser Zeit waren ihm seine Freunde eine große Hilfe, für die er mehr als dankbar war. Vor allem Alfred, der nach langem Ringen und vielen Niederlagen endlich wieder eine gut bezahlte Stelle an der Universität gefunden hatte, richtete ihn wieder ein wenig auf. „Ich bin sicher, dass du auch bald Glück hast", sagte er und sah André aufmunternd an.

„Auf das Glück will ich mich nicht mehr verlassen", meinte André, der wieder ein bisschen mehr Zuversicht gewonnen hatte. „Ich werde jetzt einen Makler einschalten." Die Idee war ihm zwei Tage zuvor gekommen, als er abends in einem Lokal in der Stadt noch ein Bier getrunken und das Gespräch zweier Männer mitbekommen hatte, die neben ihm an der Theke gesessen hatte. Der eine hatte Räume für ein Fitnesscenter gesucht und diese sehr schnell über einen Makler gefunden. Begeistert hatte er dem anderen Mann erzählt, welche guten Erfahrungen er mit diesem Makler gemacht hatte. Zu Andrés Bedauern hatte er den Namen nicht verstanden, aber es gab ja genügend andere, an die er sich wenden konnte.

Später zu Hause blätterte er gleich die Zeitungen durch, die er vor ein paar Tagen gekauft hatte, und stieß schließlich auf die Anzeige eines Maklers, der sich auf Gewerbe und Gastronomie spezialisiert hatte: „Restaurant in zentraler Lage, renoviert, großzügig geschnittener Gastraum, Diele, Küche 35 qm. Günstig zu vermieten. Ab sofort." André rief gleich bei der angegebenen Telefonnummer an und vereinbarte für den nächsten Tag einen Termin vor Ort.

Diesmal war André wesentlich zurückhaltender, obwohl es ihm schwerfiel, seine Begeisterung im Zaum zu halten. Das Restaurant befand sich in einem herrlichen Altbau in der Stadtmitte. Allein das Haus war einfach umwerfend. In die Räume würde er einige Arbeit stecken müssen, bis sie seinen Träumen entsprächen, aber das waren Details. Insgesamt sah alles ordentlich und sauber aus. Sein Herz machte einen Sprung.

„Für Ihre Vorstellungen ist das hier doch ideal", meinte der Makler, ein älterer, seriös wirkender Mann, und zündete sich eine Zigarette an. „Könnten Sie denn sofort übernehmen? Der Vermieter drängt darauf, für den nächsten Ersten einen Mieter zu haben."

André nickte. „Kein Problem."

Der Makler drückte die halb gerauchte Zigarette in einem Aschenbecher aus, der verloren auf der Küchenanrichte stand, und zog einen Vertrag aus der Innentasche seines Jacketts. „Lesen Sie sich den in Ruhe durch", meinte er. „Ich warte draußen auf Sie."

Während André den Vertrag durchlas, sah er aus einem Augenwinkel durch das große Küchenfenster, dass der Makler sich draußen im Innenhof schon wieder eine Zigarette ansteckte und dann auf und ab ging. Dann wandte er sich wieder dem Vertrag zu. „Bei Abschluss ist eine Monatsmiete im Voraus fällig“, las er. Das konnte er leicht aufbringen, mit all dem Geld, das er von Evelyns Konten abgehoben hatte. Noch einmal las er den Vertrag durch, konnte jedoch nichts entdecken, das auf irgendwelche Ungereimtheiten hinwies, die ihn vielleicht hinterher teuer zu stehen kommen würden.

Schließlich ging er hinaus in den Innenhof und nickte dem Makler zu. „Die Räume können also in zwei Wochen bezogen werden?“, fragte er.

„Wenn Sie schon früher reinwollen, Herr Konopka, könnte ich das sicher für Sie arrangieren“, entgegnete der ältere Mann. „Falls ich Sie richtig verstanden habe, wollen Sie wohl so schnell wie möglich eröffnen.“ Als André nickte, fuhr er fort: „Dann sollten wir jetzt die Formalitäten erledigen. Ich werde noch heute mit dem Vermieter sprechen.“ Er schwieg einen Moment und schien zu überlegen. „Übermorgen ist dann Schlüsselübergabe. Ist Ihnen das recht?“

Ob mir das recht ist?, dachte André und hätte am liebsten laut Ja geschrien. Doch er bezwang seine Freude und antwortete stattdessen so gelassen wie möglich: „Das passt mir sehr gut.“ Er unterschrieb den Vertrag und gab dem Makler eine Monatsmiete, die er als Provision gefordert hatte.

„Dann sehen wir uns übermorgen, Herr Konopka“, sagte er. „Bitte seien Sie pünktlich.“

Die Zeit bis zur Schlüsselübergabe nutzte André, um sich nach Küchengeräten, Vorhängen, Geschirr und einigen anderen Dingen wie Servietten oder Vasen umzusehen. So konnte er die Aufregung, die ihn seit der Unterschrift erfasst hatte, wenigstens ein wenig bezwingen. Er fühlte sich wie im Rausch, obwohl er sich immer wieder mahnte, nicht zu überschwänglich zu sein. Denn erst wenn er den Schlüssel in der Hand hatte, konnte er sicher sein, dass nichts mehr schiefgehen würde.

Zwei Tage später stand André pünktlich um zwölf Uhr mittags vor dem Restaurant. Ein paar Meter von ihm entfernt stand ein anderer Mann, der ihm aber nur aufgefallen war, weil er rund wie eine Tonne war und eine ungesunde rote Gesichtsfarbe hatte. Auch er schien auf jemanden zu warten. Vielleicht auf eine Freundin, dachte André, obwohl er sich diesen Mann kaum mit Frau vorstellen konnte. Kopfschüttelnd wandte sich ab und ging ein kleines Stück in die andere Richtung die Straße entlang. Ein paar Minuten später tauchte endlich ein Wagen auf. Erleichtert atmete André auf – um im nächsten Moment festzustellen, dass ein fremder Mann aus dem Wagen stieg.

André versuchte, die seltsame Unruhe, die immer stärker von ihm Besitz ergriff, zu bezwingen. Bevor er noch weiter überlegen konnte, hielt noch ein Wagen am Bordstein. Doch es war wieder nicht der Makler, der aus dem Auto stieg. Und der andere Mann stand immer noch ein kleines Stück entfernt, genauso wie der Dicke. Auch sie schauten ab und zu auf ihre Uhren und machten den Eindruck, als ob sie auf jemanden warten würden.

André ging noch ein Weile auf und ab und versuchte, sich zu erklären, warum der Makler zu spät kam. Er könnte in einen Stau geraten oder krank geworden sein ... Vielleicht war ihm ein wichtiger Termin dazwischengekommen? Es gab so viele Möglichkeiten. Dass er überhaupt nicht kommen würde, diese Möglichkeit verscheuchte André sofort aus seinen Gedanken.

„Entschuldigung, warten Sie hier auch auf den Makler?“, fragte ihn in diesem Moment der Mann, der zuletzt gekommen war.

André schreckte zusammen, weil er so in Gedanken gewesen war. Er nickte. „Sie etwa auch?“, fragte er erstaunt.

Jetzt waren die beiden anderen Männer ebenfalls zu ihnen getreten. „Ich glaube, hier stimmt was nicht“, meinte der dicke Mann und sah die anderen fragend an. „Sie alle sind also zur Schlüsselübergabe gekommen?“

André war blass geworden. „Und wir alle haben ihm vermutlich eine Monatsmiete an Provision bezahlt.“ Als die Männer bejahend nickten, bestätigte sich der Verdacht, der sich schon vor einigen Minuten bei ihm eingeschlichen, den er aber wieder verdrängt hatte: Sie alle waren einem Betrüger aufgesessen, der es nur darauf abgesehen hatte, abzukassieren. Da half es ihm nicht, dass auch die anderen Männer diesem Makler ihm auf den Leim gegangen waren. Und wahrscheinlich einige andere vorher auch schon.

Zorn stieg in André auf – und maßlose Enttäuschung. Der Grund dafür war nicht das Geld, das er verloren hatte; das konnte er verschmerzen. Seine Enttäuschung hatte jetzt einen anderen Grund: Allmählich verlor er seinen Glauben daran, dass das Schicksal es eines Tages doch noch gut mit ihm meinen würde. Sicher, das Geld von Evelyn würde noch eine Zeit lang reichen, aber wenn es so weiterging, nützte ihm all das auch nichts.

Während die anderen heftig darüber diskutierten, wie man gegen den betrügerischen Makler vorgehen könnte, wandte André sich ab, um zu gehen. Offensichtlich war es in seinem Lebensplan nicht vorgesehen, seinen Traum zu verwirklichen

Beinahe wäre er mit einem Mann zusammengestoßen, der den Gehweg entlangkam und nun stehen blieb. Er nickte André freundlich zu. „Sie warten sicher auf den Makler“, sagte er und schaute auf seine Uhr. „Der müsste doch schon längst da sein.“

Ohne dass er sich dessen bewusst war, lachte André

auf. „Der wird nicht mehr kommen“, entgegnete er und sah sich um. „Ich bin gespannt, wie viele noch auftauchen, die er übers Ohr gehauen hat.“

Der Mann sah ihn entgeistert an. „Übers Ohr gehauen? Was soll das heißen?“ Er stockte. „Entschuldigen Sie, ich habe mich noch nicht vorgestellt. Bergmann. Mir gehört dieses Haus. Ich wollte nur mal kurz vorbeikommen, um meinen neuen Mieter kennenzulernen.“

Mit einem Mal schöpfte André wieder Hoffnung. Vielleicht konnte er diesen Herrn Bergmann dazu überreden, ihm die Räume zu überlassen.

Der Vermieter sah die Männer an, die vor ihm standen. „Nachdem die Geschichte jetzt so eine unglückliche Wendung genommen hat, muss ich mich wohl selbst um einen neuen Mieter kümmern. Dürfte ich wissen, was Sie für Pläne haben? Ihre Ideen sollten sich ja auch mit meinen Vorstellungen decken.“

André schwieg, während die drei Herren dem Vermieter ihre Visionen von einer Spielhölle, einer Tierhandlung und einem Sonnenstudio unterbreiteten. Was Bergmann von den Vorschlägen hielt, konnte er an seiner Miene nicht ablesen. Als die drei Männer geendet hatten, sagte er: „Ich möchte hier schlicht und einfach ein gutes Restaurant eröffnen, in dem jeder etwas nach seinem Geschmack findet und in dem sich die Menschen wohlfühlen. Essen soll ja nicht nur den Leib, sondern auch die Seele befriedigen, und dem habe ich mich als Koch immer verpflichtet gefühlt."

Bergmann hatte ihm interessiert zugehört. Er schwieg eine Weile und nickte schließlich den anderen Männern zu. „Tut mir leid, meine Herren." Dann wandte er sich an André. „Dürfte ich Sie ins Haus bitten?"

André konnte es nicht fassen. Er hatte das Rennen gemacht. Und eben noch hatte er mit seinem Schicksal gehadert und sogar fast aufgegeben. Er folgte Bergmann ins Haus. Sie fuhren mit dem Aufzug nach oben in den fünften Stock, in dem der Vermieter eine kleine Wohnung mit Büro hatte.

„Ich bin nur ein paar Tage im Monat hier", erklärte er und erzählte, dass er sonst meistens in Frankfurt sei, wo er als Patentanwalt arbeitete. Er bat André, sich zu setzen und nahm hinter seinem Schreibtisch Platz. „Ich setze schnell einen Vertrag auf", sagte er und schaltete seinen Computer an. Ein paar Minuten später hatte er das Schriftstück schon ausgedruckt und legte es André vor. „Sie können sicher sein, dass kein Haken bei der Sache ist", meinte er. „Das kann ich mir in meinem Beruf ohnehin nicht erlauben."

Aufmerksam las André den Vertrag durch, dann sah er Bergmann fragend an. „Bevor ich unterschreibe, möchte ich trotzdem gern wissen, warum Sie sich für mich entschieden haben."

Der Patentanwalt lächelte. „Ich habe gespürt, dass

Sie mit Leib und Seele bei der Sache sind. Und so etwas schätze ich sehr."

Jetzt lächelte auch André. Denn in Bergmann hatte er endlich einen Menschen gefunden, der verstand, was ihn antrieb und immer wieder hatte weitermachen lassen, auch wenn es aussichtslos schien. Ja, er war Koch mit Leib und Seele. Und jetzt konnte er endlich beweisen, was tatsächlich in ihm steckte.

Die nächsten Wochen war André beinahe rund um die Uhr mit den Vorbereitungen für sein Restaurant beschäftigt. Gleich nachdem er den Vertrag unterschrieben hatte, kümmerte er sich um Personal und hatte dank der Hilfe seiner Freunde Alfred und Christiane bald zwei Küchenhilfen gefunden. Das Arbeitsamt vermittelte ihm zwei Bedienungen, junge Mädchen, die nicht nur hübsch, sondern auch sehr flink waren. Der Maurer, der ihm schon beim Haus von Klimke geholfen hatte, flieste inzwischen die Küche neu, und Christiane ging mit André einkaufen – Geschirr, Besteck, Vorhänge und Stoffservietten. Alfred, der seit Kurzem wieder an der Universität arbeitete, half jede freie Minute beim Einrichten der Küche mit und montierte später zusammen mit André die Lampen. Auch Simon half fleißig mit, soweit die Schule es zuließ. André freute sich sehr darüber, da er sich seinem Sohn endlich einmal wieder nahe fühlte.

Und dann war endlich alles fertig. Der Gastraum erstrahlte in warmem Licht. Die Tische waren weiß eingedeckt, mit Kerzen und Blumengestecken. Die Spiegelwand dahinter reflektierte das Lampenlicht.

André stand stumm da, um diesen Anblick zu genießen. Bald würde hier das Stimmengewirr von achtzig Gästen erklingen. Wie lange hatte er auf diesen Moment gewartet! Jetzt war es endlich so weit.

Alle anderen waren schon gegangen, bis auf Nadine, eine der Küchenhilfen, die ihm unbedingt bei der Vorbereitung des Desserts helfen wollte, das bei der Eröffnung serviert werden sollte.

Schließlich ging André in die Küche, wo die junge Frau schon auf ihn wartete.

„Ich habe schon mal alle Zutaten für die Bayerische Creme herausgestellt“, sagte Nadine und deutete auf die Anrichte. „Hoffentlich stört es Sie nicht, wenn ich Ihnen zuschaue.“

André musste lächeln, als er merkte, wie begierig sie von ihm lernen wollte. So hatte er selbst vor fast dreißig Jahren bei seinem damaligen Meister gestanden und alles in sich aufgesaugt. Nun war er derjenige, der anderen etwas beibringen konnte. Verstohlen sah er der jungen Frau zu, als sie sorgfältig die Vanilleschote ausschabte und das Mark mit der Milch und einer Prise Salz aufkochte. Nadine war nicht hübsch im landläufigen Sinne, sah aber mit ihrem ausdrucksstarken Gesicht sehr interessant aus. Und er freute sich darauf, in Zukunft mit ihr – und natürlich auch den anderen – zusammenarbeiten zu können.

Der Morgen graute schon, als er nach einem gelungenen Premierenabend die Tür abschloss. Er blieb vor seinem Restaurant stehen und versank für eine Weile in den Anblick des dunkelroten Schildes über dem Eingang. „Chez André" stand darauf. Er lachte fröhlich auf. „Viel Glück, André Konopka", sagte er zu sich selbst, bevor er in der Dunkelheit verschwand.

Simon war noch auf, als er nach Hause kam. Er saß im Wohnzimmer vor dem Fernseher. Als sein Vater eintrat, sah er kaum auf. Obwohl er ihm, soweit es ging, bei der Einrichtung des Restaurants geholfen hatte, war er oft mürrisch.

„Was ist denn los, Simon?", fragte er. „Gibt es Probleme in der Schule?" Er stockte. „Oder bist du unglücklich verliebt?" André zweifelte nicht daran, dass Simon sich sicherlich schon einmal verliebt hatte. „Du kannst gern mit mir darüber reden", fügte er augenzwinkernd hinzu. „Vielleicht kann ich dir einen Tipp geben, wie du besser damit klarkommst."

Simon sah ihn mit finsterer Miene an. „Gib mir besser mal einen Tipp, wie ich mit dir klarkomme", sagte er.

Entgeistert sah André ihn an. „Was soll das denn jetzt schon wieder heißen? Ich bin eigentlich davon ausgegangen, dass wir beide uns wieder besser verstehen."

„Das dachte ich auch", meinte Simon und hielt inne. „Als du zurückgekommen bist, habe ich eigentlich geglaubt, dass du endlich auch mal mit mir was unternimmst ... so wie Alfred und ich." Er wandte den Blick ab. „Aber erst setzt du dich mit dieser Frau ab, und jetzt hast du nur noch dein Restaurant im Kopf. Was bei mir los ist, davon hast du doch keine Ahnung."

André schluckte schwer. Endlich hatte er das geschafft, wovon er jahrelang geträumt hatte – und jetzt machte sein Sohn Probleme. „Ich dachte, du freust dich mit mir", entgegnete er. „Wenn ich erst eröffnet habe, werden wir bestimmt auch irgendwann wieder Zeit für uns haben."

„Ja, irgendwann bestimmt ... in ein paar Jahren", brauste Simon auf. „Falls du dann überhaupt noch weißt, dass du einen Sohn hast." Er riss seine Jacke vom Stuhl und rannte hinaus.

André wollte ihm zuerst hinterherlaufen, doch dann entschied er sich dagegen. Simon würde sich schon wieder beruhigen. Trotzdem ging ihm immer wieder der Streit mit seinem Sohn durch den Kopf, als er später im Bett lag. Ein Wermutstropfen, der seine Freude über die Erfüllung seines Traums trübte.

Am Abend vor der Eröffnung versuchte André noch einmal, mit seinem Sohn zu sprechen, der sich seit dem Streit vor ein paar Tagen kaum noch hatte blicken lassen.

„Bin bei einem Freund", das war alles, was André aus ihm herauskriegte.

Auch an diesem Abend machte Simon Anstalten, wieder zu gehen, doch André verstellte ihm den Weg. „Was ist das eigentlich für ein Freund, bei dem du immer übernachtest?", wollte er wissen.

Simon zuckte mit den Schultern. „Ein Freund eben. Warum interessiert dich das plötzlich?"

„Lass uns nicht streiten heute Abend", bat André. „Du weißt, dass morgen ein sehr wichtiger Tag für mich ist."

„Ja, für dich. Immer nur du, du und noch mal du. Hast du schon jemals daran gedacht, dass es auch noch andere Menschen auf der Welt gibt außer dir?"

André fühlte sich plötzlich hilflos. Das war ein heftiger Vorwurf. Doch statt ihm zu sagen, dass er immer der wichtigste Mensch in seinem Leben gewesen war, brüllte er ihn an und verbot ihm, das Haus zu verlassen.

Simon lachte nur. „Ich lass mir von dir nichts mehr verbieten. Im Übrigen, falls du es vergessen haben solltest: Ich bin vor zwei Wochen siebzehn geworden." Damit ging er zur Tür, drehte sich aber noch einmal um. „Rechne morgen nicht mit mir. Ich hab was Besseres vor." Er riss die Tür auf und schlug sie mit lautem Knall hinter sich zu.

André lauschte den Schritten auf der Treppe, die

immer leiser wurden. Er hatte tatsächlich Simons Geburtstag vergessen. Wie hatte ihm das nur passieren können? Mit einem Mal unendlich müde ging er in die Küche und ließ sich auf einen Stuhl fallen. Die Jahre vor der Wende gingen ihm auf einmal durch den Kopf. Simon war noch ein kleiner Junge gewesen. Sie hatten sich so gut verstanden. Sie hatten miteinander gespielt und gelacht, und André hatten seinen Sohn getröstet, wenn er traurig gewesen war. Er erinnerte sich daran, wie er noch spät in der Nacht hier in dieser Küche Mohrenköpfe für ihn gemacht hatte, weil sein Klassenkamerad ihm keinen aus dem Westpaket abgegeben hatte. Simons strahlendes Gesicht am nächsten Morgen hatte ihn für so vieles entschädigt. All die Erniedrigungen und all die Schwierigkeiten, denen er durch die Flucht seines Bruder plötzlich ausgesetzt war – all das spielte in diesem Augenblick, in dem er Simons glückliches Gesicht vor sich sah, überhaupt keine Rolle mehr.

Natürlich hatte er gemerkt, dass sich ihr Verhältnis verändert hatte, seit er wieder nach Halle zurückgekommen war. Simon verhielt sich ihm gegenüber so zurückhaltend, als würde er erst einmal abwarten wollen. Natürlich hatte André trotz seiner eigenen Probleme und der enormen Arbeitsbelastung, die ihn seit ein paar Wochen beanspruchten, immer wieder versucht, einen Zugang zu seinem Sohn zu finden.

Und dann hatte er dessen Geburtstag vergessen. Das war unverzeihlich.

War es das tatsächlich wert? Wie sehr hatte er sich auf den morgigen Tag gefreut! Seit Jahren hatte er diesem Moment entgegengefiebert. Endlich eröffnete ein eigenes Restaurant. Und Simon würde nicht dabei sein.

9. KAPITEL

Am nächsten Tag kam André nicht dazu, sich weiter den Kopf über Simon zu zerbrechen. Es war der große Tag, sein großer Tag. Der Tag der Eröffnung.

Zusammen mit seinem Personal war er den ganzen Tag beschäftigt, um letzte Hand an den mit viel Liebe zum Detail renovierten Gastraum zu legen und das Menü für den Abend vorzubereiten. Den beiden Küchenhilfen hatte er genaue Anweisungen gegeben. Jetzt bereiteten sie die Champignonköpfchen für das Amuse-Gueule vor, während André sich an die Zubereitung des Hauptgerichts machte. Sein Konzept war es, einige ausgewählte, nicht zu komplizierte Spezialitäten anzubieten, die eher ein breiteres Publikum finden würden, als zu ausgefallene Küche. Ab und zu gab er den Küchenhilfen neue Anweisungen, die nun die Petit Fours aus Ziegenkäse machten, die er ebenfalls als Nachspeise anbieten wollte, falls einer der Gäste nichts Süßes wollte.

Gegen Abend tauchten Alfred und Christiane in der Küche auf, um André alles Gute zu wünschen, und dann kamen endlich auch die ersten Gäste. Sie waren entweder durch die Anzeige, die André in verschiedene Zeitungen hatte setzen lassen, aufmerksam geworden, oder sie waren seiner persönlichen Einladung gefolgt.

André stand in seiner blütenweißen, langen Schürze in der Tür zur Küche und sah zu, wie die Gäste sich neugierig in dem neuen Restaurant umsahen und dann bestätigend nickten. Also gefiel es ihnen offensichtlich hier. Jetzt muss ihnen nur noch mein Essen schmecken, dachte er und ging zu ihnen, um sie zu begrüßen – den Bürgermeister mit seiner Frau, den Rektor der Universität, der auf Alfreds Empfehlung gekommen war, und einige andere Persönlichkeiten der Stadt. Als dann alle geladenen Gäste da waren, räusperte André sich.

„Dürfte ich einen Augenblick um Ihre Aufmerksamkeit bitten!“, begann er. „Zunächst möchte ich mich bedanken, dass Sie gekommen sind, um zusammen mit uns …“, er nickte seinem Personal zu, das in einer Reihe neben ihm stand, „unser neues Restaurant zu eröffnen. Eines kann ich Ihnen versprechen: Wir werden alles tun, um Sie zufriedenzustellen. Und heute Abend machen wir den Anfang mit einem Amuse-Gueule aus marinierten Champignonköpfchen auf Erbspüree und Piazetti mit Hummer an grünem Spargel.“ Er machte eine kurze Pause und schaute von der Speisekarte auf, aus der er vorgelesen hatte, um seine Gäste anzusehen. „Als Hauptgericht servieren wir heute Ochsenschwanzragout in Spätburgundersoße mit Serviettenknödel.“ Nachdem er auch das Dessert angekündigt hatte, klatschten die Gäste begeistert. André deutete eine leichte Verbeugung an. „Und jetzt wünsche ich Ihnen allen einen guten Appetit und uns gutes Gelingen." Damit verschwand er in der Küche, gefolgt von seinen beiden Gehilfinnen, während die Bedienungen sich nun um die Gäste kümmerten.

Nach der Hauptspeise kam Alfred kurz in die Küche. „Dein Menü schlägt ein wie eine Bombe!", berichtete er begeistert. „Du hast genau den Geschmack der Gäste getroffen."

André freute sich sehr und lehnte sich kurz gegen die Anrichte, als sein Freund wieder gegangen war, um diesen Moment zu genießen. Denn dieser Tag würde für immer in seiner Erinnerung bleiben, ganz egal was in Zukunft auch geschehen mochte. Heute war der Tag, an dem sein Traum endlich Wirklichkeit geworden war.

Jeder Tag war nun wie ein Geschenk für ihn, wenn André sein Restaurant betrat. Und jedes Mal schaute er zuerst oben auf das dunkelrote Schild, auf dem „Chez André" zu lesen war – als ob er immer noch nicht glauben könnte, dass dies nun tatsächlich sein Restaurant war.

Genau wie der Eröffnungsabend waren auch die nächsten Wochen ein Erfolg. Offensichtlich hatte es sich in der Gegend herumgesprochen, dass André exzellente Küche zu fairen Preisen bot. Immer wieder übermittelten seine Kellnerinnen ihm das Lob der Gäste für seine Gerichte.

Doch als es auf den Sommer zuging, kamen plötzlich weniger Gäste. André überlegte besorgt, woran dies liegen könnte. „War irgendjemand unzufrieden?“, fragte er die Kellnerinnen, doch die schüttelten die Köpfe. Trotzdem versuchte er es mit anderen Gerichten wie Mais-Möhren-Gnocchi in Parmesansoße oder verlorenen Eiern auf Löwenzahnsalat. Den Gästen, die kamen, schmeckte es auch vorzüglich, aber trotzdem blieb der Gastraum jetzt immer wieder halb leer. Erst als André dann an einem lauen Frühsommerabend, nachdem alle Gäste versorgt waren, durch das Viertel streifte, in dem sein Restaurant lag, wurde ihm klar, warum plötzlich weniger Menschen zu ihm kamen: Ein paar Straßen weiter hatte ein anderes Restaurant eröffnet, von dem er zwar gehört, dem er jedoch zunächst keine Bedeutung beigemessen hatte. Jetzt sah er, dass dort viele Gäste im Garten des Lokals saßen, der von hohen Bäumen beschattet wurde und einen sehr gemütlichen Eindruck machte. Natürlich!, dachte er. Die Menschen wollen im Sommer draußen sitzen.

Am nächsten Morgen rief er als Erstes bei seinem Vermieter in Frankfurt an, um ihn zu fragen, ob es möglich sei, im Innenhof ein paar Tische aufzustellen und mit Pflanzen und Lampen einen kleinen, ansprechenden Garten zu schaffen.

Bergmann war nicht abgeneigt. „Machen Sie einen Plan, Herr Konopka“, sagte er. „Ich bin sowieso bald wieder in Halle. Morgen fahre ich nach Leipzig für …“, er überlegte, „zwei, drei Tage vielleicht, danach können wir uns Ihre Pläne gemeinsam ansehen."

Zusammen mit Alfred saß André abends an einem der Tische im Gastraum, der, wie so oft in letzter Zeit, nicht sehr gut besucht war. „Ich brauche draußen mindestens zehn Tische", erklärte André. Außerdem müsste er Sonnenschirme aufstellen, die im Sommer Schatten spenden könnten. Da es im Innenhof keine Bäume gab, wollte er stattdessen in schweren Kübeln Palmen, Bambus und Bougainvillea aufstellen. „Das Ganze soll ein südländisches Flair verströmen", meinte er und nickte einer der Kellnerinnen lächelnd zu, die ihnen Wein nachgeschenkt hatte und dann wieder hinter die Theke ging. „Entsprechend wird dann die Speisekarte auch ein wenig umgestellt."

„Gute Idee", meinte Alfred zustimmend und deutete mit dem Kopf verstohlen auf die Kellnerin, die sie eben bedient hatte. „Diese Dorothea himmelt dich ja ziemlich an", flüsterte er grinsend.

„Dorothea?" André sah ihn verständnislos an.

Alfred schüttelte lachend den Kopf. „Deine Kochtöpfe haben dich ja ganz schön im Griff. Dir entgeht doch sonst keine hübsche junge Frau."

Auch André musste jetzt lächeln. Er war tatsächlich viel zu sehr mit der Führung seines Restaurants beschäftigt. Doch nun erinnerte er sich, wie Dorothea ihn oft ansah, wenn sie in die Küche kam. Bisher hatte er ihren

Blicken keine weitere Bedeutung zugemessen. „Im Augenblick gibt es Wichtigeres", wiegelte er ab und wandte sich wieder dem Plan zu, den er aufgezeichnet hatte.

Er müsste ungefähr noch einmal etwa sechstausend Mark investieren für den Innenhof, aber das war es ihm wert, wenn das Restaurant danach wieder besser lief. Und knapp zwanzigtausend Mark waren auch noch übrig von dem Geld, das er Evelyn unterschlagen hatte. Das Übrige hatte er für die Einrichtung des Restaurants, die Küchengeräte und all die anderen Dinge verwendet, die er noch gebraucht hatte.

Zwei Tage später, als sein Vermieter kam, legte er ihm seine Vorstellungen dar. Bergmann war sehr angetan. „Dann machen Sie mal, Herr Konopka. Ich bin ja auch sehr daran interessiert, dass Ihr Laden läuft, damit ich meine Miete pünktlich bekomme."

Tatsächlich kamen wieder mehr Gäste, nachdem André seinen kleinen Innenhof eingerichtet und eröffnet hatte. Zufrieden stand er in der Küche und bereitete zusammen mit der eifrigen Küchenhilfe Nadine Cannelloni mit Meeresfrüchten zu. Der Nudelteig lag schon in Klarsichtfolie verpackt da. Nadine hatte inzwischen das Zanderfilet für die Farce zweimal durch den Fleischwolf gedreht und sah nun zu, wie André es mit Salz und Pfeffer würzte, Eiweiß und Creme double hinzufügte und die Masse schließlich durch ein feines Sieb strich. Er deutete mit dem Kopf zur Nudelmaschine. „Du kannst schon mal den Teig durchdrehen“, sagte er zu Nadine und lächelte sie an. Er freute sich sehr, dass sie mit so viel Freude und Eifer bei der Sache war und mit ihm zusammen fast schon so etwas wie ein eingespieltes Team war. Dann wandte er sich wieder der Soße zu, die er gerade einkochte. Und so entging ihm, wie Dorothea, die gerade zwei Teller mit Minestrone hinaustragen wollte, Nadine und ihn mit einem wütenden Blick bedachte.

Doch André war nur wichtig, dass es in seinem Restaurant wieder aufwärtsging, alles andere zählte im Moment nicht. Simon schien das zu spüren und hatte sich wieder einigermaßen beruhigt. Zumindest redete er wieder mit seinem Vater, und er blieb auch wieder über Nacht zu Hause. Nach einer Weile kam er sogar ab und zu im Restaurant vorbei – und zwar nicht nur, um dort zu essen. Im Gegenteil: Er packte richtig mit an. Er deckte ein, räumte ab, bediente die Gäste und sprang ein, was auch immer anfiel. Ganz besonders wohl fühlte er sich im Weinkeller, in dem die erlesen Tropfen gelagert wurden, die im „Chez André“ serviert wurden. Nur in der Küche war Simon keine rechte Hilfe – seine Karottenstifte waren in etwa so zierlich wie Pommes.

Der Sommer lief leidlich gut, obwohl André sich durch den Garten mehr Andrang versprochen hatte. Aber es war auch Urlaubszeit, und viele seiner Gäste waren weggefahren, um ihre Ferien in fernen Ländern zu genießen. Für André war an Urlaub noch lange nicht zu denken. Er verspürte allerdings auch gar kein Bedürfnis danach. Sein Restaurant war ihm viel zu wichtig, und die Arbeit machte ihm viel zu viel Spaß. Sie war sein Lebensinhalt.

Nadine war ihm inzwischen zu einer wichtigen Stütze geworden. Wenn gerade mal nichts zu tun war, erklärte er ihr Soßenrezepte und sah zu, wie sie Gerichte ausprobierte, die sie noch nicht kannte. Es machte ihm großen Spaß, sein Können an sie weiterzugeben, zumal sie sehr begabt war.

Eines Tages, als sie gerade mit Andrés Hilfe eine Radieschenrahmsuppe mit Quarkklößchen zubereitete, stand plötzlich die Kellnerin Dorothea neben ihm. „Könnte ich Sie mal kurz sprechen?“, meinte sie.

An ihrem ernsten Gesichtsausdruck konnte er ablesen, dass es sich wohl um etwas Wichtiges handeln musste. Deshalb nahm er sie ein Stück zur Seite. „Nun, was gibt’s?“, wollte er wissen.

Dorothea straffte sich und fuhr wie zufällig oben am Ausschnitt ihrer weißen Bluse entlang, die ein wenig zu weit offen stand. „Ich will mich ja nicht einmischen“, sagte sie, „aber ich mache mir auch Gedanken darüber, warum weniger Gäste kommen.“ Als André sie fragend ansah, fuhr sie fort: „Ich möchte niemandem zu nahe treten, aber die warme Käsetarte, die Nadine heute gemacht hat, hat den Gästen überhaupt nicht geschmeckt." Sie stockte. „Und das ist nicht das erste Mal, das Nadines Essen nicht so gut ankommt."

André war mehr als überrascht. Seit ein paar Wochen bereitete die junge Küchenhilfe einfache Gerichte auch selbstständig zu, die er dann immer probiert hatte, bevor sie die Küche verließen. Und bis jetzt hatte er noch nie etwas beanstanden müssen, außer dass hin und wieder ein bisschen nachgewürzt werden musste. „Sind die Gäste noch da, die sich beschwert haben?", fragte er und machte Anstalten, in den Gastraum zu gehen. Sollten sie tatsächlich nicht zufrieden gewesen sein, würde er dafür sorgen, dass sie auf seine Kosten etwas anderes bekamen.

„Die … die sind vor fünf Minuten gegangen", stotterte Dorothea, hatte sich aber schnell wieder im Griff.

Verärgert sah André sie an. „Und warum erfahre ich dann jetzt erst davon? Sie wissen doch, dass ich umgehend Bescheid wissen will, wenn es vonseiten der Gäste Beschwerden gibt. Und ich verlange, dass Sie sich an meine Anweisungen halten. Haben wir uns verstanden?" Damit ließ er sie stehen und ging zurück zum Herd.

Obwohl er sich nicht erklären konnte, was die Gäste an Nadines Gerichten auszusetzen gehabt hatten, wachte er nun noch strenger darüber, dass kein Gericht die Küche verließ, das nicht seine vollste Zustimmung fand. Als er Dorothea wenig später fragte, ob sich noch ein Gast beschwert hätte, verneinte sie. Stattdessen stand allerdings eines Morgens, als André gerade gekommen war, ein Mann von der Gewerbeaufsicht vor der Tür und wollte sich die Küche und den Gastraum ansehen.

„Sehr gern“, entgegnete André. Er wusste, dass die Putzfrau, die jeden Abend kam, gewissenhaft arbeitete. Umso entsetzter war er, als sie die Küche betraten und der Beamte nach einer gründlichen Inspektion in der Vorratskammer und unter den Schränken Staub und Essenreste fand. „Das kann nicht sein“, rief er aufgebracht. „Hier wird jeden Abend gründlich sauber gemacht.“

„Und was soll das dann sein?“, fragte der Beamte und deutete auf den Schmutz. „Sie werden wohl kaum behaupten wollen, dass ich mir den Dreck nur einbilde, nicht wahr?“

Langsam schüttelte André den Kopf. „Natürlich nicht, aber …“ Er hielt inne und sah den Beamten von der Gewerbeaufsicht mit festem Blick an. „Ich kann mir das Ganze zwar überhaupt nicht erklären, aber Sie können sicher sein, dass so etwas nicht noch einmal passiert.“

„Davon gehe ich aus“, erklärte der Beamte. „Sie sind verpflichtet, die hygienischen Vorschriften einzuhalten. Ansonsten muss ich Ihr Restaurant leider schließen lassen.“ Er nickte André zu. „Ich werde in Kürze wiederkommen und hoffe, dass Ihre Küche dann unseren Vorschriften entspricht."

André griff zum Telefon, kaum dass der Mann gegangen war. Vielleicht war die Putzfrau am Abend zuvor nicht da gewesen, ohne sich bei ihm abzumelden? Doch wie sich herausstellte, hatte sie Küche und Restaurant am Abend zuvor blitzblank hinterlassen. André glaubte ihr. Die Frau hatte sich bisher immer als zuverlässig und gewissenhaft erwiesen. „Sie wissen doch, dass ich immer mein Bestes gebe", fügte sie mit weinerlicher Stimme hinzu. „Ich brauche doch diese Arbeit ..." Sie brach in Tränen aus.

„Ist schon gut", versuchte André sie zu beruhigen. „Deswegen verlieren Sie Ihre Arbeit ganz sicher nicht!" Er wusste, dass sie seit dem Tod ihres Mannes vor einem Jahr das Geld dringend brauchte. Und ab und zu, wenn er abends noch länger geblieben war, hatte er gesehen, wie penibel sie auch noch den kleinsten Fleck wegwischte. Und plötzlich fiel ihm etwas ein, dem er am Abend zuvor keinerlei Bedeutung beigemessen hatte. Er war noch einmal im Innenhof gewesen, nachdem die letzten Gäste gegangen waren. Dorothea hatte draußen vor dem Fenster gestanden und war zusammengezuckt, als sie ihn gesehen hatte. „Der ... der Riegel vom Fenster klemmte", stotterte sie und sah ihn entschuldigend an.

„Ich kümmere mich drum", entgegnete André, der dies für eine Ausrede hielt. Tatsächlich hatte Dorothea wohl draußen eine Zigarette geraucht, so wie sie es ab und zu tat, und fühlte sich jetzt ertappt.

Als er nun darüber nachdachte, fielen ihm immer mehr Einzelheiten ein. Alfreds Bemerkung, dass Dorothea ihn anhimmeln würde und offensichtlich in ihn verliebt sei. Dorotheas bissige Bemerkungen über Nadine. Jetzt erinnerte er sich auch, dass er ab und zu gesehen hatte, wie die Kellnerin seine Küchenhilfe mit giftigen Blicken bedacht hatte. Sie ist eifersüchtig auf Nadine! Natürlich! Doch würde sie in ihrer Eifersucht wirklich so weit gehen, andere zu opfern? Ihn und sein Restaurant zu zerstören?

André lief es bei dem Gedanken eiskalt den Rücken herunter. Möglicherweise hatte sie am Abend zuvor das Fenster so eingehakt, dass es nicht auffiel, sie aber trotzdem später einsteigen konnte, um den Schmutz überall zu verteilen. Sein Verdacht erhärtete sich, als er das Küchenfenster tatsächlich einen winzigen Spalt offen fand. Und die Tür, die vom Innenhof hinaus auf die Straße führte, war nicht abgeschlossen. Wut stieg in André auf. Jeder hätte in dieser Nacht einsteigen können. Schnell verschloss er die Tür und schloss das Fenster. Er musste so schnell wie möglich mit Dorothea sprechen, bevor noch mehr geschehen würde.

Doch die Kellnerin erschien an diesem Vormittag nicht zur Arbeit. Als sie nach dem Mittag immer noch nicht da war, rief André bei ihr zu Hause an.

Ihre Schwester war am Apparat und erklärte ihm nur knapp, dass Dorothea ihm heute ihre Kündigung per Post zugeschickt hätte. Als André bat, mit ihr sprechen zu dürfen, legte die Schwester einfach auf. Vermutlich steckt Dorothea wirklich dahinter, dachte er, nachdem er ebenfalls aufgelegt hatte. Warum sonst sollte sie Hals über Kopf kündigen, wenn nicht aus schlechtem Gewissen?

Trotzdem achtete André jetzt noch mehr auf Sauberkeit und Ordnung. Und als der Beamte vom Gewerbeaufsichtsamt zwei Wochen später wiederkam, fand er nichts zu beanstanden. „Dann wünsche ich Ihnen und mir, dass es auch weiterhin so bleibt“, sagte er zum Abschied.

André wünschte sich allerdings, dass das Restaurant besser laufen würde. Er sprach mit Christiane darüber, die sich bereit erklärt hatte, für Dorothea einzuspringen. Inzwischen hatte sie sich sogar so gut eingelebt, dass sie sich vorstellen konnte, länger bei ihm zu arbeiten.

André hatte in einer Ecke zusätzlich noch ein paar kleine Stehtische für die Laufkundschaft aufgestellt, die mittags vorbeikam und mit großem Appetit Andrés Clubsandwiches mit gebratener Putenbrust, Speckscheiben, Oliven und Tomaten verspeiste. Trotzdem musste er jeden Monat die Rate für seinen Kredit bei der Bank bezahlen, und obwohl er noch etwas mehr als zehntausend Mark von Evelyns Geld übrig hatte, würde diese Quelle auch bald versiegen.

„Was hältst du denn von ein bisschen Livemusik?“, fragte Christiane. „Alfred hat mir neulich erzählt, dass ein paar seiner Studenten Musik machen und ab und zu in einem Club auftreten. Vielleicht ist ja einer von ihnen bereit, auch bei dir zu spielen. Das lockt sicher ein paar neue Gäste an.“

André gefiel dieser Vorschlag sehr, und als Alfred am Abend vorbeikam, um seine Frau abzuholen, sprach er ihn darauf an. Prompt stellte sich schon ein paar Tage später René vor. Er spielte Klavier und war von der Idee begeistert, im „Chez André“ aufzutreten und die Gäste mit dezenter Barmusik zu unterhalten. Er war sogar bereit, sein eigenes Instrument mitzubringen. „Sie müssen nur den Transport organisieren“, grinste er. „Und wegen der Bezahlung machen Sie ich keine Gedanken: Mir reicht ein warmes Essen.“

Tatsächlich kamen nun wieder mehr Gäste. André hatten draußen eine große Tafel aufgestellt, auf der er mit weißer Kreide vermerkt hatte, dass es abends Livemusik gab. Manche Gäste blieben nur auf einen Espresso und einen warmen Apfelstrudel mit Vanillesoße, die André zusätzlich auf die Speisekarte und auf die Tafel gesetzt hatte. Dort kündigte er auch die anderen neuen Gerichte an wie zum Beispiel geräucherte Entenbrust auf Porreesalat oder Räucherlachs auf Rahmwirsing.

Eines Abends fiel ihm bei seinem üblichen Blick in den Gastraum, mit dem er überprüfte, wie viele Gäste gekommen und ob alle zufrieden waren, eine Frau auf. Sie trug einen pfiffigen Kurzhaarschnitt und einen Anzug, der streng geschnitten war, durch die breite Krawatte, die sie lässig umgebunden hatte, jedoch aufgelockert wurde. Sie saß auf einem Barhocker an einem der Stehtische. Vor ihr stand ein Glas Wein. Christiane servierte ihr gerade eine seiner neuen Kreationen: Cordon Bleu von Lachs und Zander mit Kartoffel-Gurken-Salat. André wäre zu gern noch an der Küchentür stehen geblieben, aber er musste zurück an die Töpfe.

Eine halbe Stunde später kam Christiane zu ihm und lächelte verschmitzt. In den Händen balancierte sie ein paar Teller, die sie eben abgeräumt hatte. „Dein Typ wird verlangt", meinte sie und deutete mit dem Kopf Richtung Gastraum. „Von der Dame mit Krawatte. Du kannst sie nicht verfehlen."

André wusste sofort, wen sie meinte. Was sie wohl auf dem Herzen hatte? Hoffentlich will sie sich nicht beschweren, dachte er, fuhr sich mit den Fingern durch die Haare und ging dann zu dem Stehtisch, an dem sie saß. Freundlich sah er sie an und versuchte, in ihrer Miene zu lesen, doch sie sah ihn nur gelassen an. „André Konopka", stellte er sich vor. „Sie wollten mich sprechen?"

Jetzt lächelte die Frau ein wenig. „Sie sind also hier verantwortlich?“, meinte sie. Als André nickte, deutete sie auf den freien Barhocker neben sich. „Dann setzen Sie sich doch zu mir. Ich möchte Ihnen nämlich ein paar Ihrer Geheimnisse entlocken.“

André setzte sich, ohne zu wissen, was diese Frau nun von ihm wollte. Was meinte sie mit Geheimnissen? Plötzlich schoss ihm Evelyn durch den Kopf, der er so viel Geld unterschlagen hatte. Ob diese Frau von ihr geschickt worden war? Ein kalter Schauer lief ihm über den Rücken. Nein, das durfte nicht sein! Denn dann könnte er noch heute sein Restaurant schließen.

„Offensichtlich sagt Ihnen mein Name nichts“, meinte die Frau jetzt und sah André herausfordernd an.

Der hatte überhaupt nicht gehört, dass sie sich eben vorgestellt hatte. „Entschuldigung?“

„Cornelia Harthoff“, wiederholte sie und streckte ihm die Hand entgegen.

André brauchte einen Moment, um sich zu fassen. Diese Frau war nicht von Evelyn geschickt worden. Cornelia Harthoff war vielmehr Journalistin bei einer bekannten Gourmetzeitschrift und berüchtigt für ihre Kritiken. Jeder Koch, der etwas auf sich hielt, kannte und fürchtete ihre spitze Feder. Endlich ergriff er ihre Hand. „Freut mich sehr, Frau Harthoff.“ Er lächelte charmant. „Und vielleicht verraten Sie mir jetzt noch, welche Geheimnisse Sie mir entlocken wollen.“

Cornelia sah ihn interessiert an. „Zunächst erst mal das Ihres Dressings“, meinte sie schelmisch. „Danach sehen wir weiter.“

André machte das Gespräch mit dieser Frau zunehmend Spaß. Er wusste, dass er sich gut mit ihr stellen musste. Denn eine vernichtende Kritik von ihr – und er könnte sein Restaurant schließen. Sollte sie sich jedoch lobend äußern, war das die beste Werbung, die es gab. „Nun, jeder Koch hat so seine Lieblingsgewürze“, meinte er. „Bei mir ist es die Muskatnuss.“

Cornelia hob die Brauen. „Ach ja? Die Muskatnuss gilt auch als Aphrodisiakum.“

„Und als Hypnotikum“, fügte André verschmitzt hinzu. „Bleibt abzuwarten, was sich stärker durchsetzt.“ Erwartungsvoll sah er die Journalistin an. „Abgesehen von diesen Nebeneffekten würde ich natürlich sehr gern wissen, ob Ihnen das Cordon Bleu geschmeckt hat.“

Cornelia lachte auf. „Was glauben Sie wohl? Säße ich noch hier mit Ihnen zusammen, wenn es mir nicht geschmeckt hätte?“ Sie schüttelte den Kopf und sah André eindringlich an. „Es war großartig, ganz exzellent.“

André schwieg einen Moment. Dieses Lob aus dem Mund von Cornelia Harthoff war neben seiner Restauranteröffnung das Beste, was ihm in all den vergangenen Jahren passiert war. Denn diese Frau galt als die Kennerin der guten Küche. Und endlich fand er mit seiner

Kochkunst die Anerkennung, auf die er jahrzehntelang gehofft und für die er alles getan hatte.

Langsam stand Cornelia Harthoff auf, während sie die Zeitschrift, in der sie geblättert hatte, zu André über den Tisch schob. „Sie sollten sich unbedingt die nächste Ausgabe kaufen“, meinte sie. „Da können Sie noch mal schwarz auf weiß lesen, wie gut Sie kochen können.“

Die Journalistin war schon seit ein paar Minuten gegangen, doch André stand immer noch an dem Stehtisch und starrte auf die Zeitung. Fast glaubte er, sich in einem Traum zu befinden. Cornelia Harthoff hatte ihm eben gesagt, dass sie eine sehr gute Kritik über ihn schreiben würde. Und so ein Artikel aus ihrer Feder war Gold wert, das wusste er.

Obwohl André sich im Stillen mahnte, nicht zu überschwänglich zu sein, strahlte er vor Freude, als er nach Hause kam.

„So wie du aussiehst, können wir uns das Licht in Zukunft sparen“, meinte Simon. Obwohl es schon spät war, war er noch wach.

André lächelte. Simon hatte sich einen flapsigen Ton angewöhnt, doch er war froh, dass sie seit dem heftigen Streit am Abend vor der Eröffnung seines Restaurants überhaupt wieder miteinander sprachen. Glücklich erzählte er seinem Sohn von der Journalistin.

„Wenn ihr Artikel erst erschienen ist, läuft es im Restaurant bestimmt wieder richtig gut“, meinte er. „Und dann habe ich endlich mehr Zeit für dich."

Mit festem Blick sah Simon ihn an. „Endlich, ja." Er schüttelte den Kopf. „Jetzt hängt es also wieder mal von einer Frau ab ..."

„Aber das stimmt doch gar nicht!", unterbrach André aufgebracht, auch wenn er zugeben musste, dass sein Sohn nicht ganz unrecht hatte. Doch er wollte sich jetzt nicht weiter den Kopf darüber zerbrechen. Schon bald würde er sich wieder um seinen Sohn kümmern können.

Obwohl er versuchte, sich gelassen zu geben, fieberte André der neuen Ausgabe der Gourmetzeitschrift entgegen. Um sich abzulenken, probierte er zusammen mit Nadine neue Rezepte aus.

„Als Koch muss man ständig etwas Neues kreieren und immer wieder ausprobieren, bis man endgültig zufrieden ist", sagte er zu der jungen Frau, während er Lachs- und Hechtfilet pürierte, Sahne dazugab, außerdem Salz und Pfeffer und die Masse dann durch ein feines Haarsieb strich. Nadine butterte inzwischen die Formen für das Lachstimbale aus, das dann im Ofen pochiert wurde und später mit Krebsen auf Spinatblättern serviert werden würde.

Eine Woche später war es dann endlich so weit. Noch bevor er sein Restaurant aufgeschlossen hatte, war André zum Kiosk gegangen. Schnell nahm er eine Zeitschrift aus dem Ständer und beschloss dann spontan, noch zwei mitzunehmen – eine für seine Freunde und die andere fürs Restaurant zum Auslegen, falls die Gäste darin blättern wollten. Er hatte noch keinen Blick in das Heft geworfen, denn er wollte den Artikel in aller Ruhe in der Küche seines Restaurants lesen.

Als er eine halbe Stunde später dort mit einer Tasse Kaffee an der Arbeitsplatte lehnte, atmete er tief durch, bevor er endlich die Zeitschrift aufschlug. Langsam blätterte er von einer Seite zur nächsten, entdeckte interessante und ausgefallene Gerichte, Artikel über Köche aus asiatischen Ländern und einen Bericht über Jakobsmuscheln, die nach dem heiligen Jakob benannt worden waren, der Schutzpatron der Pilger. Daher wurde die wohlschmeckende Muschel auch Große Pilgermuschel genannt und galt als Symbol besonders der Pilger des berühmten Jakobswegs in Spanien.

Gespannt blätterte er weiter, doch über sein Restaurant fand er kein einziges Wort. André sah die Zeitschrift noch einmal sorgfältig durch, aber er entdeckte nicht eine Zeile über sich. Frustriert ließ er die Zeitschrift sinken. Hatte Cornelia Harthoff sich nur über ihn lustig gemacht? Vielleicht hatte sie nie vorgehabt, einen Artikel über sein Restaurant zu schreiben und hatte stattdessen nur ihre Macht ausgekostet?

Resigniert schob André die Zeitschrift beiseite. Er konnte noch nicht einmal wütend sein auf die Journalistin. Vielmehr ärgerte er sich über sich selbst, weil er offensichtlich zu gutgläubig gewesen war. „Ich werde es auch ohne Sie und Ihren Artikel schaffen, Frau Harthoff“, stieß er zwischen zusammengepressten Zähnen hervor und nahm sich vor, die Journalistin und ihre falschen Versprechungen so schnell wie möglich wieder zu vergessen. Das gelang ihm in den nächsten beiden Wochen tatsächlich, allerdings aus einem sehr unerfreulichen Grund.

Inzwischen war es Herbst geworden und ungewöhnlich kalt. Als André eines Morgens ins Restaurant kam, spürte er sofort, dass etwas nicht stimmte. Es war viel zu kalt im Gastraum. Voller Schreck stellte André fest, dass die Heizung nicht funktionierte. Er lief in den Heizungskeller. Eine Lampe blinkte auf. Offensichtlich lag eine Störung vor.

„Das darf doch nicht wahr sein“, rief André laut, auch wenn ihn niemand hören konnte. Schnell ging er zurück in sein winziges Büro, das er sich neben der Küche eingerichtet hatte und in dem er oft noch spätabends seine Buchführung erledigte. Schnell suchte er die Nummer des Heizungsmonteurs heraus, der schon vor der Eröffnung des Restaurants da gewesen war, tippte die Nummer ein und war froh, als sich der Mann gleich nach dem dritten Klingeln am anderen Ende meldete.

„Ich komme so bald wie möglich vorbei“, versprach

der Mann, nachdem André ihm das Problem geschildert hatte. Erleichtert legte André den Hörer auf. Zu dieser Jahreszeit konnte er nicht mehr einen Tag ohne Heizung auskommen. Kein Gast würde sich in diesem kalten Raum wohlfühlen, auch wenn das Essen noch so gut war.

Doch bis zum Mittag war der Monteur immer noch nicht gekommen, und André geriet langsam in Panik. Es hatten sich bereits die ersten Gäste über die Kälte beschwert, ein paar waren sogar wieder gegangen. Noch einmal rief André den Handwerker an. Angeblich war er längst unterwegs, doch es dauerte bis zum nächsten Vormittag, bis er endlich eintraf. Zwei Stunden später funktionierte die Heizung wieder. Die Rechnung über tausend Mark ließ der Handwerker sich gleich bar bezahlen.

Am Nachmittag rief André dann seinen Vermieter an, der sich gerade wieder in Frankfurt aufhielt, erzählte ihm, dass die Heizung ausgefallen sei und er die Rechnung schon bezahlt habe. Bergmann versprach, ihm das Geld zurückzugeben, wenn er das nächste Mal in Halle sei.

Doch damit waren die Schwierigkeiten mit der Heizung nicht gelöst. Sie fiel in den nächsten beiden Wochen immer wieder aus, und als der Heizungsmonteur zum dritten Mal kam, schüttelte er nur noch den Kopf. „Da ist nichts mehr zu machen“, meinte er. „Hier muss eine neue Anlage rein." Er deutete auf den Kessel. „Das Ding ist völlig veraltet."

Erneut rief André bei seinem Vermieter an, musste jedoch von dessen Sekretärin hören, dass der inzwischen in Leipzig sei. André versuchte es dort, doch niemand ging ans Telefon. Immer wieder rief er im Laufe des Tages und auch am nächsten Morgen an, doch als er gegen Mittag immer noch niemanden erreicht hatte, beschloss er, zu handeln. Inzwischen war es im Restaurant so kalt geworden, dass er es niemandem mehr zumuten konnte, hier zu arbeiten oder gar zu essen. „Ich brauche so schnell wie möglich eine neue Anlage", sagte er zu dem Heizungsmonteur am Telefon. „Können Sie heute noch kommen?"

Der Handwerker verneinte, versprach aber, gleich am nächsten Morgen mit dem Einbau der neuen Anlage zu beginnen. „Spätestens in zwei Tagen ist es wieder warm bei Ihnen", sagte er.

André konnte nur hoffen, dass er sein Versprechen einhielt. Als er dann auch endlich Bergmann ans Telefon bekam, war der gar nicht begeistert, dass André eigenmächtig entschieden hatte, eine neue Heizungsanlage einbauen zu lassen, die etwa zehntausend Mark kosten würde. „Na ja, Sie können ja nicht im Kalten sitzen", räumte er dann ein und bat André, das Geld vorzustrecken, weil der Handwerker auf Barzahlung bestand.

André konnte nur hoffen, dass sein Vermieter Wort

halten würde, denn es war alles, was von dem unterschlagenen Geld noch übrig geblieben war. Jetzt war er auf Gedeih und Verderb darauf angewiesen, dass es mit seinem Restaurant endlich wieder aufwärtsging.

Es dauerte ein paar Tage, bis sich herumgesprochen hatte, dass man im „Chez André" wieder essen konnte, ohne zum Eiszapfen zu werden. Doch André war noch lange nicht zufrieden. Es mussten viel mehr Gäste kommen, damit er endlich einmal Gewinn machen konnte. Aber wenigstens blieb sein Restaurant jetzt nicht mehr ganz leer.

An einem Donnerstagvormittag stand er gerade am Herd, um eine weiße Schokoladenmousse zu machen, als Christiane aufgeregt zu ihm trat. Hinter ihrem Rücken hielt sie eine Zeitschrift versteckt und versuchte, eine unbeteiligte Miene aufzusetzen, obwohl sie ihre Freude kaum verbergen konnte. „Hast du mal einen Augenblick Zeit?", fragte sie unschuldig.

André, der gerade Eigelb mit weißer Crème de cacao und weißem Rum im heißen Wasserbad aufschlug, schüttelte den Kopf. „Erst wenn ich hier fertig bin", entgegnete er.

„Aber es ist wichtig", beharrte Christiane und sah ihn mit flehendem Blick an. „Kann Nadine nicht solange hier weitermachen?"

Mit hochgezogenen Brauen sah André die Freundin an, dann nickte er seiner Küchenhilfe zu. Christiane schien etwas Wichtiges auf dem Herzen zu haben.

„Was gibt's denn?“, fragte er schließlich, nachdem er Nadine erklärt hatte, was zu machen war und mit Christiane zur Seite getreten war. „Sag nicht, dass die Heizung wieder nicht funktioniert.“

Christiane grinste breit. „In Zukunft ist es völlig egal, ob die Heizung geht oder nicht“, sagte sie mit hintergründigem Lächeln. „Es wird hier trotzdem immer voll sein.“

André wurde allmählich ungeduldig, weil vor dem Mittag noch sehr viel zu tun war. „Jetzt sag endlich, was los ist. Sonst kommt nämlich überhaupt niemand mehr, weil keiner was zu essen bekommt.“

Langsam zog Christiane die Zeitschrift hinter dem Rücken hervor und hielt André das Titelblatt vor die Nase. „Kommt dir das hier irgendwie bekannt vor?“, fragte sie schelmisch.

André musste zweimal hinsehen, um zu verstehen. Auf dem Titelblatt war ein Verweis auf sein Restaurant abgedruckt, und als er die angegebene Seitenzahl aufschlug, stockte ihm der Atem. Eine ganze Seite mit Fotos und Text über das „Chez André“! „Das … das ist doch …“

„Der Artikel von Cornelia Harthoff“, vollendete Christiane den Satz für ihn, da ihm die Luft weggeblieben war. „Ich hoffe, ich muss in Zukunft nicht Sie zu dir sagen“, fügte sie mit schiefem Grinsen hinzu.

Aufgeregt las André den Artikel durch. Die Journalistin hatte nicht mit Lob gespart und sein Restaurant als Geheimtipp für kleine, aber exzellente Gerichte hervorgehoben. „Wer das ‚Chez André' bis jetzt immer noch nicht kennt, sollte sich beeilen", hieß es am Schluss. „Denn bald werden Sie draußen Schlange stehen müssen, um einen der begehrten Plätze in diesem Restaurant zu ergattern."

Langsam ließ André die Zeitung sinken. „Dann hat Cornelia Harthoff ihr Versprechen doch gehalten." Er konnte immer noch nicht glauben, was da über ihn geschrieben stand. Wenn dieser Artikel erst einmal die Runde gemacht hatte, würde er alle Hände voll zu tun bekommen. Noch einmal las er den Text langsam durch und betrachtete das Bild, das ein Fotograf einen Tag nach dem Besuch der Kritikerin aufgenommen hatte. Es zeigte André in weißer Schürze am Herd.

„Ein tolles Foto von dir", meinte Christiane augenzwinkernd. „Nach diesem Artikel wird nicht nur das Restaurant voll sein, du wirst auch jede Menge Heiratsanträge bekommen."

André lachte ausgelassen. „Das Erstere würde mir schon vollauf reichen", entgegnete er. Hätte er allerdings gewusst, was dieser Artikel und sein Bild wenige Wochen später heraufbeschwören sollte, wäre ihm das Lachen im Hals stecken geblieben.

10. KAPITEL

André hätte sich gern bei Cornelia Harthoff für ihren überschwänglichen Artikel bedankt. Doch in der Redaktion der Gourmetzeitschrift, für die sie arbeitete, wollte er nicht anrufen. Denn zum einen hatte er sich noch nie irgendwo angebiedert, und zum anderen wusste er nicht, ob es ihr recht sein würde. Also konnte er nur hoffen, dass sie bald einmal wieder vorbeikommen würde. Dann würde sie mit eigenen Augen sehen können, dass nach ihrem Artikel tatsächlich wieder mehr Gäste kamen. An manchen Abenden war jeder Tisch besetzt, und André überlegte schon, noch eine zusätzliche Küchenhilfe einzustellen, sollte das Geschäft weiter so gut laufen. Doch noch konnte er sich keine weiteren Ausgaben leisten. Sein Vermieter ließ immer noch auf sich warten.

Eines Abends rief Bergmann dann endlich an. „Ich wusste ja gar nicht, was für einen großartigen Koch ich da unter meinem Dach beherberge“, sagte er in bester Laune. „Herzlichen Glückwunsch, Herr Konopka. Ich habe eben den Artikel über Sie und Ihr Restaurant gelesen.“

André bedankte sich. Er freute sich über die Glückwünsche. Ihm wäre es allerdings noch lieber gewesen, wenn sein Vermieter ihm endlich das Geld zurückgezahlt hätte, das er für ihn ausgelegt hatte.

„Ich bin in ungefähr drei Wochen wieder in Halle", sagte Bergmann jetzt. „Dann begleiche ich selbstverständlich meine Schulden bei Ihnen." Er räusperte sich. „Es macht Ihnen ja wohl nichts aus, noch ein bisschen zu warten ... so gut wie Ihr Restaurant läuft."

André verkniff sich einen Kommentar. Was sollte er auch sagen? Dass er immer noch hoch verschuldet war und bei der Bank gerade mal die monatlichen Zinsen abbezahlen konnte? Und dass all das Geld, das er vom Konto einer Frau abgehoben hatte, die er in seinem Leben nie wiederzusehen hoffte, inzwischen auch aufgebraucht war? Nein, all das ging seinen Vermieter nichts an. Und die drei Wochen, bis er sein Geld von ihm zurückbekommen würde, würde er schon noch überstehen.

Ein paar Tage später saß Cornelia Harthoff wieder an dem Stehtisch, an dem sie auch beim ersten Mal gesessen hatte. André hätte sie gar nicht bemerkt, wenn er nicht zufällig in den Gastraum gekommen wäre, um Alfred kurz zu begrüßen, der mit einem der Professoren, mit denen er an der Universität zusammenarbeitete, zum Essen gekommen war. André wollte gerade wieder zurück in die Küche gehen, als er die Journalistin entdeckte.

„Das wird aber auch langsam Zeit", rief sie, als er zu dem Stehtisch ging, hinter dem sie auf einem Barhocker saß. Sie zwinkerte ihm zu. „Und ich dachte schon, Sie wollten nichts mehr mit mir zu tun haben."

„Ganz im Gegenteil." Lachend deutete André auf den Gastraum, in dem jeder Platz besetzt war. „Aber Sie sehen ja selbst, was hier los ist." In gespielter Verzweiflung seufzte er auf. „All die Arbeit habe ich Ihnen zu verdanken, Frau Harthoff. Da bleibt keine Zeit mehr für das Vergnügen."

Cornelia zwinkerte ihm verschmitzt zu. „Ein fataler Fehler von mir. Dann wäre es wohl besser gewesen, wenn ich den Artikel gar nicht geschrieben hätte." Als André lachend abwinkte, fügte sie hinzu: „Zumindest hatten Sie ja noch eine Galgenfrist, weil der Artikel später erschienen ist als ursprünglich geplant. Jetzt sind Sie mir allerdings auch einen Gefallen schuldig." Sie sah ihn herausfordernd an. „Begleiten Sie mich am Samstag zur Verlobung meiner großen Schwester! Ich brauche dringend einen Kavalier." Sie deutete auf den freien Barhocker an ihrem Tisch. „Setzen Sie sich doch bitte einen Moment und erzählen Sie mir ein bisschen mehr von sich. Bis jetzt weiß ich ja nur, dass Sie ein exzellenter Koch sind."

André lächelte, da sie ohne Punkt und Komma geredet hatte. Außerdem spürte er, dass er sich gern weiter mit ihr unterhalten würde. „Sehr gern. Ich muss nur kurz in der Küche ein paar Anweisungen geben."

Wenig später kam er mit einem Tablett zurück, auf

dem ein Teller mit selbst gemachtem Käsegebäck und zwei Gläser trockener Sherry standen. Er stellte den Teller auf den Tisch, reichte der Journalistin ein Glas und stieß mit ihr an. „Ich freue mich sehr, dass Sie gekommen sind“, sagte er. „Und auf die Verlobung bin ich jetzt schon gespannt.“

Cornelia nahm einen Schluck vom Sherry und probierte das Gebäck. „Köstlich“, sagte sie. „Zu oft darf ich allerdings nicht kommen, sonst kann ich mir bald eine neue Garderobe zulegen.“ Sie nahm noch ein Stück. André bot das Käsegebäck erst seit Kurzem an. Er überraschte seine Gäste immer wieder mit etwas Neuem. „Haben Sie das eben ernst gemeint? Sie begleiten mich zur Verlobung?“

André nickte. „Aber natürlich. Warum denn nicht, Frau Harthoff?“

„Cornelia, bitte“, unterbrach sie. „Und wir sollten uns duzen. Wie soll ich meiner Schwester sonst glaubhaft machen, dass wir uns schon länger kennen?“

André zog die Stirn kraus. „Das müssen Sie mir … ich meine, dass musst du mir näher erklären. Damit ich weiß, auf was ich mich da eigentlich einlasse“, fügte er verschmitzt grinsend hinzu.

Cornelia seufzte auf. „Meine große Schwester hat immer schon die Hauptrolle gespielt“, begann sie, und ihr Gesicht hatte jetzt einen ernsten Ausdruck angenommen. „Sie war immer die Schönste, die Schlauste …

von allem hatte sie ein bisschen mehr als ich.“ Sie schwieg und nippte an ihrem Sherry.

Verstohlen sah André sie an. Cornelia war eine gut aussehende und sehr interessante Frau mit Esprit. Er konnte sich kaum vorstellen, dass ihre ältere Schwester interessanter oder schöner sein sollte.

Vermutlich hatte Cornelia sich das von Kindheit an eingeredet, weil sie sich aus welchen Gründen auch immer zurückgesetzt fühlte. Werner war für ihn schließlich auch stets ein Vorbild gewesen, allein schon deshalb, weil er durch den Altersunterschied viel mehr Erfahrung hatte. Aber war er deswegen ein besserer Mensch, oder hatte er aus diesem Grund sein Leben besser im Griff? André wusste keine Antwort auf diese Frage. Allerdings hätte er sich gewünscht, dass Werner ihn in diesem Augenblick sehen könnte – in seinem eigenen Restaurant, das bis auf den letzten Platz besetzt war, zusammen mit einer sehr gefragten Restaurantkritikerin. All das hatte er seinem Können zu verdanken.

André wurde aus seinen Gedanken gerissen, als Cornelia nun weitersprach. „Ich weiß nicht, warum ich dir das alles beichte“, sagte sie. „Wir kennen uns ja kaum. Und trotzdem habe ich das Gefühl, dass du mich verstehst.“ Als er nickte, fuhr sie fort: „Vor einem Jahr habe ich einen Fotografen kennengelernt, mit dem ich eine ganze Zeit lang sehr gut zusammengearbeitet habe. Schließlich verliebten wir uns ineinander und verbrachten ein paar wunderschöne Wochen miteinander.“ Sie schwieg einen Moment. „Du glaubst sicher, dass jetzt die übliche Geschichte kommt, nämlich dass meine Schwester mir diesen Mann ausgespannt hat.“ Sie schüttelte den Kopf. „Es war schlimmer. Sie wurde plötzlich krank, von einem Tag auf den anderen, hat nichts mehr gegessen und getrunken, bis ich sie ins Krankenhaus einliefern musste.“

Entsetzt sah André sie an. Am liebsten hätte er ihre Hand genommen, da Cornelia plötzlich sehr zerbrechlich wirkte. „Und was ist dann geschehen?“, fragte er und schaute sie mitfühlend an. Denn er hatte das Gefühl, dass es nicht so sehr ihre ältere Schwester war, die gelitten hatte, sondern Cornelia selbst.

„Zuerst ging es ihr weiter sehr schlecht“, erklärte sie. „Und dann sagte sie mir eines Tages, dass sie das Gefühl hätte, ihr Leben sei völlig sinnlos und dass sie für niemanden wichtig wäre. Und jetzt, da ich einen Freund hätte, der mich liebt, würde sie sich gänzlich allein und verlassen fühlen.“

André hatte mit wachsendem Unmut zugehört, da er glaubte, dass Cornelias Schwester vermutlich rasend eifersüchtig auf die Jüngere war und sie durch ihre Krankheit manipulieren wollte. Doch er versuchte, sich nichts davon anmerken zu lassen. Es stand ihm nicht zu, ein Urteil zu fällen.

Cornelia hob die Schultern. „Kurz darauf habe ich mit

meinem Freund Schluss gemacht, um meiner Schwester zu zeigen, wie sehr ich sie liebe und wie wichtig mir ihr Wohlergehen ist." Sie lachte bitter auf. „Und sie hat es mir gedankt, indem sie sich dem erstbesten Mann an den Hals geworfen hat, der einigermaßen ihren Ansprüchen genügte. Sie hat ihn vor einem Monat kennengelernt. Und jetzt verloben sie sich." Sie schüttelte den Kopf. „Natürlich will ich mir dieses Prachtexemplar ansehen, von dem sie mir am Telefon in den höchsten Tönen vorgeschwärmt hat." Ein Lächeln umspielte jetzt ihre Lippen. „Ich glaube, sie wird vor Neid platzen, wenn ich mit dir auftauche."

„Dann nimmst du mich also mit, um ihr eins auszuwischen?", fragte André, der ganz und gar nicht beleidigt war, dass Cornelia ihn für ihre Zwecke benutzen wollte. Als sie ihn ein wenig schuldbewusst ansah, winkte er ab. „Warum denn auch nicht", meinte er leichthin. „Schließlich hast du mir mit deinem Artikel auch einen großen Gefallen getan. Wie sagt man so schön: Eine Hand wäscht die andere."

Cornelia hob ihr Sherryglas. „So ist es", meinte sie. „Allerdings hoffe ich, dass wir uns auch nach der Verlobung noch sehen. Ich habe nämlich das Gefühl, dass wir beide uns sehr gut verstehen könnten. Als Freunde, meine ich", fügte sie schnell hinzu, um André von Anfang an klarzumachen, dass sie nicht mehr von ihm wollte.

Er nickte bestätigend. „Als gute Freunde", wiederholte er und stieß mit ihr an. Eine so interessante Frau wie Cornelia Harthoff traf man nicht alle Tage. Außerdem fühlte er sich ein wenig seelenverwandt mit ihr. Und vielleicht könnte er mit ihr auch einmal über seinen Sohn sprechen, der ihm immer wieder Kopfschmerzen bereitete. Simon wurde bald achtzehn, und André fürchtete, dass er dann seiner eigenen Wege gehen würde, ohne seinen Vater an seinem Leben teilhaben zu lassen.

In den nächsten Tagen bereitete André so viel er konnte für Samstag vor und wies Nadine genau ein, was sie zu tun hatte.

„Wird schon schiefgehen, Chef", meinte Nadine am späten Freitagabend, nachdem sie alle Vorspeisen und Desserts für den morgigen Tag zubereitet hatten. „Schließlich habe ich ja den besten Lehrer."

André lächelte. „Ich bin ja nur am Nachmittag für drei oder vier Stunden weg. Und wenn es Probleme gibt, ruf mich an. Ich kann in höchstens einer halben Stunde hier sein."

Christiane, die gerade benutztes Geschirr hereinbrachte, schüttelte den Kopf. „Genieß doch lieber mal die paar freien Stunden", meinte sie. „Schließlich bin ich ja auch noch da. Wir schaffen das schon."

Trotzdem hatte André ein seltsames Gefühl, als er am nächsten Tag gegen Mittag sein Restaurant verließ, um schnell nach Hause zu fahren und sich für die Verlobung umzuziehen. Nicht etwa deshalb, weil er Nadine und Christiane nicht zutraute, für ein paar Stunden allein zurechtzukommen, denn die beiden waren so gut eingearbeitet, dass er keine Bedenken haben musste.

Vielmehr hatte er fast das Gefühl, etwas Kostbares plötzlich in andere Hände zu geben, einen Schatz, von dem er so lange geträumt hatte und der nun ihm gehörte, obwohl er es manchmal immer noch nicht glauben konnte. Manchmal schreckte er mitten in der Nacht aus einem Traum hoch, der ihm den Schweiß auf die Stirn trieb. In diesem Traum verließ er morgens seine Wohnung, um zu seinem Restaurant zu fahren. Er stieg in den Bus, der ihn dorthin bringen würde. Je näher er kam, desto mehr schwarze Wolken zogen am Himmel auf, der so tief hing, dass André glaubte, ihn fast berühren zu können. Als er dann aus dem Bus ausstieg, um die letzten hundert Meter zu Fuß zu gehen, war es so dunkel, dass er nichts mehr sehen konnte. Doch er tastete sich weiter, bis zum Ende der Straße, wo sein Restaurant stand, das er aufsperren wollte. Aber da stand nichts mehr. Angestrengt starrte André in die Dunkelheit, in das große klaffende Loch, das sich vor ihm auftat und all das, was er sich erträumt hatte, in sich verschluckt hatte.

Erst als Cornelia ihn eine Stunde später mit ihrem kleinen Sportwagen zu Hause abholte, schaffte er es, die dunklen Gedanken zu verscheuchen. Niemand darf mir dieses Restaurant jemals wieder wegnehmen, dachte er, bevor er ihr die Tür öffnete. Es ist doch mein Leben!

„Wow!“, sagte Cornelia, als André zu ihr in den Wagen stieg. „Warum bin ich dir nur nicht früher begegnet?“

André zuckte mit den Schultern. Er wusste, wie gut er in seinem dunklen Anzug aussah. „Das Kompliment gebe ich sehr gern zurück“, entgegnete er und sah die Journalistin bewundernd an, da er sie zum ersten Mal im Kleid sah, das ihr ausnehmend gut stand und dessen Blau ihre großen Augen noch mehr zum Leuchten brachte.

Die Verlobungsfeier fand zu Hause bei Cornelias Schwester statt – in einer großen Villa, die ganz in Weiß eingerichtet war und einen eher sterilen Eindruck machte. In dem geräumigen Esszimmer war ein Büfett aufgestellt worden, und ein paar junge Bedienungen versorgten die Gäste mit Getränken. Im Hintergrund war ein Podest aufgebaut, auf dem eine Band stand und Swing spielte.

André erkannte Cornelias Schwester sofort unter all den Gästen, die schon da waren. Sie war eine große, gut aussehende Frau, die jedoch eine Kälte ausstrahlte, die ihm einen Schauer über den Rücken jagte. Ihr Lächeln, das sie aufgesetzt hatte, als sie ihre jüngere Schwester an seinem Arm entdeckte, wirkte sehr gekünstelt. Unterschiedlicher hätten zwei Schwestern nicht sein können.

„Nele“, rief sie und eilte auf die Jüngere zu. „Wie

schön, dass du doch gekommen bist. Ich dachte schon …“ Sie sah André an. „Cornelia ist manchmal ein bisschen schwierig“, meinte sie leichthin. „Aber sie ist eine Seele von Mensch.“

André spürte, wie die Frau an seiner Seite zusammenzuckte. Jetzt war er froh, dass er zugestimmt hatte, sie zu begleiten. Denn er wusste genau, wie sie sich im Moment fühlte. Vermutlich genauso wie er selbst, als sein älterer Bruder ihm vor einigen Jahren mit wenigen Worten zu verstehen gegeben hatte, was er von ihm hielt – nämlich gar nichts.

Dabei war es Werner gewesen, der ihm mit seiner Flucht die Karriere verbaut hatte. Genau wie es Cornelias ältere Schwester war, die der Jüngeren durch ihre maßlose Eifersucht und Egozentrik die Liebe verbaut hatte.

André sah sein Gegenüber mit festem Blick an. „Entschuldigen Sie, wenn ich Ihnen als Gast in Ihrem Hause widerspreche“, gab er mit seinem charmantesten Lächeln zurück. „Eine Seele von Mensch, das sagt nur die halbe Wahrheit.“ Er sah jetzt Cornelia an. „Ihre Schwester hat das, was man Herzenswärme nennt und was man leider“, sein Blick schweifte wieder zu der Älteren, „nur sehr selten findet.“ Er lächelte. „Darf ich Ihnen trotzdem zu Ihrer Verlobung gratulieren?“ Er erntete einen eisigen Blick, dann war er wieder mit Cornelia allein.

Sie nahm seine Hand und drückte sie. „Das Gleiche

hätte ich schon vor Jahren zu ihr sagen sollen", meinte sie. „Danke."

André grinste. „Da wir jetzt quitt sind, können wir ja endlich zum vergnüglichen Teil übergehen." Er zog sie auf die kleine Tanzfläche und wirbelte gekonnt mit ihr zu dem Samba herum, den die Band eben angestimmt hatte. Schon lange hatte er sich nicht mehr so leicht und unbeschwert gefühlt. All die Anspannung der letzten Wochen, in denen er sich um sein Restaurant gesorgt hatte, fielen von ihm ab. Mit seinen Worten eben hatte er nicht nur Cornelias Schwester einen empfindlichen Schlag versetzt, sondern im Stillen auch Werner.

In der nächsten Zeit traf er sich immer wieder mit Cornelia und genoss es, Zeit mit ihr zu verbringen. Hier und da ein Kinobesuch, ein kurzer Spaziergang oder ein Kaffee reichten aus, um ihre Freundschaft zu vertiefen. Er merkte, dass Cornelia gern mehr Zeit mit ihm verbracht hätte, aber sie spürte wohl auch, wie wichtig ihm sein Restaurant war. Und sie bewunderte ihn dafür, wie sehr er sich dafür einsetzte und sich immer wieder etwas Neues einfallen ließ, um die Gäste zu halten. Es gefiel ihm sehr, wie sie sich für seine Arbeit interessierte, und er hoffte natürlich, dass er mit ihrer Hilfe und einem weiteren Artikel in anderen Gourmetzeitschriften noch bekannter würde; sie spielte mit dem Gedanken, zu einer anderen Zeitschrift mit einer höheren Auflage zu wechseln. Außerdem hörte er ihr gern zu, wenn sie ihm von ihren Reportagen erzählte und den Restaurants, die sie immer wieder besuchte.

Als Cornelia André eines Abends aus dem Restaurant abholen wollte, um noch einen gemeinsamen Absacker in einer Bar zu nehmen, fand sie ihn, den Kopf in seine Hände gestützt, in seiner Küche vor. Er war so in seine Gedanken versunken, dass er sie erst bemerkte, als sie ihm auf die Schulter tippte.

„Oh", sagte er. „Cornelia. Hallo. Ich …" Er sah müde aus.

Sie musterte ihn eingehend. „Dein Sohn?", fragte sie schließlich. André hatte ihr vor einer Weile anvertraut, dass Simon und er sich immer weiter voneinander entfernten.

Er nickte. „Er ist ausgezogen."

Cornelia sah ihn eine Weile schweigend an. „Vielleicht tut euch eine Pause gut", sagte sie schließlich mit ernstem Gesicht. „So wie meiner Schwester und mir. Manches klärt sich dann wie von selbst."

André lächelte schief. „Bestimmt hast du recht. Und schließlich … er ist erwachsen! Er wird seinen Weg schon machen. Er war ja schon als kleiner Junge so selbstständig …" Er brach ab. Vielleicht würde ihnen etwas Abstand wirklich gut tun. Vielleicht würden sie sich dann wieder näherkommen, so nah, wie sich früher einmal gewesen waren. Er seufzte. „Es ist nur ... als ich gestern nach Hause gekommen bin, war es so furchtbar still. Sein Zimmer sieht verwaist aus. Es liegt nichts mehr auf dem Boden wie sonst immer ...“ Er hielt einen Moment inne, schluckte und schüttelte dann den Kopf. „Er ist 18 Jahre alt. Er ist erwachsen. Kinder werden flügge. So ist da nun mal.“

Cornelia strich im sanft über die Wange. Es tat ihr in der Seele weh, wie einsam und verloren er aussah.

An diesem Abend begleitete sie ihn zum ersten Mal in seine Wohnung. André wollte nicht allein sein. Er wollte in ihren Armen vergessen. Doch als er am nächsten Morgen aufwachte, war er wieder allein. Cornelia war schon gegangen und hatte ihm nur eine kurze Nachricht auf dem Nachttisch hinterlassen. Und André fühlte sich unendlich leer.

In den nächsten Tagen hatte er alle Hände voll zu tun, und er war froh darüber. So kam er wenigstens nicht zum Nachdenken. Sein Sohn war erwachsen. Es war sein gutes Recht, von zu Hause auszuziehen. Punktum.

Nach ungefähr einer Woche tauchte Cornelia am Nachmittag in der Küche auf.

André zwinkerte ihr verschmitzt zu. „Hast du endlich beschlossen, kochen zu lernen?“, zog er sie auf, weil sie ihm erzählt hatte, dass sie in der Küche zwei linke Hände hätte. Er deutete auf eine Schürze, die an einem

Haken hing. „Ich wette, die steht dir ausgezeichnet."

Cornelias Lächeln wirkte gezwungen. „Ich wollte dir eigentlich etwas erzählen", sagte sie. „Hast du einen Moment Zeit?"

Erst jetzt bemerkte André den ernsten Ausdruck in ihrem Blick. „Ja, natürlich." Er machte schnell zwei Espresso in der Maschine, die am Fenster stand, und folgte Cornelia damit in den Gastraum, in dem es um diese Zeit fast leer war.

„Man hat mir einen neuen Job angeboten", sagte sie, als sie sich gesetzt hatten. „Bei einer der führenden Gourmetzeitschriften", fügte sie hinzu.

„Aber das ist doch großartig", meinte André, der hoffte, dass sie auch dort über ihn einen großen Artikel veröffentlichen würde. Denn er brauchte noch viel mehr Publicity, damit mehr Gäste kamen und sich seine Arbeit endlich auch einmal finanziell auszahlen würde.

Cornelia nippte an ihrem Espresso. „Klar, ich freue mich ja auch, nur …" Sie stellte ihre Tasse ab. „Ich werde nach New York gehen, André."

„New York?" André schluckte schwer. Obwohl er diese Frau erst seit ein paar Wochen kannte, hatte er das Gefühl, eine Freundin zu verlieren, die ihn schon lange begleitet hatte.

„Es tut mir leid", sagte sie. „Aber ich konnte das Angebot unmöglich abschlagen."

André nickte langsam. Simon war gegangen, und nun

würde auch Cornelia gehen. Wenigstens sein Restaurant blieb ihm. Und er würde nie im Leben zulassen, dass irgendjemand es ihm nehmen würde.

In den nächsten Jahren steckte André all seine Energie in sein Restaurant. Er ging ganz in seiner Arbeit auf, doch nicht immer lief es so gut, wie er es sich zu Anfang vorgestellt hatte. Doch er hatte sich vorgenommen, unermüdlich weiterzukämpfen. „So schnell gebe ich nicht auf", hatte er Cornelia zwischendurch mal geschrieben, die immer noch in New York war und dort vermutlich auch bleiben würde. Dass sein Sohn Simon nicht mehr da war, schmerzte André, und er hoffte, dass sein Sohn irgendwann zurückkommen würde.

Für das kommende Wochenende hatte sich sein Vermieter angekündigt. André konnte sich wieder darüber freuen, denn das Geld, das er ihm damals ausgelegt hatte, hatte Bergmann ihm eines Tages zurückgegeben.

„Könnten Sie mir bitte für Samstagabend einen Tisch reservieren", bat Bergmann, als er anrief. „Für zwei Personen", fügte er nach einer Pause hinzu. „Und wenn Sie vielleicht etwas ganz Besonderes kochen könnten", fuhr er fort. „Nicht dass ich Ihre Kochkunst in Zweifel ziehen will, aber ich möchte meinem Gast etwas Außergewöhnliches bieten."

André musste lächeln. Sicher handelte es sich um eine Frau, auf die sein Vermieter Eindruck machen wollte.

„Sie werden ganz sicher nicht enttäuscht werden", versprach er.

Am Samstag, nachdem die Mittagsgäste versorgt waren, bereitete er zusammen mit Nadine das Menü für Bergmann und seine Begleitung vor. Als Vorspeise hatte er sich für Kürbissuppe mit Krabben entschieden. Die Hauptspeise bestand aus Lachs mit Limettensoße und Tomaten-Tortellini, und als Dessert würde er eine Kokos-Karamell-Creme auf Blutorangen-Carpaccio servieren.

„Hm, das riecht ja köstlich hier", sagte Christiane, die im Großmarkt gewesen war und eingekauft hatte. Sie stellte die große Schachtel ab und schaute André über die Schulter, der gerade aus enthäuteten Tomaten, Schalotten und verschiedenen Kräutern die Füllung für die Tortellini einkochte. „Heute ist wohl ein ganz besonderer Tag", meinte sie.

André zuckte mit den Schultern. „Bergmann kommt am Abend. Er bringt noch jemanden mit, ich glaube, eine Frau."

Christiane fing an, die Lebensmittel auszuräumen, die sie gekauft hatte. „Mit diesem Essen wird er bestimmt Eindruck auf sie machen … und du erst recht." Sie lachte. „Hoffentlich ist es nicht seine Henkersmahlzeit, bevor sie ihn ins Ehegefängnis führt."

André grinste. „Solange es nicht meine Henkersmahlzeit ist, kann es mir egal sein."

Am Nachmittag war alles so weit vorbereitet, und André kümmerte sich wieder um die Zubereitung der anderen Gerichte. Das war auch dringend notwendig, denn das Restaurant hatte sich plötzlich gefüllt. Ein paar Gäste tranken sogar an der Theke einen Espresso oder einen Aperitif und warteten, bis wieder ein Tisch frei wurde. André freute sich sehr über diesen Andrang, der nicht nur auf seine gute Küche zurückzuführen war. An diesem Abend spielte auch René wieder auf dem Klavier. Das lockte auch einige jüngere Leute an, die allerdings meist nur ein Clubsandwich oder ein Stück von dem warmen Käsekuchen aßen. Doch André war jeder Gast recht, selbst wenn er nur ein Glas Wasser trank. Denn abgesehen davon, dass er Geld verdienen musste, machte es ihm einfach Spaß, seinen Gästen ihren Aufenthalt in seinem Restaurant so angenehm wie möglich zu gestalten. „Im ‚Chez André' ist der Gast wirklich noch König", das hatte auch Cornelia in ihrem Artikel geschrieben.

Bergmann kam gegen acht Uhr am Abend. André bereitete in der Küche gerade ein Kalbsfilet vor, als Christiane ihm Bescheid gab. „Er hat tatsächlich eine Frau mitgebracht", sagte sie und hob die Schultern. „Sie sieht auf jeden Fall nach Geld aus."

André grinste. „Kann ja nicht schaden, nachdem Bergmann wohl ein bisschen knapp bei Kasse ist. Und was hat sie sonst noch zu bieten?", wollte er wissen, während die Kalbsmedaillons langsam in der Pfanne brutzelten.

„Sie sieht eigentlich ziemlich gut aus", entgegnete Christiane und schüttelte den Kopf. „Ich frage mich, was sie an deinem Vermieter wohl findet. Ein Beau ist er ja nicht gerade."

André hatte sich über Bergmanns gedrungene Gestalt und den runden Kopf noch nie sonderlich Gedanken gemacht. „Er hat sicher auch seine Qualitäten", gab er zurück, dann winkte er Nadine zu sich und bat sie, die Kalbsmedaillons fertig zu machen, da er sich nun um Bergmanns Menü kümmern musste. Alles war soweit vorbereitet, der Lachs war im Ofen. Jetzt musste noch die Limettensoße gemacht werden.

Nachdem Christiane Bergmann und seiner Begleiterin die Kürbissuppe mit Krabben serviert hatte, ging André schließlich hinaus, um seinen Vermieter persönlich zu begrüßen. Er schlängelte sich an den Tischen vorbei und nickte den anderen Gästen freundlich zu, die angeregt miteinander plauderten, ihm zulächelten oder sich lobend über ihr Essen äußerten. Im Hintergrund erklang dezente Klaviermusik. Alles war so, wie André es sich immer erträumt hatte.

Bergmann saß ganz hinten an einem Tisch, die Frau, die ihn begleitete, konnte er allerdings nicht entdecken. Vermutlich machte sie sich gerade frisch.

Bergmann streckte ihm die Hand entgegen und lächelte ihn erfreut an. „Herr Konopka, freut mich sehr. Mit Ihrer Kürbissuppe haben Sie sich mal wieder selbst übertroffen.“ Er stand auf und schaute über Andrés Schulter. „Darf ich Ihnen meine Begleiterin …“

„Nicht nötig“, erklang in diesem Augenblick eine weibliche Stimme hinter André. „Herr Konopka wird sich noch bestens an mich erinnern.“

Wie erstarrt stand André da. Er kannte diese Stimme – die Stimme, die er nie wieder in seinem Leben hatte hören wollen. Er wusste, dass er irgendetwas sagen, irgendetwas tun musste, doch sein Körper und seine Stimme gehorchten ihm nicht. Es kam ihm wie eine Ewigkeit vor, bis er sich umdrehte – und in Evelyns spöttisch lächelndes Gesicht sah.

„Wie heißt es doch immer: Die Welt ist klein“, sagte sie. Als sie Andrés entgeisterte Miene bemerkte, meinte sie: „Du fragst dich sicher, welchem Zufall du es zu verdanken hast, dass ich hier bin.“ Sie strich sich eine Haarsträhne aus der Stirn. „Es ist kein Zufall, sondern … nun, nennen wir es deine Eitelkeit.“

Dann erzählte sie in kurzen Worten, dass sie Bergmann neulich in Leipzig kennengelernt hätte, der ihr dann vor zwei Tagen die Gourmetzeitschrift mit dem Artikel über ihn gezeigt und stolz verkündet hatte, dass Andrés Restaurant sich in seinem Haus befinden würde. „Und du wirst sicher verstehen, dass ich mir einen Besuch bei dir nicht entgehen lassen konnte."

„Ja, natürlich", entgegnete André, ohne zu merken, dass er überhaupt etwas gesagt hatte.

Jetzt schaltete sich Bergmann ein, der ein wenig irritiert schien, dass André und Evelyn sich kannten. „Wollen Sie sich nicht einen Augenblick zu uns setzen, Herr Konopka?", meinte er. „Offensichtlich haben Sie beide sich ja einiges zu erzählen."

„Das kann man wohl sagen", warf Evelyn schnell ein, bevor André auch nur ein Wort sagen konnte. Mit durchdringendem Blick sah sie ihn an. „Zum Beispiel würde ich gern wissen, wo die fünfzigtausend Mark geblieben sind, die du unterschlagen hast …"

„Ich weiß nicht, wovon Sie sprechen", unterbrach André zwischen zusammengebissenen Zähnen. Er wusste nur eins: Er musste verschwinden, und zwar so schnell wie möglich.

„Das wirst du mir büßen, du Verbrecher! Du kommst nicht ungeschoren davon, dafür werde ich sorgen", sagte sie schneidend und funkelte ihn böse an. Sicher würde sie gleich die Polizei rufen.

Ohne ein weiteres Wort drehte er sich auf dem Absatz um und verließ das „Chez André". Er schaute sich nicht mehr um. Er hörte nur noch, wie die Tür hinter ihm ins Schloss fiel.

Wie blind hastete er draußen durch die dunklen Straßen – immer weiter weg von dem Ort, dem Restaurant, das sein Leben war. Er wusste, dass er es nie wiedersehen würde.

Er merkte nicht, dass die Passanten, an denen er vorbeilief, ihm neugierig hinterherschauten – einem Mann in weißer, langer Kochschürze. Er lief weiter, immer weiter, bis er schließlich in einem dunklen Hauseingang stehen blieb, atemlos und zitternd, da es empfindlich kalt war. Er versuchte, ruhiger zu atmen, um einen klaren Kopf zu bekommen. Doch alles, an was er denken konnte, war, dass es vorbei war.

Der Traum von seinem eigenen Restaurant, den er sich endlich hatte erfüllen können, war ausgeträumt. Jetzt stand er endgültig auf der Straße. Denn auch in seine Wohnung konnte er nicht mehr zurück. Es war nur eine Frage der Zeit, bis Evelyn ihn dort aufspüren würde. Sie musste ja nur seinen Vermieter fragen.

André überlegte einen Moment, ob er zu Alfred gehen sollte, um ihn zu bitten, wenigstens in dieser Nacht bei ihm schlafen zu können. Doch schnell verwarf er den Gedanken wieder. Seine Freunde wussten ja nichts von dem Geld, das er unterschlagen hatte. Wie aber sollte er ihnen sonst erklären, dass er Hals über Kopf aus seinem Restaurant geflohen war und nicht mehr zurückkonnte.

Nach einer Weile ging er weiter, ohne zu wissen, wohin. Schließlich blieb er vor einer kleinen Bar stehen, die am Stadtrand in einem nicht besonders anheimelnden Viertel lag. Trotzdem trat André ein. Seine

Schürze hatte er abgenommen. Er besaß nur noch das Geld, das in seiner Hosentasche steckte. Verbrauchte Luft, die nach Zigarettenqualm und Alkohol roch, schlug ihm entgegen, als er zu der Holztheke ging und sich auf einen Barhocker setzte.

„Ein Bier“, sagte er zum Mann hinter der Theke, der ihm knapp zunickte. Während der Barmann das Bier zapfte, sah André sich in der schummrigen Bar um. Es waren nicht viele Gäste da, ein Mann, der ein Stück weiter an der Theke saß und sich nur noch mühsam aufrecht halten konnte, ein Pärchen, das sich am Flipper austobte, und drei Männer, die an der Wand an einem Tisch saßen und sich lauthals über das letzte Fußballspiel ihres Vereins ausließen.

Das Bier, das der Barmann wenig später vor ihn hinstellte, stürzte André in einem Zug hinunter. „Noch mal das Gleiche“, sagte er und schob sein leeres Glas über die Theke. Müde stützte er den Kopf in die Hand. Er konnte immer noch nicht begreifen, was in der letzten Stunde passiert war. Wie kam Evelyn ausgerechnet an seinen Vermieter? Dann fiel ihm schlagartig ein, dass sie von ihren Geschäften in Leipzig erzählt hatte. Und Bergmann hatte seit einiger Zeit auch ein Büro in Leipzig. Also mussten sie sich dort irgendwo über den Weg gelaufen sein. André fluchte leise.

In diesem Moment schob der Barmann ihm ein Schnapsglas mit Danziger Goldwasser hin. „Du siehst so aus, als ob du einen kräftigen Schluck brauchen könntest“, meinte er.

André starrte auf das Glas, dann nahm er es und kippte die Flüssigkeit herunter, die ihm in der Kehle brannte. „Noch einen“, sagte er zu dem Mann hinter der Theke.

„Deine Frau hat dich wohl vor die Tür gesetzt“, vermutete der Barmann, als er das gefüllte Schnapsglas erneut vor André hinstellte.

Der schüttelte langsam den Kopf, kam aber nicht dazu, etwas zu erwidern, weil einer der Männer aus dem Hintergrund rief: „Hey, Charly, noch eine Runde.“

Als Charly dann wieder hinter der Theke stand, warf er André erneut einen neugierigen Blick zu, ohne jedoch etwas zu sagen. Stattdessen begann er, die schmutzigen Gläser abzuspülen.

André schwieg noch eine ganze Weile, doch er spürte, dass er mit irgendjemandem reden musste. Und der Einzige, der ihm jetzt blieb, war dieser Barmann, den er eben erst kennengelernt hatte. „Meine Frau war es nicht, die mich vor die Tür gesetzt hat“, begann er stockend. „Aber … wegen einer Frau stehe ich jetzt auf der Straße.“

Charly zuckte mit den Schultern. „So was soll vorkommen“, meinte er. „Aber davon lässt du dich doch nicht unterkriegen, was?“ Er deutete mit dem Kopf auf das leere Bierglas. Als André nickte, schenkte er ihm erneut ein.

André nahm einen großen Schluck, bevor er weitersprach. „So einfach ist das nicht“, sagte er und starrte auf die Theke vor sich. „Bis vor einer Stunde hatte ich noch ein Restaurant … und jetzt habe ich nichts mehr.“ Er stockte, weil seine Kehle plötzlich wie zugeschnürt war. Jetzt, wo er es zum ersten Mal ausgesprochen hatte, merkte er erst, dass ihm der Boden unter den Füßen weggezogen worden war. Nun gab es nichts mehr, was ihm noch Halt und Sicherheit bieten könnte.

„Verstehe.“ Charly fuhr sich mit den Fingern durch die Haare. „Und was hat die Frau damit zu tun?“ Da André schwieg, hob er eine Hand. „Du musst mir nichts erzählen, wenn du nicht willst. Aber ich weiß genau, wie das ist.“ Er deutete mit einer umfassenden Handbewegung auf die schummrige Bar. „Glaubst du, ich steh freiwillig in diesem Laden?“

Obwohl André sich innerlich wie betäubt fühlte, seit er aus dem Restaurant geflohen war, spürte er doch, dass der Barmann auch kein leichtes Schicksal gehabt hatte. Stockend begann er zu erzählen – angefangen mit seiner Lehre bei Oskar Krammer, der kurzen Zeit in dessen Nobelrestaurant und all den harten Jahren in der Großküche und im Schnellimbiss, die dann folgten.

„Und die ganze Zeit wusste ich, dass ich es irgendwann schaffe, da rauszukommen“, sagte er schon mit ein wenig schwerer Zunge. „Ich habe mir dann Geld geliehen von der Bank, viel Geld …“ Er stockte, da ihm bewusst wurde, dass er seinen hohen Kredit bei der Bank wohl nie mehr würde abbezahlen können. Aber das war ihm in diesem Moment egal. Er nippte an dem Schnaps, den Charly ihm nachgeschüttet hatte und erzählte ihm von dem Kredithai, der ihn hatte zusammenschlagen lassen. „Danach musste ich erst mal weg aus Halle. Damals dachte ich, dass es nicht noch schlimmer kommen kann.“ Als er schließlich von Evelyn und dem Geld erzählte, zuckte der Barmann nicht mal mit der Wimper.

„Irgendwie versuchen wir doch alle, uns durchzuschlagen“, meinte er. „Die Frau wird sich schon wieder beruhigen. Wenn die wirklich so viel Geld hat, machen der doch ein paar Zehntausender mehr oder weniger nichts aus.“

André sagte nichts dazu. Er hatte Evelyns Gesicht noch zu deutlich in Erinnerung, als er eben im Restaurant vor ihr gestanden hatte. Ihr Blick war voll grenzenloser Wut gewesen – Wut darüber, dass er sie betrogen und verlassen hatte, ohne ein Wort zu sagen. Sie würde ihm nie verzeihen, das wusste er.

Spät in der Nacht schleppte André sich, gestützt von Charly, zu dessen Wohnung zwei Straßen weiter. Der Barmann hatte ihm angeboten, in dieser Nacht bei ihm zu schlafen. Und André hatte dankbar angenommen. Wo sollte er auch sonst hin? Im Freien konnte er unmöglich übernachten, dazu war es viel zu kalt. Schwer ließ er sich auf die Couch in Charlys Wohnzimmer fallen und war innerhalb weniger Sekunden eingeschlafen.

Am frühen Morgen schreckte er wieder hoch und wusste nicht, wo er war. Zunächst glaubte er, er wäre noch in seinem Restaurant und dort eingeschlafen, doch als er die Augen aufschlug und sich umsah, kam die Erinnerung an den gestrigen Abend zurück. Mühsam rappelte André sich hoch. In seinem Kopf hämmerte es, und er hatte das Gefühl, keine Luft mehr zu bekommen. Im Flur nahm er sich eine Jacke vom Haken und schlich sich leise wie ein Dieb aus der Wohnung.

Er wollte hier nicht länger bleiben. Charly konnte ihm auch nicht helfen. Niemand konnte ihm jetzt noch helfen. Langsam ging er durch die Straßen, während die Morgendämmerung aufzog. Die Gewissheit, dass ihm nichts mehr geblieben war von all dem, was er sich erträumt und gewünscht hatte, lastete wie ein zentnerschweres Gewicht auf ihm.

Irgendwann kam er zu einem Café, das gerade geöffnet hatte. Er bestellte sich einen doppelten Espresso, saß dann an einem der kleinen Tische und starrte blicklos vor sich hin. Als er dann später aus dem Waschraum kam, fiel sein Blick auf eine Illustrierte, die neben anderen Zeitschriften in einem Ständer lehnte. Ohne genau zu wissen, warum, nahm er sie zur Hand, setzte sich wieder an seinen Tisch und blätterte sie durch. Plötzlich stutzte er. Auf der nächsten Seite stand in großen Lettern: „Der Fürstenhof – ein Hotel stellt sich vor". Darunter war ein Bild von Werner zu sehen, der lächelnd zwei schöne Frauen im Arm hielt.

André ließ die Zeitung sinken. All das, was sein Bruder ihm vor vielen Jahren durch seine Flucht angetan hatte, stieg wieder in ihm auf. All die Erniedrigungen, die ständige Angst. Werner sonnte sich in seinem Ruhm, während er selbst vor dem Nichts stand. Selbst sein Traum, der ihn jahrelang weitergetrieben hatte, so schwer es auch gewesen sein mochte, war nichts mehr als ein Trugbild, das ihn zu verhöhnen schien.

Er nahm die Zeitschrift wieder zur Hand und starrte seinen Bruder voller Verbitterung an. „Ich werde mich rächen", murmelte er. „Eines Tages werde ich mich an dir rächen, Werner."

– ENDE –

Valerie Schönfeld
Sturm der Liebe 3
Triumph der Rache

Cora hat ihren Traummann gefunden und erwartet ihr erstes Kind. Endlich führt sie das Leben, das sie sich immer gewünscht hat. Doch dann wird ihr Glück bedroht. Als sie alles zu verlieren droht, kennt sie keine Gnade …

Band-Nr. 75026
7,95 € (D)
ISBN: 978-3-89941-303-8
304 Seiten

Valerie Schönfeld
Sturm der Liebe 4
Sommer voller Liebe

Charlotte und Alfons entdecken eine große Zuneigung füreinander. In dem Wissen, dass Charlottes Eltern Alfons nie akzeptieren würden, entscheiden sie sich für ein heimliches Leben zu zweit. Doch wie lange werden sie ihre Liebe verbergen können?

Band-Nr. 75027
7,95 € (D)
ISBN: 978-3-89941-308-3
304 Seiten

Valerie Schönfeld

Sturm der Liebe 5
Der Geschmack des Erfolgs

Robert kennt nur ein Ziel: Er will in der Küche Erfolg haben. Gegen den Willen seines Vaters verfolgt er seinen Traum und arbeitet für einen Spitzenkoch. Doch eines Tages muss er sich entscheiden, was ihm wichtiger ist – Erfolg oder Liebe?

Band-Nr. 75028
7,95 € (D)
ISBN: 978-3-89941-309-0
304 Seiten

Valerie Schönfeld

Sturm der Liebe 6
Schmerzliches Glück

Als Elisabeth ihr Kind zu verlieren droht, kämpft sie mit allen Mitteln um sein Leben!

Band-Nr. 75035
8,95 € (D)
ISBN: 978-3-89941-278-9
304 Seiten

Valerie Schönfeld

Sturm der Liebe 7
Gefährliche Wahrheit

Was geschah wirklich an jenem verhängnisvollen Tag, als Miriams Vater ums Leben kam? Lesen Sie nach im neuen spannenden Hintergrundroman zu Sturm der Liebe.

Band-Nr. 75036
8,95 € (D)
ISBN: 978-3-89941-279-6
304 Seiten

Valerie Schönfeld

Sturm der Liebe 8
Flucht in die Freiheit

Der steinige Weg in die Freiheit – Samias spektakuläre Flucht aus Afrika!

Band-Nr. 75037
8,95 € (D)
ISBN: 978-3-89941-377-9
304 Seiten

Valerie Schönfeld

Sturm der Liebe 9
Sehnsucht nach Liebe

In Australien sucht Simon sein Glück als Winzer und gerät in eine schwere Krise. Ist Fiona seine Rettung?

Band-Nr. 75044
8,95 € (D)
ISBN: 978-3-89941-506-3
304 Seiten

MIRA®